月光浴

BAIN DE LUNE

Anthologie de récits haïticiens

ハイチ短篇集

フランケチエンヌ 他
立花英裕/星埜守之＝編
澤田 直/管啓次郎/立花英裕/塚本昌則
星埜美智子/星埜守之/元木淳子＝訳

国書刊行会

月光浴❖目次

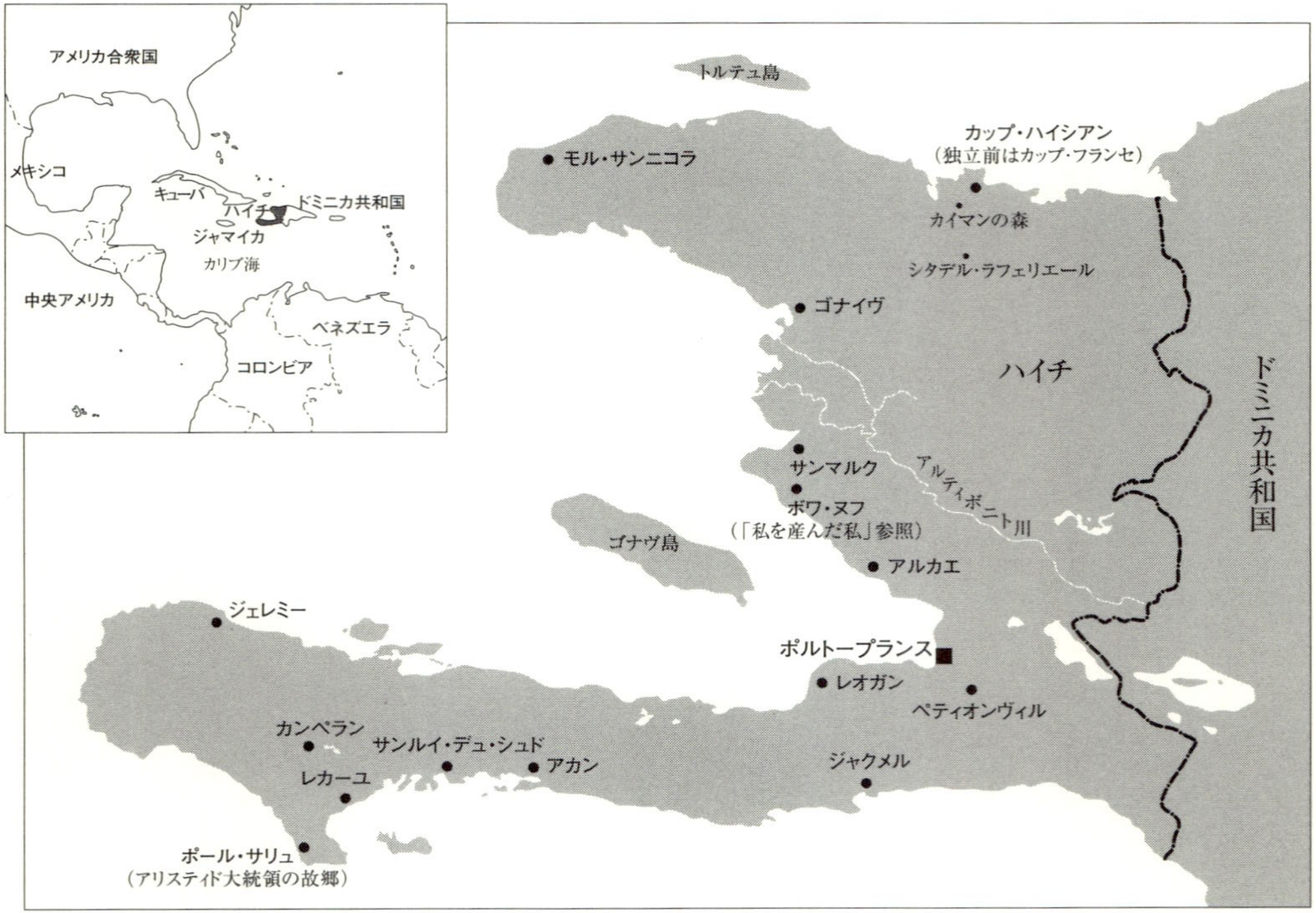
アメリカ合衆国
メキシコ
キューバ
ハイチ
ドミニカ共和国
ジャマイカ
カリブ海
中央アメリカ
ベネズエラ
コロンビア
トルテュ島
モル・サンニコラ
カップ・ハイシアン
(独立前はカップ・フランセ)
カイマンの森
シタデル・ラフェリエール
ゴナイヴ
ハイチ
ドミニカ共和国
サンマルク
アルティボニート川
ボワ・ヌフ
(「私を産んだ私」参照)
ゴナヴ島
アルカエ
ジェレミー
ポルトープランス
レオガン
ペティオンヴィル
カンペラン
サンルイ・デュ・シュド
アカン
ジャクメル
レカーユ
ポール・サリュ
(アリスティド大統領の故郷)

ほら、ライオンを見てごらん

❖エミール・オリヴィエ

エミール・オリヴィエ Émile Ollivier (1940–2002)

一九四〇年、ポルトープランスに生まれる。一九六五年に渡仏、パリ大学に入学するが、一年足らずでカナダ・ケベック州モントリオールに移り住む。様々な職業に就きながら勉学を続ける。文部省に勤めた後、モントリオール大学で社会学の博士号を取得、社会学教授に就任。しかし、早くから文筆活動に入り、一九六八年にアントニー・フェルプスとジャン＝リシャール・ラフォレらと共同で書いた詩「黒いピエロ」が彼の名を高からしめた。二〇〇〇年と二〇〇二年に来日している。恰幅のよい身体から湧き出る高笑いは有名で、ジャン・ジョナサンは、「(五十人の声に匹敵する)『イリアス』の英雄ステントールの声を持っている」と評した。彼にとって書くことは、「夜はハイチ人と名乗り、昼はケベック人と名乗るスキゾフレニア」によって解体されないための努力である。創作の根底に社会科学的な視点を忍び込ませており、そこから文学の新たな領野を切り拓こうとした。すなわち、「その分析的次元においてフロイトを、社会のラディカルな批判においてマルクスを、形而上学においてニーチェを各頂点とする三角形」を根底に据えながら、いかなるものでも取り込んでしまうことを躊躇しない文化的混血のエクリチュールの前方に、新たなアイデンティティの地平線を見据えた。その点でエドゥアール・グリッサンと分かち合うものをもっている。『孤独という名の母親』は、現代ハイチ文学の一頂点を形成している。政治的な発言としては、シャルル・マニガやクロード・モイーズと共同執筆した論文「ハイチ、どんな発展を?」(『論文集パロール』七八)、クロード・モイーズとの共著『ハイチ再考』(九二)がある。長篇小説に、『盲人の風景』(七七)、『孤独という名の母親』(八三)、『百声の不協和音』(八六)、『パサージュ』(九一)、『封じられた投票箱』(九五)、『千の水流』(九九)がある。ここに紹介した「ほら、ライオンを見てごらん」Regarde, regarde les lions は短篇集『ほら、ライオンを見てごらん』*Regarde, regarde les lions*(〇一)に収められている。

与えられた指示によれば、いつもは芸人たち専用になっている横の扉から入らなければならないはずだった。彼は扉を自動人形のような仕草で押すと、容赦ない段差に躓《つまず》いて、とあるカウンターのまえに押し出された。そこには制服を着たひとりの男がいて、ケピ帽の庇に眼を隠したまま、鼻にかかった声で単刀直入に、身分証明書を提示するよう命じるのだった。男が、建物の警備を担当しているのは明らかだ。男は証明書を開き、しばらく写真を見ていたが、写真の彼は見事に禿げ上がっていて、唇の上に何本か髭が棘のように突っ立っているところを見ると、少なくとも前の日から髭を剃っていないようだ。警備員は帽子の庇を額のところまで上げて彼のほうに疑り深い目を向けると、また視線を下げて証明書を見、さらに同じ仕草を二、三回繰り返した。訪問者はこの身振りが何なのかを理解した。写真が本物かどうかを疑われるってこともある。写真はもう四年も前に、スピード写真のブース、つまり、コインを飲み込み、写っているのが自分だとわかるのに苦労するようなプリントを、相も変わらぬ四枚組みで吐き出す例の機械で撮ったものだった。

警備員ってやつは、証明写真が似ていることをあまりに期待しすぎる。ポラロイドのインスタント写真には、それ自体では大した意味なんてない。もともと当てにならないものなのだ。電子機器の眼は数学に強いだけで、そのときの状況を再現するわけでもないし、誰かの人生ですでに起こったこと、これから起こることを再現するのでもない。想像力を欠いていて、時間や持続の厚みを説明してくれたりはしない。民族学者たち、つまり人間の真実を捉えるのが仕事の連中はそのことを知っていて、四回のうち三回はポラロイド写真よりもスケッチのほうを選ぶ。警備員はパスポートをめくり、ほとんど全部のページを汚しているスタンプやヴィザに夢中になった。

ここで私は、あなたに内緒でお教えしておかねばならないことがある。大なり小なりエキゾチックなスタンプを満載したパスポートを携え、それがまた、見るからに好奇心にうずうずしている係員の目からみれば彼に一種の威光を与えていたわけだが、とにかくそのパスポートを携えて、野獣のような足取りで建物の玄関を横切った男は、ついこの前町についたばかりだった。男の名前はマネス・デルファン。欠落はあるけれども数だけは多い情報源をあたったおかげで、私は彼に国を離れることを余儀なくさせた波乱の数々、渦巻くような出来事の嵐、ひとつひとつは取るに足らないいくつかの事件のインパクトなどを描き出すことができる。多くの反体制グループが体制側との対決の道を選んでいた。そして、長く続いた戦いの果てに、彼らは敗れた。すると、獣のような連中や狂った輩が野に放たれ、中世じみたセレモニーのさなかに本を燃やし、アパルトマンを一軒一軒略奪してまわり、家族の写真さえも引き裂いた。その眼で見たことを、誰ひとりとして口にすることはできなかった。黙って従う業《わざ》を学ぶことのなかったマネスは、空気が腐敗したことを感じとった。彼は国境を越え、身分証明書もなく、パスポートもないままに、放浪の道程へと投げ出された。幾つものステップ、立ち寄り先、一時的な避難所が句読点のように散りばめられた放浪だ。彼はそれがこんなに長く続くなどとは思ってもいなかった。亡命というものについて語ることができるのは、それを身をもって知っている人たちだけだ。そうでない人々にはそれを漠然と推し量ることしかできない。

マネスが渡り歩いた町の多種多様ぶりは、この人生をひとつのものとして把握することさえ問題含みにしている。何もかもがかりそめのものとなり、今という瞬間は逃れ行く二つの時の間の一点でしかない。当初は国境を接した隣国に避難所を求めることができると思っていた。砂糖で食べてゆくのにどれだけの代償が必要かご存知だろうか？　短いキビ刈り仕事の経験が彼にそれを教えた。当時の写真に写っているのは、まだ三十だというのに、青白くやつれた顔に眼窩深くくぼんだ目をした、老人のような男——生ける屍だ。島を離れるという考えが頭にこびりついた。マネスには、乗せてくれる船さえあれば、目的地がどこであれよろこんで出発する用意があった。パナマ国旗を掲げた底引き船に船員として雇われて、彼はスリナムに流れ着いた。それからアリゲーターがうようよいる沼地を命がけで横切って、ギアナに辿りついた。どんな町でも、あらたに到着する者に読み解くべき謎を差し出しているものだ。カイエンヌ――この荒くれた場所が、彼の心を捕らえた。けれどもそこでは、彼は犬以下に見られた。雨に濡れないように走ってきたはずなのに、いまでは大海原のまんなかでもがいているというわけだ。自分の骨が野ざらしの堆肥の山になってしまうという妄想につきまとわれながら年老いてゆくのが、彼には耐えがたかった。パスポートのためだったら悪魔に魂を売ってもよかった。外国の地にいて身分を明かす書類をもっていない者は、祖国なき者、雑種のような存在で、自分の影を失った者にも似ている――彼にはもう、過去さえも残っていなかった。奇妙きわまりないピンポンのように、役人たちの、ある領事の、ある警視総監の善意に委ねられた末に、彼は一冊のパスポートとヴィザとを手に入れることに成功した。

するとと彼は、広い世界中を、おのれの存在の廃墟を引きずって歩きはじめた。パリは、人が野獣のような夜の湯気のなかで身も心も燃やしつくしてしまうために建てられた都市だった。パリという町では、花開く度外れた情熱の数々の果てに、早朝、震えながら一層の孤独を味わうことになる。ロンドン、測り知れないどん底を抱えたこの呪われた町は、彼を地獄の業火に触れさせた。その次はマイアミで、このぺてんの街では、人々はどんなに大胆な試みも可能だと信じている。ある日、というかむしろある夜、彼は北へ向かうバスに乗った。突然、騒音の嵐だ。沈黙を妨げる方法とでもいうのだろうか？　幾多の運命が果てしない行き違いのなかに混ざり合うニューヨークという都市では、立ち止まる手段もなければ、くつろぐ手段はさらにないということを、彼はすぐに悟った。夜が明け、地下鉄の駅が開くや、みんなが走り出す。彼は何人かの親切な人に聞いてみた——「あの人たちはあんなに急いでどこへ行くんですか？」答えはこうだった——「自分の口座に金を補給しなきゃならないのさ」知らないうちに狂人たちの世界に迷い込んでしまったのだろうか？　彼はそこで、来る日も来る日も、要領と術策と方便とでできた同じカクテルを啜ったのだった。誰一人彼を必要としているわけもなく、彼はどこでも余計者だった。非課税証明書や滞在ヴィザや仮労働許可証を追い求めることで人生を使い果たしてしまうことになるのだろうか？　絶え間なく尋問され、調べ上げられ、番号を振られ、スタンプを押され、カードに記載される不名誉と屈辱は、誰であれそれを生きたことのない者には想像することはできない。誰かの言うことには、国境を子午線のように簡単に越えることのできる国があるという。誰かが教えてくれたのは、彼がそれまで一度として地図でよく観察してみようともしなかったその国なら、定住の地を提供してくれるかもしれない、ということだ。そのためには仕事を見つけて善良な市民として生きてゆくだけでいい。そんなわけで、まるで運命のように、彼が亡命の最後の場所、道の終わりであってほしいと望んでいた地が、否応なく姿を見せた。

警備員の好奇心のおかげで、すでに遅れているというのにさらに時間を取られてしまった。彼はカウンターにそのために置かれてあるノートに急いでサインをし、猫のような足取りで長く薄暗い廊下を歩いていったが、廊下はやがてTの字の縦棒よろしく、窓のない壁に突き当たった。警備員は横棒を左に行くように言ったのだっけ、それとも右？ 彼は少し躊躇したあと、本能にまかせて右のほうを選び、何メートルか行くと、閉まったドアの前に出た。何回か軽くノックし、入るようにという返事をしばらく待ったが、応答がないのでドアを押した。すると驚いたことに、そこは巨大なホールで、中央は光で溢れ、薄暗がりの中には階段状の観客席があって、そこからかすかなどよめきが立ち昇っている。マネスは引き返した。彼はマリオネットと人間の合いの子のような奇妙な存在たちとすれ違った。それは不器用な道化師たちで、底の分厚いどた靴を履き、大きな腹や付け鼻や付け髭で扮装し、変てこで散文的な仕事に忙しそうに精を出していた。重たい板を移動させ、手押し車を押し、透明な枠を運ぶ仕事だ。道化師たちはお互いに言葉を交わすこともなく、ときおりぶつぶつと呟くばかりで、息をつくために立ち止まることさえしなかった。

マネスは右の手のひらで機械的に額を叩いた。本能的な仕草だ。明らかに何か大切なことを忘れていた。じっさい、彼は部屋の整理棚に、職業紹介所の職員からもらった封筒を置いてきてしまっていた。疲れと、それに重すぎた昼食のあとの昼寝のせいで、うかうかしているうちに慌てて着替える羽目になったのだ。待ち合わせの時間に遅れることだけは避けなければならなかった。そんなことをしたら必ず悪い印象を与えてしまうだろう。この連中は時間にうるさいどころか、時間厳守にかけては本当に偏執狂的だと聞かされていた。彼は雇い主になるはずの男に、推薦状を見せることになっていた。「まあ会って御覧なさい、吼えはするけれど噛みつきゃしませんから。見れば彼だってことがすぐにわかります、いつも手に鞭をもってますからね」、紹介所の職員は強いラテン・アメリカ訛《なま》りでそう説明してくれた。そればかりかやけに馴れ馴れしい様子で、安心してくれと言わんばかりに肩をぽんと叩き、共犯者っぽい口ぶりで耳元にこう囁いた――「この件は成功間違いなしですよ」

ドアのひとつが開き、男がひとりドアの枠のなかに影絵のように現れた。マネスはそれが誰だかたちどころに理解した。紹介所の職員がどんな男か詳しく説明してくれていたのだ――こげ茶色の髪、よく日焼けした肌、ノミで削ったようにくっきりとした横顔、手足の長いほっそりとしたシルエット、痩せているといってもいいほどスラリとした体軀。男の伸ばした腕の先には一本の神経質そうな鞭が握られ、鞭には、明らかに彼の体を貫いている苛立ちの震えが伝わっている。ぴったりとした黒のロング・コートをまとった男は、冷静さを兼ね備えた優雅さを誇示していた。射るような眼、そして薄い唇のうえに浮かぶ犬のような微笑、海賊のようなその微笑が、マネスが見ている間に慎重そうなふくれ面に変わった。「マネス・デルファンです。紹介所から送られてきました」男は彼を足の先から頭の天辺までじろじろと眺めた。「紹介所？　ああそうだった！　で、初日からまんまと遅刻に成功ってわけだ！」マネスは男に向かって叫びたかった。外は冬ですよ。冷たく乾いた風がみんなの顔を引き裂いています。歩道は天使の鏡みたいに輝いてます。みんな一歩あるくたびに背骨を折る危険を冒しているんです。ここ何日かみんながやっとのことで歩いていた、雪と砂との黒茶けたぬかるみが固まってしまって、まるで穴のあいた車道を歩いているような有様です。街をまだ知らないものだから、吹き溜まりで動きの取れなくなった車で満杯の小路に迷い込んでしまいました。雪煙で目が見えないので、古い廃工場の果てしない壁をつたってゆかねばならなかったんです。芸人専用の入り口を探すのにありとあらゆる苦労を重ね、おまけにケピ帽野郎が身元確認のために果てしない時間をかけて、それでやっと通してもらったんです。

見るからに急いでいる様子の男は、マネスについてくるように言った。男はマネスを更衣室につれてゆき、衣裳掛けから毛皮のつなぎを取って彼に差し出した。「すぐにこの衣裳を着て。数分後にはフロアに入るぞ」命令はギロチンの刃のようにマネスの上に落ちた。選択の余地はない。服を脱いで、急いでこの扮装に着替えなければならなかった。「なんて愛想のいいお出迎えだ！」彼はそう呟いた。衣裳をはおって長いファスナーを上げると、正面の鏡が肉食獣の姿を映し出した。それは一匹のライオンで、故国の素朴派《ナイーヴ》の画家たちが、一度も見たことがないのにカンヴァスのうえに再現しているライオンと、どこからどこまでそっくりだった。マネスは更衣室から出て、沸騰するような大混乱を掻き分けて、鞭の男をやっと見つけた。みんなは男のことをアドルフと呼んでいた。

あざやかに照らし出された巨大な円。マネスが顔を上げると、空色を背景にして、投光器の光が天井の星という星に金のスパンコールを引っ掛けているのが見えた。観客席から熱狂的な喝采が沸き起こり、舞台の上では人や物が音楽の奔流に運ばれて、魔法のように現れては消えていった。ひとりの歩兵が一輪車のうえに乗り、あやういバランスを保ち続けながら際限なくこぎ回る様は、どこか目的地が与えられるのを待っているような印象を与えている。マネスはやがて、ただただこの人物が一点に集中していることだけが重要なのだと理解した。一輪車の男を導き、また男が絶えず強調しているこの運動は、男に熱狂的なまでに円を描いて走ることを課しているのだ。

そして沈黙が訪れた。二人の鳥男とひとりの女天使が虚空でブランコに乗り、とてもゆっくりと、流れるようなダンスを、そして人類の惨めな「地上性」への反抗を展開している。驚くべき妙技を身体とその震えのぎりぎりのところで統御している、この空中スペクタクル、ふんわりとした落下と、深淵のうえに夢遊病者のようにこわばったまま吊り下がる様と、天空に達し、星に抱かれて静止するところまで浮遊する奇跡のようなアクロバットの錯綜とをない交ぜにする三人の踊り――それを前にして、マネスは呆然と立ち尽くしていた。「みなさん、大きな拍手を!」打ち鳴らされるシンバル。ほっそりと軽い女天使が霊感の翼に触れられてブランコをこぎ出し、金と白の線を描く。燐光を放つナイアガラの滝のうえを、最初はとてもゆっくりと、そして徐々に力強さを増しながらこいでゆく。時折思い出したかのように銀の渦巻きが天を走る。身体が無重力状態のなかで、きらめく風に捕まえられる。マネスは働き者の蟻の部隊が衣裳の下にこっそりと侵入するかのように感じた。

そして賞賛の囁きに満たされた客席――今までは背景で繊細かつ巧妙なアクロバットの数々を演じていた鳥男たちが、危険なジャンプを敢行して女天使を空中で捕らえたのだ。一瞬ののち、彼女はぴんと張られた糸の上を、逆立ちの綱渡りで進み始めた。翼の付いた足は虚空に触れ、愛撫している。両端にじっとしている二人の鳥男から等距離のところまでくると、彼女はくるりと回転して、硬く張られた見えない糸にこんどはじかに頭をのせた。飛行する山鳩のように両腕を広げ、彫刻かと思われるほど完璧な両脚の輪郭を見せながら、彼女は垂直に伸びて、彫像のような姿勢のはかない均衡を維持した。こんな細い糸がこの身体の全体重を支えられるなんて、いったいどんな仕掛けがしてあるのだろう？　マネスは息を呑んだ。

馬鹿げている！　こんな危険に身をさらすなんて馬鹿げている。どうして芸人たちはこんなふうに命を張るのだろう？　喝采してもらう、ただそれだけのために、こんなに努力を重ねるというのだろうか？　もしかすると、観客に覚えてもらうために、自分たちの名前を覚えてもらうために、そうしなければならないのだろうか？　あの娘はなぜああして命を賭けているのだろうか？　どんなとんでもない挑戦に応じようとしているのだろうか？　彼女は上のほうで、下にいる人たちの感動や恐怖を愉しんでいるのだろうか？　マネスはそんな推測のなかに迷い込んだ。だが結局、彼はどうして自分にかかわりのないことの答えを見いだしたがっているのだろう？　大人になって飛び立つ蛍はみな、自分のための明かりしか灯さないものなのに。娘が顔を輝かせながら、観客の拍手に見送られて舞台裏にもどり、彼の前を通りがかったとき、その香水が彼を酔わせた。彼はなんとか冷静さを保とうとしたが、娘の姿をまともに見ることができなかった。彼女を胸に抱きしめ、彼女のすばらしい勇気と冷静さを賞賛したいという、逆らいがたい欲求に負けてしまうのが怖かったのだ。

アドルフの命令の声——轟くような声——に、彼は跳び上がった——「位置について！　こんどは俺たちの番だ」スピーカーが物騒なメッセージをがなりたてる——「レディズ・アンド・ジェントルメン、さあみなさん、こんどの演目は猛獣使いの最高度のテクニックを要するものです。ですからどうかお席を立たないでください、それから、猛獣を興奮させないように、お子様方をしっかり見ていてください」猛獣使い？　それが鞭をもった男のことだと理解したとき、マネスの背骨にそって冷たい汗が流れた。狼狽した彼は、「何をすればいいんですか？」と尋ねた。アドルフは驚いて彼を見つめた——「なんだって……聞いてないって……どっちにしてももう時間がない……向こうがやることをそのまま真似すればいいだけだから」アドルフは鞭の柄で反対側の舞台裏を指している。マネスは誰のことを言っているのか、誰を真似ればいいのかを見ようと振り返った。彼の瞳孔は広がり、視界が曇り、空気が突然希薄になった。

日の光や飛び立つ鳥の姿を喪った盲人に、他の感覚が研ぎ澄まされて死んだ目に取って代わることが起こるのと同じように、マネスの鼻孔は野獣の重い臭いに満たされた。一匹の本物のライオンが、ステージに入ろうと身構えている。マネスの身体は硬直した。紹介所の職員が色々教えてくれたとき、つまり、面倒なうえきつい仕事で、最初は誰でも難しいけれども、時間と経験とを重ねれば慣れてくるし、他には紹介できるものがなにもない、就職難の時代だから空いた仕事口があったらまず応募しなきゃならない、そう教えてくれたときに、彼は職員の言葉を理解していただろうか？　職員は、それを埋め合わせる色々なこと、歓声やおとぎ話の千夜一夜、太陽を見つめることのできる近寄りがたい高み、栄光、そのほか幾多の無駄話を話してくれた……それに月がチーズに変わることも。

そのとき彼の記憶に、遠い幼年時代のこんな断片が甦った。彼の祖父、植物学者でも昆虫学者でもない白髪の老人が、彼に自然を観察することを教えてくれたのだった。自然は彼の遊び場に、一瞬一瞬の冒険の場になった。荒涼とした「サヴァンナ」の石ころ、冷たい「小川」の葦、「岸辺」の砂丘、他の人たちには砂漠と水しか見えないそういう場所が、彼にとっては数え切れない宇宙であり、アリババの洞窟だった。虫たち、蝶たちが情熱をかきたてた。彼は、自分にとっては「宇宙」の大きさをもっている幾多の領土を駆け巡り、金褐色のカブトムシや、金色と菫色の蟹や、羽が金の縁でかがられている乳色の蝶や、緋色と紺碧をまとったトンボを探した。そんな美の閃きすべてが、別のもっと完璧な歓喜のみなもとを夢見させた。ひとつひとつの発見は、もっと大きな希望を湛えた幾つもの出会いの控えの間だった。

彼は罠や餌を幾つも考案してオオトカゲを捕まえたが、トカゲたちは石のように射すくめるまなざしをもっていて、狩人が狩られる側になった。ある晩、一匹の蛍を捕まえた。手のひらに宿る蛍を見つめながら、こんなにか弱い存在がどうやってこんなに華麗に輝くことができるのか自問した。驚嘆した子どもの想像力は、それが空から落ちたダイヤモンドなのだと信じさせた。彼はその虫を、アラビアの長老たちのエメラルドよりもっと貴重な他の掘り出し物と一緒にしまい込んだ。翌日目を覚ましてすぐに、蛍を観察しようとしたが、箱の底にあったのはひからびた死骸だけだった。熱い涙に泣きくれて祖父の腕の中に逃げ込むと、祖父は彼の悲しみをなだめながら、夜になるまえに生まれた蛍は、夜明けの最初の光とともに死に捉えられるのだと、早朝に散歩すると蛍たちの明かりの消えた装いと冠が砂埃にまざっているのを見ることができるのだと教えてくれた。「これが教訓になればいい。決して見せかけの世界を信じてはいかんのじゃよ」

「何をしているんだ？　ステージに上がって！」アドルフはマネスが恐怖に酔っていることがわからず、彼を断固とした手で押し出した。気が付けばマネスは台の上で四つん這いになり、恥ずかしい格好をさらしていた。猿は高く登るほど尻が丸見えになる、そんな身もふたもない諺がある。けれどもマネスは高いところに登りもしないうちに、あまりに手ひどく落ちたものだから、もう一度立ち上がることができるかどうかさえおぼつかなかった。蹴飛ばされるのを感じたから蹴飛ばされたと思ったのか、蹴飛ばされたと思ったから蹴飛ばされるのを感じたのか？　猛獣使いのブーツに尻を押されて、彼は前に出た。冒険は不安な様相を帯びてきた。彼の反射神経は、危険を前にしたときのしなやかな退却の感覚はどこにいってしまったのか？　あんなにしょっちゅう体を振りほどいて窮地を切り抜けることを、それに、いつだって一気に駆け出して自由の身になることを可能にしてくれた、あの名高い頑張りはどうなってしまったのか？　少し前までなら、自分の足に、おまえたちに内緒で何を食べたっけ、なんて聞く手間はほとんどかけやしなかっただろう。でも今回は四つん這いの格好で、彼は自分の足が恩を忘れてしまった理由を聞きだしていた。いつもはあんなに敏捷な足たちが、彼を裏切っていた。取り返しのつかないことが起こりつつあった。もし最期の、本当に最期の望みが何かと尋ねられたなら、彼はずばり、この惨めな死の知らせが、風に運ばれて生まれ故郷に届かないことを望みます、と言うだろう。でなければどんな騒ぎになるだろう！　ライオンに扮装したマネス・デルファンがサーカスのライオンに生きたまま食われちまったなんて。彼はいったい何をしたくてこの世界の果ての国にやってきたというのか？　貧困と寒さのせいで、完全に狂ってしまったんだ、という噂が流されるにちがいない。人々は必ずや彼のためにナイト・キャップをあつらえ、彼の家系図を辿って、おかしくなってしまった人々や鬱病や偏執狂やスキゾフレニアの系譜を見つけ出すだろう。

太鼓がトレモロで連打される。一時間もの舞台にもまだ飽きない観客が喝采する。マネスはこれからどうなるのか、分からないと同時に分かってもいた。それどころか、観客全員が知らないことを、彼だけが知っていた——自分が死んでしまった、終わってしまった人間だということを。彼はラテン語の時間を、居残り勉強や色々な謎々ともども思い出した。どうしてサーカスでは、観客席の一列目は誰も座っていない空席なのか？　なぜなら、デルフォイでは古代の闘技の折にしばしば、ライオンが手すりを飛び越えて一列目に座っていた観客を貪り食うことがあり、たくさんの寡婦や孤児が生まれたから。この国でも同じなのだろうか？　ステージは強烈に照明を当てられ、観客席には影しか見えなかった。

反対側の舞台袖の柵が開けられ、マネスは巨大な肉食獣の塊が現れるのを見た。たったひとつの胸から湧き出すような喧騒が、ライオンの入場を迎える。ライオンが吼えると、観客が喝采する。ライオンは投光器の明かりにブロンズの巨大な目を灼かれて後ずさりし、また吼える。賞賛の叫び声があちこちから湧きあがり、ライオンの堂々たる体格、威圧的な頭、ふさふさとしたたてがみ、角質の突起がある尻尾、そしてその先端を飾る毛の房を讃える。ゆうゆうとした巨体、前に出ては退く荒々しい動き、軍隊でさえ打ち据えることができそうなその力強さを褒めたたえる。マネスが逃げ出すのなら今、ステージを走るスポットライトの明かりがこんどは彼をはっきりと照らし出してしまう前の今しかない。だが遅すぎた。本当に遅すぎた。もう全身にライトを浴びてしまっている。喝采。降り注ぐ明かりに目が眩み、全身に光を浴びているのに真っ暗闇だ。彼は人生の、運命のなんともいえない偶然のおかげで、やむを得ずそこにいる。ライオンの穴に落ちて生きる誠実な男がそこにいる。

彼を足で押しやりながら、同時に彼を鞭の先端で紹介している猛獣使いに、観客は長い歓声を浴びせる。ライオンのほうは、敵方への喝采に無関心ではいられないようだ。じっと身構えて今にも跳びかかろうとしている。一閃の跳躍で、マネスはずたずたに引き裂かれてしまうだろう。扮装の下の熱さは耐え難い。息詰まるような沈黙の数秒間。マネスの目の前には苛立った、もしかすると腹をすかしたライオンがいて、こちらに向かってくる。彼は大声でわめいたが、わめき声は吼え声に覆われてしまう。「ほら、ライオンを見てごらん！」女の声が明らかに子どもに向かってそう言う。その声を彼は知っている。聞いたことのある声、懐かしい声ですらある。「やだよ、ママ！　いやだ！　ママ、ぼく怖いよ！」ライオンは立ち止まり、後ろ足を折りたたむ。間違いない、獲物は獰猛に捕獲され、情け容赦なく切り裂かれるだろう。マネス自身どこにそんなものがあったのかわからないが、隠れていたかすかな本能が、彼に戦闘態勢をとるように命じた。凶暴な足取りでライオンは後ずさりし、今度は斜めざまに対角線上を進んでくる。そしてふたたびうずくまり、跳躍に備える。

これまでの話は全部、自分の想像の産物に過ぎないのではないだろうか？　もしかして夢を見ているのだろうか？　吼えるライオン、目が投光器の光線を残らず捉えているように見える一匹のライオンを前にして、自分が自分の夢の像そのものだと感じるなんて！　目を覚まさなければならない。彼は両足で立ち上がったが、その様子があまりに乱暴で威圧的だったのでライオンは後ずさりし、観客は喝采する。短い猶予の瞬間――彼は自分を麻痺させていた結び目を断ち切らせてくれたこの本能的な動作のことを考えた。けれども彼の心は乱れてしまい、腰のくぼみにはふたたび恐怖が陣取った。さらにパニックをひどくしたのは、ライオンが後ずさりながら喋る――ぶつぶつ不平を漏らすのではなく――のが聞こえたような気がしたことだ。「海の向こうの国々はおまえを狂わせちまうかもしれない。おまえ、気をつけるんだよ！」別れ際に母のフィフィーヌはそう言っていた。ライオンが戻ってくる。ライオンが前に進んでくるにつれて、マネスにはフィフィーヌの嗄《しわが》れ声が、墓の彼方の声になって聞こえてくる――「ほら、坊や、見てごらん！」

子ども時代の思い出が一瞬燃え上がり、屈折した光を放つ。フィフィーヌは、独立英雄広場をびっしり埋めた人波が息子を目くるめく渦巻きのなかにさらってゆくのを恐れて、息子の手をぎゅっと握り締めている。小人の軽業師、晴れ着をまとった傴僂、緋色のスカーフを腰に巻いて角を突き出した悪魔、火のついた松明《たいまつ》に伴われた提灯の森、トランペットや竹喇叭《ヴァクシヌ》やチャチャチャの華々しい音——カーニヴァルが通る。紙テープや紙ふぶきや星でさざめくアーチの下で、羽飾りたちが別の羽飾りたちと出会い、大仰にお辞儀をして引っ込む。タムタムが前に出る。タムタムの音が壮麗に高まって空気をつんざく。続いて悪魔のような仮面のいつ終わるともない群れが、これぞ大襲来とばかりに現れる。彼らは絶えずスピンしながらダンスのステップで大通りに繰り出し、牛飼いの長い鞭でアスファルトを打ち鳴らす。音楽に無数の声が混ぜ合わされ、そのなかのどれかが鼓舞するように叫ぶ——「ほら、狼男を見てごらん！」「やだよ、ママ、いやだ、ぼく怖いよ！」

アドルフの鞭が伸ばされて稲妻のように繰り出され、くるりと旋回してひゅうと空を切る。「始め！」後ろ足で身を支えたライオンは、爪をむき出しにして今にも跳躍しようという構えだった。それが即座に地面に這いつくばって、猫のように従順になった。パレードが始まる。観客は熱狂の叫びをあげる。マネスは深い安堵のため息を漏らす。そして、アドルフに相手のライオンの真似をするように言われていたので、彼も足早に走り出す。火のついた輪が幾つも降りてきてぴたっと止まり、地上一メートル以上のところで揺れるのを見て、マネスは身震いする。猛獣使いの鞭が空を切る。まずライオンがジャンプする。マネスはそれに続いて、目をつぶってジャンプする。火のついた輪は移動し、輪のあいだの距離がだんだん遠くなってくる。ライオンが跳ぶたびにマネスもそれを真似し、どんな奇跡のおかげだか知らないが、この燃え盛る炎をどれも無傷で通り抜けることに成功する。観客の熱烈な喝采。猛獣使いはお辞儀をして、台を何度か派手に鞭で叩いてライオンたちを並ばせ、順番に退場させる。

マネスは躊躇《ためら》いがちな足取りで歩いた。舞台袖で一緒になったが最後、彼に対するライオンの攻撃心がふたたび頭をもたげはしないだろうか？　ほら、やっぱり振り向いた。マネスは退却の動作をしようとして、アドルフの骨ばった胸にぶつかった。「ほら、あっちだよ、新入りさん！　ほら、落ち着いて、落ち着いて、さあ」ライオンは後ろ足で立ち上がり、間の抜けたお辞儀をする。そして、更衣室のドアを指差して言った。「殿下、どうぞお先に！」マネスは狂ったような笑いに身をゆすり、抑えようのない度外れた笑いの波に腹を捩《よじ》らせた。彼は自分自身を、馬鹿げた状況を、自分の目出度さ加減を笑った。

彼らの後ろで更衣室のドアが閉じられると、二匹のライオンは同じ仕草でつなぎのファスナーを下ろし、足元に脱ぎ捨てた。二人は顔を見合わせてぷっと吹き出した。二人は笑った、美しくも悲しい笑いを、熱く重たい手で互いの肩を叩きあいながら。扮装の下は、二人とも裸だった。もう一匹のライオンの名前はフェリックスだった。マネスの同郷人だ。
外ではまだ強い風が吹いていた。楓の木々は、春の訪れの希望をすっかり失ってしまったように見えるほど寒さに痛めつけられた幹をさらし、葉の落ちた枝を突風が揺らすと、骸骨がかたかたと踊るようなうめき声をあげる。雪にすっかり覆われた車道の上で、雪煙が渦巻いている。正面には、街灯の青白い光に照らされて、長くて陰気な列が、潰走のあとの軍隊のようにバスが来るのを待っていた。並んで待っている連中は肩をすぼめ、足で地面を踏みならしている。フェリックスとマネスは、雨氷の張った坂をやっとのことで上ってゆく自動車の群れを、ジグザグに縫っていった。

（星埜守之訳）

昨日、昨日はまだ…………

❖アントニー・フェルプス

アントニー・フェルプス Anthony Phelps（1928–）

一九二八年、ポルトープランスに生まれる。米国、カナダで、化学、陶芸、写真を学んだのち、ハイチで、フィロクテット、ダベルティージュ、ルガニュール、モリソーらの詩人たちと、「ハイチ文芸」（アイティ・リテレール）を名乗るグループを形成、雑誌『種子』（Semences）を発刊。デュヴァリエ独裁政権時代には、「何も言わずに言ってのける」詩法を実践する。また、劇団を編成、ラジオ・カシックのためにラジオ・ドラマを書き、劇作家としての地位を築き始めたが、投獄される。出獄後、一九六四年にカナダ・モントリオールに亡命、ラジオ・カナダにジャーナリストとして就職する。再び演劇活動を開始するが、詩や小説は「亡命」できても、演劇は「亡命」できないことを悟り、劇作家としての道を断念、詩と小説に専念する。一般にフランス語はハイチ人にとって学校で学んだ言語だが、彼にとってはクレオール語と共に母語である。彼の創作活動の根源的な場はポルトープランスにある。亡命以後、ほぼ二十年に亘って、記憶と想像力の王国に変容したポルトープランスを描き続けた。一九八六年、デュヴァリエ政権が崩壊すると、多くの亡命作家と共に、彼も故国の土を再び踏む。それは、長いあいだ想像の裡に生きたポルトープランスと、現実との乖離をまざまざと見せつけられる苦い体験だった。以後、フェルプスの発想はより開けた想像界への移行を強いられる。「私の祖国はエクリチュールだ」、今日、そう彼は言う。詩集に『夏』（六〇）、『プレザンス』（六一）、『沈黙の炸裂』（六二）、『ほら、これが僕の国さ』（六八）、『太陽さえも裸だ』（八七）、『ピカスの不動の旅をする女と他の沈黙』（〇〇）などがある。小説に、『無限を差し引いて』（七三）、『目隠し鬼ごっこの記憶』（七六）、『ハイチ＝ハイチ』（八五）、演劇に『条件法』（六八）、児童文学に『そして、僕は一つの島なんだ』（七三）がある。ここに紹介した「昨日、昨日はまだ……」Hier, hier encore... は、モントリオールの雑誌『ヌーヴェル・オプティック』5号（七二）に掲載された。なお、『ヌーヴェル・オプティック』は、エミール・オリヴィエ、フェルプス、クロード・モイーズらケベック在住のハイチ作家が拠点とする雑誌だった。

1

「なんだか疲れてるみたいだな」と店員はドクター・マルセルに言った。

「そりゃそうさ。今朝は肺葉摘出手術《ロベクトミー》をしてきたんだから」

「ロベクなんだって」と猫が訊ねる。

「トミーだよ」と茣蓙の上に横になってドック・マルセルは答える。

「へぇ」

「意味は分かっているのか」と店員が猫に訊く。

「いや。でもおまえだって分かってないだろう」と猫が答える。

「ぬけぬけと言う奴だな。おれは、ゴンザグの聖ルイ学園を卒業したんだぞ。あの学校じゃ……」

「わかった、わかった」と猫がさえぎる。「おまえさんの身の上話はいいよ。もう覚えちまったから。それに、ミッション・スクールの話じゃなくて、ドック・マルセルのラベクトミーの話だ」

「ロだよ、ロ」と店員。

「ロが何だって」

「ロ、ベ、ク、ト、ミ。ロだよ。おまえは何一つ覚えられないんだな。他人《ひと》の話を聞かないからさ。興味のあることといえば二つっきり。ネズミと、いつも舐めている脚。まるで舐めても舐めてもなくならない棒つきキャンディーだな」

「まあ、こいつだけはおれたち三人の共通点だからな」

「おれとおまえのどこに共通点があるんだ」と店員。

「脚だよ。いやもう少し正確に言えば、脚への関心だな」

「生憎だが、おれには前脚はないよ」

「そうだな。ごめんごめん。お二人には二本の手と二本の足があり、こちとらには四本の脚がある。そうは言っても、おれたちはみんな自分の、解剖学的に言えば、前肢の部分にとりわけこだわっている。おれが度を超して脚を舐めるのは、並はずれて清潔好きだからさ。おまえだって、日に少なくとも十回は手を洗う。そして……」

「そりゃ、手が清潔じゃなきゃ、お客さんに綺麗な生地を見せるときに困るからな」と店員が口を挟む。「おれはオーダンなんかとは違うぞ。あいつときたら恥ずかしげもなく垢まみれの手で接客するんだ。前に、ご主人のビジアさんに給料を三割カットされたぐらいだ。白いヴェールにばっちり指で跡をつけてさ」

「そして、ドック・マルセルはいつでも爪の掃除をしている」と猫は続けた。「石鹸で手を洗い、その上にアルコールを少したらし、乾かすために手を振る。ぜったい拭かない。ドックによれば、そうするとまた汚れるんだそうだ。ああ、ひょっとしたら、そのうち器具の消毒と同じように火を使うかもしれないぞ」

「どうして手を燃やしたりするもんか。ドック・マルセルは気がふれてやしないぞ」

「誰が気がふれてるなんて言ったよ。なんで、いつもおれに反論ばかりするんだ。おれがなんか言うたびに訂正する。しまいにゃ、イライラするよ」

「そりゃ、おまえが、その脚みたいにアホだからさ」

「おまえさんほどバカじゃないよ。いい加減にしないと、爪を出すぞ」

「ああ、ちょっと静かにしてくれないか」とドクター・マルセルが叫ぶ。「疲れてるって言っただろ。喧嘩はやめてくれ。休息が必要なんだから」

「はいはい、どうぞ眠ってください」と店員は言って、布をかぶって寝ころんだ。

猫は窓のところに飛び上がったが、鉄格子をすり抜ける前にドック・マルセルの方を向いて言った。

「おれも行くよ。けどね、たぶんそんなに長くは休めないと思うよ。誰かが会いに来るはずだから」

猫は嬉しそうな鳴き声をあげて姿を消した。ドック・マルセルが肘を立てて起きあがり、扉の方を見ると、そこに訪問者が立っていた。

「入ってもいいかい」と訪問者は訊ねた。

「おれの許可なんかいらんだろう」

「まあ、そう言うなって。何事も思いどおりにはいかないものさ」と近づきながら訪問者は言った。「会いに来る潮時というのがあるんだよ」

「いつも悪い潮時を選ぶもんだな」

「こちらにとっては最良の潮時なんだがね」

「つまり、相手が弱っているときを選ぶってわけか」

「とんでもない。さっきも言ったように、潮時の問題なんだ。君が疲れているのはわかっている。だけど頭はしっかりしている。弱っているようには見えないよ。少なくとも今のところはね」

「〈少なくとも今のところは〉っていうのはどういう意味だ」

「ほらね。元気じゃないか。微妙なニュアンスだって把握している。〈少なくとも今のところは〉と言ったのを気にすることはない。私は言葉にこだわりすぎる癖があってね」

「なにを言ってるんだ」と言って、ドック・マルセルは相手に背を向けて、どすんと茣蓙の上に座りこんだ。「やってきたわけを言ったらどうだ。今晩は、何をしようというんだ」

「君がずっと訊ね続けてきた質問に答えようと思ってね」

「あんたが誰かっていう質問かい」

「そうさ」

「まあ、結局のところ、決めるのはあんただからな」とドック・マルセルは立ち上がって言った。「でも、差し支えなかったら、どうして今日になってその気になったのか教えてくれないか」

「以前だったら、君には理解できなかったからさ」

「理解できなかったって」

「そうさ。いまや、君は新たな段階に達し、君と話すことは喜びでもありえるのだ」

「誉められているのかね」

「それほどでもないけどね。さあ、質問をどうぞ」

「あなたは誰だ」とドック・マルセルは訊ねた。

「私は君の鏡だ」と訪問者は答えた。

ドック・マルセルは笑いだした。

「おれの鏡だって。自分のことを見たことがないのかい。あんたが、おれに似ているなんて言うんじゃあるまいな。来るたびに、様子も違うし、いつだって変化しているじゃないか。ある時はこう、またある時は別の感じ。同じだったためしはない」

「変化しているのが私の方だと、どうして思うんだい」

「おいおい、スフィンクスの真似をしようっていうのか」

「いいだろう。鏡というのが気に喰わないんなら、分身だと思ったらいい」

「分身だって」

「そう、別の君自身さ」

「なるほど、わかった。でも同じ事だな。分身も鏡もどっちもどっちだ」

「もう一段階上げてみよう。私は別の君自身なのだが、私のほうがすべての点で君に先んじているのだ。君が言葉を発する前に、私にはそれが聞こえる。君が動く前に、君の動作を私は体の中で真似るんだ」

「そんなバカな。それじゃおれはあんたのエコーじゃないか」

「それはちがうよ。始めるのは君だからね」

「そうなると、ますます分からないな」

「理解することなんてないんだよ。私は、君を存在させる者であり、私の言葉が君を虚無から引き出し、絶えず変化する現実を君に与える。だが、証人たちの変数は豊かになることもあれば、貧しくなることもある」

「お笑いぐさだな。おれはあんたの言葉の投影なんかじゃない。おれは自律した存在だ。おれは考え、行動し、話す」

「その通りだ。だがね、物語のなかの君の言葉、君の唯一の真実の言葉は、残念ながら、人には聞こえず、閉じこめられているんだよ。ぺしゃんこの円、自分の尾を咬む蛇なんだ。そして、君は永遠に昨日と明日の間で小突かれて進んでゆく。今日という日は、ターンテーブルか、浮き《ブイ》のようなものに過ぎない。すぐにまた君は、自分とは無縁の者の物語や未来のなかに入り込み、少々滞在することになる。それは、君の隠された欲望の反映でも、君の秘密の夢の反映でもない。もちろん、表面上は似ているようにも見えるし、引き続いて起こる二つの状態に共通の癖が見られたりもするだろう。だが、こういった外観の関係に何ら本質的なことはないのだ。それはただ、君に新たな変容をうながすための、そして、見ている人たちにそれを受け入れやすくするための、策略にすぎないのだ」

「完全にイカレてるな」

「いや、そうではない。私は君の語り手なのだ」

2

彼は顎がはずれるほど大きなあくびをし、四肢をひとつずつ伸ばして、起きあがった。床の寒さのせいで、身震いをした。時間をかけて手をなめ、唾液で湿らせた指で目と顔をこすった。それからもう一度あくびをし、伸びをしたあと、ゆっくり忍び足で扉をすり抜け、彼の住むサンタントワーヌ界隈の小路の現実の中へと出ていった。

一片の雲が月を隠し、宵闇を色濃くし、街灯は片隅でわずかに光っていた。つらなるアーケードはなんとも陰気だった。サンタントワーヌ地区のつましい人びとの店や家や小屋の羽目板の隙間からも、漏れてくる光はなかった。

彼は用心深く進んだ。研ぎ澄まされた耳に敵の気配は聞こえてこなかった。彼は頭をあげ、空気を吸い込みながらゆっくりと首をまわした。敏感な鼻を刺激するものは何もなかった。安心しつつも、あいかわらず注意しながら、彼はくねくねした小路を空き地のところまで進んでいった。路はそこで消え、生い茂った草むらや、澱んだ水たまりや、大小さまざまのゴミや廃棄物があった。穴のあいた古い鍋、ひびの入った皿、瓶の破片――こいつがときおり月の光をちょろまかし、周囲の掃き溜めから自分を際だたせていた――、腐ったバナナ、卵の殻の上にのった糞、靴底、オレンジの皮……「果肉に傷をつけず、オレンジの皮をまるごと一気に剝くことができれば、月末までに新しい背広が手に入る」、この辺の人びとはそんな迷信を信じている。しかし、彼にとっては新調の背広は無用だった。彼の一張羅は手袋のようにぴったりとフィットした本物の毛皮で、夜になると影と一体になり、獲物を騙すのに役だった。サンタントワーヌ界隈のお気に入りの狩り場で、体をまるめてじっとして、頭を脚の上にのせたり、地面に横たわっていたりすれば、どんなに抜け目のないネズミだって騙されて、彼のことを安全な黒い塊の一部だと思ってしまうだろう。古い麦わら帽子、木ぎれ、古いボイラー、使われなくなった溲瓶。危険なものは何もない。小鼠は、アスファルトの舗装されていないアーケードの柱に寄りかかり、彼の目をまっすぐ見つめて、煙草に火をつけた。挑発だ。鼠は彼のほうに煙を吐き出した。意図的な挑発だ。侮辱的とさえ言える。明らかに、この小動物は彼のことを嘲笑していた。彼にかかったらイチコロなのに。懲らしめてやる必要があるな。たぶん、奴は知らないのだろう。長いこと伸ばしてきた爪は固く鋭く、歯は剃刀のように切れ味するどくて、脚で一突きするだけで頭から壁に叩きつけるのに十分だ。彼は腕をすばやく鼠のほうへと延ばした。

鼠色の塊はひとっ飛びに穴へと逃げ、消え去った。

彼は静かに何度か笑うと、菓蓙のところに戻って髭をなではじめた。

3

ぜったいに、誤解があったのだ。

昨日、昨日はまだ、彼は自由に動き回り、走り、踊り、戸口にもたれてアンナとおしゃべりすることができた。昨日、昨日はまだ。

変化はあまりにも急激だった。

おそらく、もういちど順序をふんで辿りなおせば、彼がこんな場所に来るはめになった事件の継起を論理的に見直せば、事態をもう少しきちんと把握することができたかもしれない。この場所にいるという事実を拒もうとしていたのではなかった——そんなことをしても何も変わらないだろう——。ただ、合理的な説明が彼にはどうしてもできなかったのだ。

昨日、昨日はまだ。

七時ちょっと過ぎ、彼はアンナと別れた。そのときはすべてが正常だった。夕暮れの小路はいつもと同じように活気があり、サンタントワーヌ界隈に生息する種族でひしめきあっていた。女中、使い走り、揚げ物屋、パテ売り、レスタヴェク(1)。彼はミロの店に立ち寄り、スプランディド〔煙草の銘柄〕を半箱買い求めた。そういえば、そのときミロの奥さんがこんなことをいったっけ。「コテウプラレ　プボゾ　コンサ(2)」、たしかに彼はブルーの背広を着ていた。べつにこれといった理由はなかった。もちろん別の格好だってできたが、黒人だって気が向いた時に〈おしゃれ〉をしたり、エレガントに着飾ったっていいじゃないか。そうだ、すべては正常で、この訪問に警戒を促すようなどんな兆しも、あたりには感じられなかった。変なものを飲んだり食べたりしたわけでもなかった。オーダンのやつがトゲバンレイシのジュースをおごろうと言ったが、断った。ああ、もちろん丁重に、気を悪くさせないようにだ。あいつのことは警戒しているんだ。あいつは、主任店員のおれに嫉妬している。デルマス街道に住んでいる呪術師のオレリュスの家からオーダンが出てきたのを見たってガブリエルが教えてくれてから、あいつには用心している。煙草だってもらわない。ひょっとしたら、煙草に何か仕込むかもしれないからな。でも、この事件に

（1）若い無給の召使い。
（2）そんなに着飾ってどこに行くんだい。

関しちゃ無関係なことはたしかだ。こいつはオレリュスみたいなケチな呪術師の仕業じゃない。こんな突然の、いきなりの変化は、よっぽどパワーのある奴の仕事だ。おれは完全に頭がおかしくなった。だって、この壁も、扉も、天窓も、現実のものではないからだ。みんな魔術に決まっている。ほんとうに強い黒人の魔術だ。さもなければ夢だ。こんな出来事に他にどんな説明ができるか。真昼の太陽から、一瞬のうちに、まっくら闇の夜中に落ちこんでしまったのだ。まるで不合理だ。世の中、こんな風に行くはずがない。それになんという間違いだ。なんてこった。おれはおれで、他の奴じゃない、そんなの当たり前だろう。

　でも、連中はまったく確信しきっていたようだ。行動を見ればわかる。しかし、誰が見ても、人違いなのは明らかだった。とはいうものの、自分自身がこの誤解を引き起こした張本人であることが彼には分かっていなかった。質問した声は、相手が誰かを知るために、「キムネ　ウ　イエ(1)」と言った。もし彼が質問をきちんと理解していたなら、事態はまったく異なっていただろう。ところが、彼ときたら、左肩の痛みにすっかり気をとられていたのだ。

　一方、質問をした方も、答えた相手が意味を取り違えたとは露ほども疑わなかった。答を、それも自分が求めた答を待っていたからだ。もう三日間も庭で張り込みをし、ドック・マルセルという名前だと教えられた男に手をかける瞬間を夢見ていたのだ。相手が待ちに待った名前を発したとたん、彼のうちでベルが鳴り、習慣的動作がはじけ――脇にいた二人の相棒も獲物に飛びかかった。条件反射ってやつだ。

　まったくの誤解だったわけさ。それもこれもみんな、左肩の痛みのせいだった。彼はもっと早くドクター・マルセルのところに行くべきだった。「もし、三日たっても湿布が効かないようなら、もういちど来なさい。副腎皮質ホルモンを試してみましょう。それから、ごく簡単な療法をやること。運動とマッサージ。特に関節をほぐすためには、運動だな」。彼は手早く夕食をとり、ブルーの背広を着て出かけた。すっかり安心していた。家を出て、病院に近づくにつれて、痛みが和らぐほどだった。左手で首筋をつかむことすらできた。今日の午後には痛くてできなかったことだ。歯痛《はいた》と同じだ。歯医者の診察室に入り、椅子に腰掛けたとたん、ほら、痛みは消えている。どこが痛かったのかも分からないぐらいだ。できるだけ早く、ドクター・マルセルに見てもらおう。それだけが彼の関心事だったのだ。それが頭にこびりついていたのだ。「キムネ　ウ　イエ」も「キムネ　ウ　ヴレ」(2)も似た

（1）誰だおまえは。
（2）誰に用だ。

ようなものだった。柵を越えたところで、マンゴーの樹の後ろから現れた男が彼に威圧的な声で訊ねた。

「キムネ　ウ　ヴレ」

と彼は思ったんだな。ところが質問はそうじゃなくて、

「キムネ　ウ　イエ」だった。

「ドクター・マルセルだ」

「ドクター・マルセルだな」

「そうだ。それがどうかしたかい」

一瞬のうちに、彼は映画館で見るギャング映画のまっただ中にいた。ただ、違っていたのは、観客じゃなくて、自分で演じていたってことだ。庭から突然、二つの人影が飛び出し、彼を取り押さえて殴った。もちろん、彼だってやられっぱなしじゃなかった。もがき、戦った。しかしそこら中から殴られ、ふらふらになり、車まで連れていかれ、中に放り込まれた。ワゴン車を見た覚えはなかった。きっと別の路に止めてあったんだろう。それに、民兵のフォルクスワーゲンを見かけたとしても、何が違っていただろうか。彼は問題を起こしたことのない誠実な一市民で、まっすぐ歩きつづけ、病院は避けたほうがいいぞ、などとは夢にも思わなかった。それにドクター・マルセルは穏やかな人で知られていた。政

治には首をつっこまない。どうして、マクート〔独裁者デュヴァリエの秘密警察〕たちがこの家を監視したりするだろう。もちろん、いまでは彼はその理由を知っていた。どうも、ドクター・マルセルはPUCH(1)の人間を治療したらしいのだ。それをマクートは根にもって、彼を捕まえて、ワゴン車に放り込んでデサリーヌ兵舎に連れていき、お定まりの尋問を行おうというのだった。

「〈幽霊〉を最後に見たのはいつだ」

「幽霊？　何の幽霊だい？」

「〈幽霊〉が何か教えてやれ」

ココ・マカック〔ひとりで動く魔法の杖。これに打たれた敵は朝までに死ぬと信じられている〕の踊り。

そう、たしかに彼は〈幽霊〉の噂を聞いたことがある。ポルトープランスの誰もが民兵たちの探している一人のカモカン(2)がマクートをてこずらせていることを知っている。彼はウナギみたいに捕らえどころがなかった。もう四ヶ月も前から、彼は街で活動をしていた。彼は爆弾を仕掛けたり民兵のパトロール隊を攻撃したり交番から武器を盗んだりした。一度は、

（1）ハイチ統一共産党。
（2）反体制運動者。

ほとんど捕まりかけた。ミラクル街の小神学校の前でのことだった。グイロ中尉が幽霊の黒のシヴォレーを止め、激しい銃撃戦が始まった。詰め所から応援隊がかけつけた時には、車のなかにはもはや誰もいなかった。マクートは一帯を封鎖し、近くの家をくまなく探ったが無駄だった。何もみつからず、幽霊もいなかった。彼は消滅し消え失せた。ところが、その夜のうちに三つの爆弾が首都を揺るがした。ああ、幽霊の仕事ぶりを知らない者があろうか。民衆は彼を愛し始めていた。彼は希望を体現していた。噂によれば、キューバで投獄されていた若者たちのグループと一緒になって現政権と闘っているのだ。国立銀行の襲撃の首謀者も、彼、幽霊だった。ああ、なんて事件だったろう。忘れもしない。あの日は、オーダンがものすごく興奮して店にやってきて、叫んだ。

「銀行強盗だ！　銀行強盗だ！」

ビジアさんは書類から目をあげた。

「何があったんだ、オーダン。どうして遅刻したんだ」

「銀行強盗です。ビジアさん。銀行に、強盗が。おれ見たんですよ」

おれは最初は奴が遅刻の言い訳をするのにいい加減なことを言っているんだと思った。でも嘘にしては話がでかすぎるし、パトカーが何台もサイレンを鳴らし、猛スピードでタイヤをきしませながら、ジェフタール広場の方へと疾走していった。オーダンは銀行強盗を目撃したのだ。

毎朝八時少し前にカナダ・ロイヤル銀行から国立銀行に、前日の取引の一部が運ばれる。現金は手押し車で運ばれ、武装した護衛が一人つく。これがもう何十年も前からのやり方だったが、これまで一度も事故が起こったことはなかった。通行人、役人、店員、出勤途中の会社員にとって、それは見慣れた光景だった。武装した護衛がつきそったカートが、二つの銀行を隔てている路を横切り、ドルとグルドで一杯のケースが国立銀行の特別入口へと入っていく。しかしその朝は、手押し車がロイヤル銀行の扉を出るか出ないうちに、突然、ワゴン車から二人のマシンガンを抱えた男が現れ、警備員を攻撃し、取り押さえ、別の二人が現金の入ったケースを奪った。ものすごく大胆な作戦が多くの証人の目の前で、一分足らずの間に行われた。被害金額は膨大なものだったようだ。噂によれば八万ドルということだ。なんてこった。こんな大金を手にしたのがおれだったら、王様だっておれの従兄弟にもなれやしない。ああ、ビジアに言いたいことを言って、そこらにある反物をあいつの頭に投げつけてやるのに。八万ドル。四十万グルドだ。おれは偉大な黒人になって、通りではみんなが平身低頭で挨拶し、お店の別嬪のお得意さんたちもおれには丁重に話しかけるだろう。帽子をかぶった運転手付きのでっかい車を買って、ラ・ブールに大きな屋敷を構え、アンナと一緒にニューヨークでヴァカンスを過ごす。偉大な黒人ってのはいいもんだ……

　そう、たしかに彼は幽霊のことを聞いたことがあった。噂ではコミュニストだってことだ。でも彼はその男を直接は知らない。ぜったい、ほんとうに。一度も会ったことはない。

「たぶん、本名で知っているんじゃないか。ジェラール・ブリソンっていうんだが、覚えはないか」

「ジェラール・ブリソン？」

「そうだ、わかったようだな。最後に治療したのはいつだ。やつはどこに住んでいる。どうしておまえの診察を受けるようになったんだ。おまえもきっとＰＵＣＨの仲間なんだろう」

「ちがう、ちがう。間違いですよ。私はカモカンじゃありません。ちがいます」

「じゃあ、奴はおまえに何の用があったんだ。ジェラール・ブリソンは」

「私はジェラール・ブリソンなんて知りませんよ。妻の頭に誓って言います」

「うそつきだね、あんたは。ドクター・マルセルさんよ」

「いや、私はドクター・マルセルじゃありませんったら」

「そうか、ちがうのかい。少し頭を冷やしてもらおうか。ドック・マルセル」

　またもや、平手打ち、キャロット＝マラッサ[1]。

「うすぎたねぇカモカン野郎。すぐに吐かせてやるからな」

暴力と嘲笑。おれはドクター・マルセルじゃない。おれの名前はXだ。ビジアさんのところのちゃちな店員にすぎない。腰に棍棒の一撃。おれは、ボンヌフォワ通りの、シリア人のビジアさんの店員だ。あんたたちもきっと知ってるだろう。腕は盾にはならない。そう、ビジアさん。ビジア。両手だけじゃ、すべてをいっぺんに防御することはできない。頭、顔、腹、脇腹。俺の名前はX。そう、Xだ。サンタントワーヌに住んでいる。殴る喜び。権力をもつ快感。ビジアの店員です。自分の同類を虐げる人間の偉大さ。すぐに浮かび上がる動物性。Xです。ドクター・マルセルじゃない。肉に食い込むブーツ。革には革。医者じゃないっ。怒りの頂点。ちがうよ。ちがう。ドクじゃないってば。気絶。拷問者の感じる幸福な疲れ。

4

昨日、昨日はまだ。

（1）往復びんた。

そんなばかな。最初っから誤解があったんだ。でも、やつらだって間違いに気づくはずだ。そんな人違いをするなんてありっこない。それもこともあろうに、おれのことを医者だなんて。このおれが。

彼はこのとりちがいを認めることができなかった。ほんとうに考えられないことだ。マルセル医師が殴られ、拷問を受けたのに、その痛みを感じたのは、彼、Xだった。彼の四肢がこわばり、彼の顔が腫れ、彼のお尻が痛んだ。それもこれも、馬鹿げた間違いのせい、ほんとうに馬鹿げた間違い、本当に馬鹿な。

重い眠りから解放されていくにつれ、徐々に悪夢の断片が少しずつつなぎ合わされ、今や彼はすべてをはっきりと思い出した。なんてことだ。もう少しすると、サンタントワーヌ教会の鐘が六時をうち、彼の妻が静かにベッドから起きあがるだろう。夫を起こさないための気遣いだ。店に行く前に、もう少し眠りを味わわせてあげようというのだ。十五分後に彼女は湯気の立ったコーヒーをもってきて、彼らは暖かい布団のなかで一緒にそれを飲むだろう。この夢の話は妻にはすまい。きっと心配するにちがいない。あいつのことだ、なんだって予兆とか、守り神さまの注意とかのように解釈して、夜分に外出するのはよくないと考え、今晩おれが左肩の治療のためにマルセル先生のところに行くのを止めさせるだろう。そうだ、あいつには何も言わないことにしよう。でも、なんていう悪夢だったんだろう。このおれ、Xが、医者の代わりに逮捕され、殴られ、拷問を受けるなんて。医者だなんて。ほんとうにおかしすぎる。こんな夢の話をしたら、ビジアの店の連中は大笑いするだろうな。でも、突拍子のない点を強調したほうがいいだろう。経理のティエノはマクートのスパイだからな。

「なあ、ティエノ、分かるかい。問題は、おれとドクター・マルセルの体型が似てたってことさ。背丈も、肩幅も一緒だ。それにおれの服装さ。青いスーツを着てたからな……」

「店で買ったやつかい」

「そうさ」

「だけど、なんだって診察に行くのに、一張羅のスーツなんか着ていったんだよ。それも水曜の晩なんかにさ。マルセル先生と間違われてもしかたがない。マクートが悪いんじゃないさ。でも、マルセル先生って、ラリュのミッション・スクールの向かいに住んでるお医者だっけ」

おっといけない。別の名前を考えなきゃ。ティエノのやつは、マルセル先生を巻き込みかねないからな。マクートたちは何をしでかすかわからない。こんな夢のせいで、先生に迷惑をかけちゃまずい。ペランという名前にしよう。いや、ペドルがいい。そうだ、ドクター・ペドル。それに少しおれに有利なように話を変えよう。どうせ夢じゃないか。少しぐらい尾ひれをつけてもかまわないだろう。たとえば、こんな具合だ。

「なあ、オーダン、いったい誰がおれを解放したと思う」

「誰だい」

「パパ・ドックさ」

「パパが？……まさか」

「ご本人がさ」

「パパに会ったのかい」

「今おまえと一緒にいるみたいにね」

「話したのか」

「宮殿の執務室に連れて行かれたんだ。おれを見るやいなや、あの人は〈なんだドクター・ペドルではないではないか。ビジアの店の売り子のXではないか〉って叫んだんだ」

「なんだって？　おまえのことを知っていたのかい」

「そうなんだよ。そしてさ、肘掛け椅子から立ち上がって、おれに近づき、一〇〇ドルくれたんだ」

「一〇〇ドルだって」

「そう、〈安心して帰りなさい。息子よ。おまえはカモカンではない〉って言いながらさ」。ああ、ほらサンタントワーヌの鐘が鳴り始めた。でも、おかしいな。いつもはもっと大きな音がするのに。まるで耳のなかに綿がつまっているみたいだ。あのおかしな夢のせいで耳がおかしくなっているにちがいない。アンナは何をしているんだろう。いつも、六時の鐘が鳴ると、ベッドから出てくるのに。きっと鐘の音が聞こえないんだな。今朝は鐘の音がかすかで、まるで遠くで鳴っているみたいだ。アンナ!……アンナ!……彼は妻の方を振り向く。

するとコンクリートの冷たさで和らいでいた痛みが突然目を覚ます。激しい放電が彼の体を貫く。背中、脚、膝、特に頭に激痛が走る。彼は目を開けようとしたが、瞼が完全には開かなかった。睫毛のところどころがかさぶたのようなものでくっついていた。辛抱強く、彼は睫毛をはがし、それから動かない指で、顔の切り傷と打撲傷の跡を探った。手でおそるおそる一番痛い部分がどこか確かめた。マリアおっかさん……うそだろう。ほんとうに逮捕されたなんて。誤解だよ。おれはXだ。ビジアの店の店員だよ。パパ・ドックは知っているよ。パパ・ドックにおれが誰だか訊いてくれ。パパ・ドックに訊いてくれ。パパ・ドック。

5

ぜったいに誤解があったにちがいない。

昨日、昨日はまだ。いや、それとも去年のことだろうか。それとも十年前か。ひょっとすると一世紀前か。だれが教えてくれるだろう。確かなことがどうしたら分かるだろう。星状に、方位盤のようにひろがる迷路のたくさんの路をどうしたら混同せずにおられよう。彼はほんとうに迷路に迷い込んだのだ。交差があり、小道と通りが複雑に入り交じり、廊下や通路がからみあい、落とし穴や行き止まりといった仕掛けが施されている迷路に。なりゆきにまかせる以外どうしたらよいだろう。最初の入り口に戻ろうと後退することもできず、ある方向に、ひとつの入り口に、廊下のほうへと、抵抗も甲斐なく、押されてゆくのだから。しかし、これらの多様な路のほうが彼へと向かっておしよせてきているのではないだろうか——それがどんな悪魔の仕業かはわからないが——。それが予《あらかじ》め仕組まれたリズムにしたがって彼の足下にやってきては、止まり、また動きだし、螺旋状に回り、線上に進み、分裂し、増殖し、狭いカーヴや迂回路を複雑に次々と連ねていく。その間、彼のほうはなす術《すべ》もなく、受動的に、不動で、したがっているだけなのだ。この小道や並木道や暗い通りのぐちゃぐちゃに絡み合った蜘蛛の巣のような網の目を。どこまでいっても閉じた空間にしか出会わないのに、抜け出そうとして。だが、移動しているのが、彼なのか、それとも迷路なのかを知ったからといってどうなるわけでもない。結果は変わらないだろう。墜落するか、天へとひっぱっていかれるかのどちらかだ。どの扉の向こうにも、待ちかまえている罠、頭のイカれた魔物の仕掛けた罠があって、彼を捉え、容赦なく、どんな抵抗も押さえつけ、彼を粘土のように、練り粉のように、材料のようにして、狂気の実験者の手に委ねてしまうのだ。だとしたら、移動しているのが、彼自身でも、迷路のほうでも、同じことではないか。

6

どうにかこうにか彼は身を起こし、壁にもたれかかった。その時、ようやく背広のことを思い出した。素敵なブルーの三つ揃い、この晴れ着を、彼はマルセル先生に診察してもらいに行くためにわざわざ着ていったのだが、それは今やなんとも惨めにくしゃくしゃになり、ところどころ破けて血の跡がついていた。もはや繕うことはできない。完全におシャカだ。六〇ドルもしたのに。まるまる一ヶ月分の給料だ。主人のビジアさんからローンで買い、毎月の給料から五ドルを天引きされた。無分別な行為だったが、二つとはない生地で仕立てたスーツを持ちたいという欲望に打ち勝つことができなかった。メートル一二ドルもした。二メートル半で三〇ドル。それにルネ・コルの店での仕立賃。さらに三〇ドル。でも、それだけの価値はあった。この服を、彼はこれまで四回しか着たことがなかった。そうだ。クリスマス、新年、聖アントワーヌの祝日、そして昨日、医者に行くため。それがもう完全に駄目になってしまった。ああ、処女マリアのおっかさん、どうしてギュアベラ[1]を着て医者のところに行かなかったのだろう。伊達をきどって、こんなスーツを着る必要があったんだろうか。馬鹿なことをしたもんだ。マルセル先生は彼のことをよく知っているじゃないか。どうしていいところを見せようなんて思ったのだろう。

　スーツの状態に気を取られて、Xは一瞬のあいだ傷のことは忘れ、ビジア老人のことを考えた。彼が八時になっても来ないのを見て、きっと怒っているだろうな。回りに向かって叫んでいるのが聞こえるようだった。「仕事に遅刻はないということを教えてやる。給料三割カットだ」

「ああ、ビジアさん。でも、私のせいじゃないんです。どうしようもなかったんです。あいつらがまちがって、捕まって、痛い目にあわされて、ここに閉じこめられたんです。三割カットだなんて、アンナは妹の結婚式のための靴が買えなくなってしまいます。アンナをそんな目にあわせることはしませんよね。ああ、マリアおっかさん。あいつは昨晩はどうしただろう。おれが帰ってこないので心配したろうな。眠れなかったにちがいない。おれのことをそこらじゅう探しただろうな。そこらじゅう

アンナは小路で誰彼に訊ねただろう。「Xを見ませんでしたか」

アンナは店や喫茶店に行ったり、屋台の主人に訊いただろう。

アンナは突風のようにパン屋に入る。

アンナは靴屋に、溶接工に話す。友だちの、ベルリュスの奥さんに訊ねる。

アンナは通りの端まで行って、また引き返してくる。教会まで駆けていく。教会では聖アントワーヌが罪のないようすで彼女を見つめる。

アンナは通りがかりの人に訊ねる。

不安にみちた同じ質問。いつも同じ否定的な答。同じ答が繰り返されるので、疑心暗鬼になり、彼女は仮定を混ぜ、だんだんと細かい質問をするようになる。

だが、誰が正確な情報を与えることができただろう。Xが逮捕され、殴られ、牢屋に入れられたなどと、誰が言うことができただろう。そして、今どうやって彼女に伝えよう。

昨日、昨日はまだ……

（1）キューバ風の服。

どんな方法で。マクートの連中は教えに行きはしないだろう。そんなこと、したためしがない。それにおれのことをドクター・マルセルだと思っているんだから、アンナにはおれの身に起こったことを知る術はまるでない。ああ。だめだ。アンナは病院まで探しに行ったりはしなかっただろうな。だめだ。そんなところまで行ってみようなんて考えたらまずい。そんなことをしちゃだめだ。だめだ。マクートの奴らは見張りを三人残して、ドクター・マルセルのところに、カモカンの誰かが来ないかを窺っているんだ。もしアンナが行ったら、彼女まで民兵たちに捕まってしまう。だめだ。そんなのは。

彼はそんなことが起こるかもしれないという考えを拒み、だんだんと鮮明になるイメージを頭から追い払い、感情をともなわない、もっと差し障りのない場面を想像してみた。ボンヌフォワ通りの店だ。ぴかぴかのカウンター、ショーウインドウ、派手な色の布地。店員たちは持ち場についている。経理のティエノ。オーダンは最初のお客の相手をしている。帳場の後ろでは、ビジア老人がときどき書類から目をあげて、主任店員が来たかどうかを見る。おれが牢屋に入れられたと知ったら、どんな反応をするだろう。政治犯だからな。ああ。まあ解雇は、確実だ。マクートに睨まれるのはいやだろうからな。こんな事件を起こしても、おれを雇いつづけたら、終身大統領の体制に反対していると思われかねないだろう。それに、ティエノのやつが入れ知恵するにちがいない。ティエノとオーダンだ。

オーダンのやつは主任の座に収まり大満足だろう。

7

午ごろ、Xはうとうとし始めたが、扉の音と、車輪のきしむ音で目が覚めた。料理人がやってきて、囚人に食事を配っている。監房の前に止まるごとに、彼は囚人の名前を呼びあげ皿を渡した。Xの房の前につくと、料理人は叫んだ。

「ドック・マルセル」

Xは答えず、片隅にうずくまったままでいる。料理人は鉄格子ごしに彼を睨み、なおも言う。

「ドック・マルセル、食べたくないのか」

「ドクター・マルセルじゃありません。おれはXです」

「Xなんてここにはいないぞ。少なくとも、おれのリストにはないぞ。八号房、ドクター・マルセル。そう書類には書いてある。八号房はおまえのところだ」

「おれはXで、ドクター・マルセルじゃありません」

「好きなようにしろ。食べるのを無理強いはできないからな」

料理人は、食事を配り続けた。晩になると、同じ場面が繰り返された。ドック・マルセルという名前じゃない、とXは言い続け、料理人は彼のことを無視した。

翌日の昼、カートのきしむ音が聞こえると、Xは鉄格子の扉に近づき、湯気の立つ皿をちらっと見た。トウモロコシの粥に赤豌豆のソースがかけてあり、緑のバナナが少し、ちっぽけな肉片がいくつか見えた。貧弱で、うまそうとはお世辞にも言えなかったが、彼の腹がSOSを発信した。何も食べずに二十四時間が過ぎていて、腹ぺこだった。「はい」と答えさえすれば、あの暖かい料理の皿が彼の手元にやってくるのだった。それに、彼には食事にありつく権利が十分にあるじゃないか。国が金を払っているのだし、彼は不当に逮捕されたのだ。やつらが何が何でも、「ドック・マルセル」にしたいなら、それでいいじゃないか。空腹を和らげる手段はこれしかないぞ。

彼は格子の前に立った。料理人は笑いながら彼を見た。でも、もし罠だったらどうしよう。もしほんとうにマルセル医師が政治活動をしてたなら、彼のふりをしたら、おれはほんとうにお終いだ。おれは連中の攻撃に耐えた、へこたれはしなかった。それに本当のことだ。おれはドクター・マルセルじゃない。ただのビジアの店の売り子だ。調べるのは簡単なのに、主人のところへ行っておれのことを訊くだけで十分なのに、どうしてそうしないんだ。どうして、ここで連中の術中にはまって、自分がドクター・マルセルだと認めにゃならんのだ。腹がへっているからか。もう一昨日の晩から何も食べていないからか。腸にガスがたまって、内臓のなかでかくれんぼしているからか。カートの上には湯気を立てた皿があって、下腹に強烈な痙攣を引き起こす。あのアルミニウムの皿をとって食べたい、おれも他の囚人のように。ちくしょう。腹ぺこだ。

「ドック・マルセル」

「はい」

「ようやく、決心がついたようだな」

料理人が差し出した皿を、Xはあわててつかんだ。

「どうぞめしあがれ、ドック・マルセル」

Xはびくっとした。料理人の声に皮肉な響きがある気がしたからだ。しかし、料理人はもう遠く離れ、空腹の方が疑念よりも強かったので、彼は食事にかぶりついた。赤豌豆のソースをがぶがぶと啜り、右手の中指と親指で肉と緑バナナの塊をつかみ、それからトウモロコシの粥にとりかかった。冷めていたので、すこし扱いやすくなっていた。最後に人差し指を曲げて、円を描くようにして素早く皿をすっかり平らげた。Xはコンクリートの地面に皿を置くと、呆けたように笑い、恥ずかしげもなく、げっぷをした。すると突然、表情が変わった。腹の要求を満たすと、不安が戻ってきた。彼はマルセル医師であることを承認したのであり、とうぜんそれには結果がついてくる。恐怖から独房の隅っこに体をおしつけ、彼は午後の間をずっと苦悩のうちで過ごした。ほんのちょっとした物音にもビクビクした。ほら、ついに奴らがおれを探しに来たぞ。銃殺されるんだ。マリアおっかさん。もう死んだも同然だ。

しかし、夜になって粗末な食事の時間がやってくると、彼もまた他の囚人同様、豌豆のソースのかかったトウモロコシ粥を受け取り、何事もなく過ぎた。その後の日々も同じだった。こうして、Xは安心を取り戻し、すこし大胆になって、数週間もすると、料理人が彼の独房の前で「ドック・マルセル」と呼ぶときに、なんの躊躇もなく、しっかりした声で「はい」と答え、手を伸ばして皿を受け取るようになった。

8

一、二、三、四、五。壁。上には、明かりとりが一つ、四本の鉄棒がはまっている。空も断片的ながら見えたし、時には風のぐあいでサブリエの樹の葉が五、六枚とんで来ることもあった。一、二、三、四、五。鉄格子のはまった扉。暗い廊下。向かいの壁。彼は独房のなかを行ったり来たりする。時々立ち止まり、後ろ脚で立ち上がり、前脚を光のほうへと上げる。彼は脚を眺め、注意深く見つめ、爪を出し、丁寧に舐め、満足げに小さくにゃあーと声を上げ、また散歩を始める。しかし、同室者の忍耐にも限界がある。

「ちょっとは静かにしていられないのか」と彼は叫ぶ。「もう小一時間も、部屋の中を行ったり来たりしては、わけのわからんシナを作っている。頭がおかしくなったのか」

「言っておくが、まず、一時間も散歩してはいないし、それに、猫としては、おれは君と同じくらい健全な精神をもっているんだよ、店員くん。さらに言えば、シナと君が呼ぶものは、模倣《マイム》なんだ」

「模倣《マイム》だって」

猫は、いつものように布を丸め続けている店員の前で立ち止まった。

「模倣《マイム》が、何か知っているかい」

「だれの模倣《マイム》をしているんだ」

「Xさ。Xの模倣《マイム》をしているんだよ。彼の変身の瞬間を、やつが自分の考える医者の外面の特徴をきちんと真似たところをさ。たとえば、奴の手だが、奴が最初に気を配ったのがそれさ。爪の清潔さってことに関しては、いつだって非の打ち所がない。だが、ご存知のように終身大統領閣下の作った監獄の衛生状態は不十分なものであるから、しじゅう爪の掃除をする必要がある。それに、収監された最初の一週間、Xは手づかみで食事をしていたんだ。碩学なるドクターの監獄では、食事には銀器がついてこないからね、まあ自前でやるしかない。つまり、俗に言うアダムのフォークを使うわけだ。ところが、Xがドクター・マルセルの仮面をかぶってからというもの、彼はもはや人差し指と中指をスプーンにして、とうもろこし粥を掬うなんてはしたない真似はできなくなった。そんな真似は、まったくもって医者には似つかわしくない。社会的に見ても失墜だ。そこで、フォークやスプーンが必要になったというわけだ」

「あいつ、どうやって手に入れたんだろう」と事態に興味を持ちはじめた店員がたずねた。

「おや、おれが言ったこともまんざら馬鹿なことじゃないらしいな」と猫は言った。「もっと知りたいかい。ちょっと詰めろよ。立っているのも疲れた」

店員が茣蓙のうえに少し場所をつくってやると、猫はそこにあぐらをかいて座り、話を続けた。

「フォークやスプーンを手に入れるのに、そうそう方法があるわけじゃない。料理人からもらったのさ」

「でも、料理人だってマクートだろ。政治犯を優遇するような危険を冒しはしないだろう」

猫は舌打ちしながら、頭を振った。

「きみがそんなふうに考えるなんて、ほんとうに驚きだね、店員くん」と猫は言った。

「どうしてさ」

「大した価値もない品物を、うまいこと言って高くお客に売りつけた経験が一度もないのかい」

「もちろんあるさ」と店員は叫んだ。「おれたちの商売じゃ、口八丁でお客をその気にさせることができなきゃ、だめさ。品物が棚ざらしだ」

「そうだろ。Xのやつも同じ手管を使って料理人を説得し、医者なんだから、ある種の権利があると思いこませたのさ。こうやって自分に興味を持たせて、いくつかの質問をして罠へと誘いこんだのさ。料理人に奥さんがいるかと訊ねたんだ。それに監獄の近くにちょっとした愛人だっているでしょう。あなたみたいな男盛りが奥さんだけで満足できるはずがない、見ればわかりますよ」

「愛人が二人いるんだ」

「さすがですね。それじゃ忙しいはずだ。奥さんに愛人が二人。あなたをちょっと見るだけで、そのくらいは当然だって気がしますよ。お子さんはいますか」

「六人、男の子が二人に、女の子が四人」

「脱帽ですね。奥さんが一人に、愛人が二人、子どもが六人。でも、みんな病気にかかったりはしませんか」

「おかげさまで、健康だ」

「ついているんですね、あなたは。でもいつか、子どもがひどい虫垂炎になったり、奥さんや愛人が重病になることだってあるかもしれませんよ」

「そんな縁起でもないこと言わないでほしいな、ドック・マルセル」

「不幸を願っているわけではありません。でもね、あなたは独りじゃない。十人分なんです。ということは、重病になる可能性も人の十倍あるわけです。そんなことが万が一にも起こったときには、外科手術ができる医者の助けが必要になりますね。言っておきますが、そんなときは私をあてにしてもらって結構ですよ。友人として診てさしあげましょう。あなたは私に親切にしてくださったんだから。無料で診療してもいいですよ。私がここに収監されていた間にしてくれたことの思い出としてね。ああ、医者の友人がいるっていうのはいいですよ。しかも、あなたに恩があり、困難な時期に世話をしてあげたとなるといつ何時でも、真夜中でも、無料で診てくれるはずです」

「たしかに、そのとおりだ。ドック・マルセル。ここの伍長にいるよ、そういう人が。ティボ先生にどんな時間でも診てもらって、お金は払ったことがないんだ。それはティボ先生がまだ学生だったころ、いつも伍長の母親が昼食をご馳走してたからなんだ。ただだよ」

「ほら、そうでしょう。それが恩義というものです。ほんのちょっとしたこと、それ自体では大したことないことでも、特別な事情があるときには、重要なことになるんです。重要なことにね。たとえば、私の場合だと、食事のときにフォークがあれば、これはものすごく嬉しいですね。フォークなんて大したものじゃない。ぜんぜんつまらないものだ。そうでしょう」

「たしかに」

「スプーンに、ナイフ、プラスチックのコップ。そんなものはどれもつまらないものだ。ちがいますか」

「そうですね」

「でもね、もしそれがあったら、私にとってはすごいことなんですよ。私はほんとうに、心から感謝しますよ。ねえ、あなた。恩にきますよ。二日後、Xは必要な食器を手にいれ、完全にドクター・マルセルになりすました」

「こいつは妙案だ」と店員は言った。「料理人は義理を返してもらうのに長いこと待ったりしなかっただろうね」

「そりゃそうだ」と猫は口ひげをなでながら言った。「料理人は、ドック・マルセルの、というかXの、日常生活をその他にも改善してやったが、もちろん、何気なく助言をもらうのを忘れはしなかった。当然だろう。ギヴ・アンド・テイクさ。腰痛に対して、Xは奇妙な処方を施した」

「どんなのだ」

「足浴を勧めたんだ」

「足浴だって」

「たしかに悪くないアイデアさ。足も、いや、より正確には、踝《くるぶし》も痛くはないかと料理人に訊ねたんだ。はたして、その通りだった。そこでXは、毎晩寝る前に足を湯につけるようにと言ったんだ。熱いお湯に、塩をひとつまみ入れてね。これで血行がよくなる、と。塩化ナトリウムの効果か、偶然か、なにはともあれ、四回ほどやってみると料理人の腰痛はすっかり消えた。この瞬間から、Xは完全に変身の歯車にはまり、もはや後戻りはできなくなった。料理人が顚末を吹聴すると、八号房を訪問する人間が少しずつ増えていった。料理人の助手たち、兵士、下っ端のマクートなどが料理人の病気を治した医者を訪ねにやって来た。Xはもはやビジアの店の主任店員ではなく、偉大な医者だった。Xはもはや Xではなかった。聴診し、診断し、処方した」

「おいおい、そりゃちょっと無茶だろう」と店員は言った。「どうやって処方ができるんだ、医学を勉強したわけでもないのにさ。患者たちだってすぐ気づくだろうに」

「患者たちがどんな人たちなのかを忘れちゃいけない。たいていは無知な連中で、頭にあるのは、ドック・マルセルがとても簡単な方法で料理人の病気をすばやく治したということだけなんだ。つまり、彼には不思議な力があるってことだ。それに、Xはビジアの店で日がな一日反物を測るしがない店員だったが、読み書きはできた。勉強だって、ゴンザグの聖ルイ学園で中学までいったんだ。あれ、きみと同じ学校じゃないか。彼は科学の知識も少しはあった。もちろん、ごく基礎的なことにすぎなかったけれど、それでも、頭蓋骨の名前とか、リンパ腺の役割とか、内臓の働きなんかを覚えていた。それに薬の名前や手術器具の名前を足せば、そんなちょっとしたものから、料理人や兵隊やマクートたちを騙して、立派な医者になりすますのは難しくはなかったんだ。それに、頼まれもしないのに、開業していた頃の経験をみんなによく話して聞かせたんだ。たとえば、一番人気があったのは、十二歳の少年を危機一髪で救った穿孔手術の話だった。頭の骨を鋸で切ったんだ。大工みたいに、ほんとうの鋸でだ。もちろん、電動の、外科手術用のものだけれど、すべてが電気で作動するので、ポルトープランス電力のお定まりの停電のおかげで、問題がよく起こるわけだ。しまいには、病院に自家発電をつけなきゃならなかったほどだ。それはそれとして、十二歳の少年に穿孔手術をしていたんだ。非常にむずかしい手術だった。私の指先に一人の人間の命がかかっている。メスがわずか十分の数ミリぶれても、脳を傷つけて確実に死に至ってしまう。八時間も手術室で過ごしたんだ。八時間だよ、分かるかね。緊張が高まり、看護婦が医者の額の汗を拭う。独房ではみな身じろぎひとつせず、耳を傾けている。料理人、皿洗い、若いマクートが二人、固唾《かたず》をのんで、この類をみない手術の模様を細大漏らさず聞こうとしている。注意深く聞く人びとの気配を感じると、マルセル医師は、テクニカル・タームや器具の名前を混ぜるんだ。メス、鑿、殺菌、柳葉刀、止血鉗子、骨鉗子、血圧測定器、流体圧力計、ラムコルフ・コイル。また、時にはでっちあげたりもする。振動ポンプ、脱関節、頭蓋性、小脳丸鑿、側頭骨刀、などなど……」

「ふうーん、おまえもなかなか、豊かな想像力をもっているなぁ」と店員が口を挟んだ。

「そうじゃない、そうじゃないさ」と猫が抗議していった。「嘘じゃない。ほんとうにこの通りに事は運んだのさ。ほとんど毎晩のように、拷問の合間に、マクートがやってきては、気分転換に、ドック・マルセルの思い出話を聞いたんだ。それは何ヶ月も、何年も続いた。ポルトープランス中央刑務所八号房の偉大な医者が余所へ移送されるまでね。理由は不明だが、彼はジェレミー刑務所三十七号房に移されたんだ」

「おいおい」と店員は叫んだ。「三十七号房は、おれたちのいるここだぞ。ドック・マルセルとおれたちがいる」

「だから？」

「だからって、どういうことだ。おまえの話の偽医者とおれたちのドクター・マルセルが同一人物だと言いたいんじゃなかろうな」

「そのとおりだよ」

「こいつはすごい。最高だね。よくもおまえは、おれたちの偉大なマルセル先生を侮辱できるな」

「侮辱なんかしちゃいないさ、真実を言っているだけだ」

「まだ言ってやがる。もう一度そんなことを言ったら、物差しでひっぱたいてやるぞ、わかったか」

「いいかい、ドック・マルセルとXは同一人物なんだ。俗に言うように、五〇サンチームと二グーダン(1)ってわけさ」

「このやろう。大法螺吹き、陰口野郎」と店員は叫んで、物差しをつかむと、猫の首っ玉をひっつかんだ。猫は爪で一撃を加え、店員のシャツは見事に引き裂かれた。店員は思わず手を離し、猫はその隙に天窓の縁に飛び上がった。

「もしおれの言うことが信用できないのなら、ドクター・マルセルに訊いたらいい。もう、昨日、昨日はまだ……

（1）五〇サンチーム硬貨の俗称。

戻ってくるころだから」と猫は上から叫んだ。

監房の扉が開き、ドック・マルセルが入ってくると同時に、猫は窓の鉄格子の向こうに姿を消した。

「また、喧嘩していたのか」とドック・マルセルは店員に言った。

「めっそうもない。目隠し鬼をして遊んでたんですよ」

「やつは爪、おまえは物差しを使ってか。こんなことだと思っていたよ。ああ、私がちょっとあっちを向けば、きみたちは喧嘩をはじめるんだ。さあ、生地に戻るんだな。横畝織り、山東絹、ギャバジン、ちりめん、インド更紗、今晩は何だ。静かにしてくれ、私の訪問者がやってきたようだ」

店員が布にくるまって腹這いになると、訪問者が静かに入ってきた。

「来たね」とドック・マルセルは言った。「ずいぶん長いことご無沙汰だったじゃないか。今度は、何の用だい」

「大した用でもない。もうあまり話すこともないしね、ちょっと寄ったまでさ。せっかく会いにきた奴は、ちょうど天窓から逃げてしまったようだし」

「猫のことかい」

「そうだ」

「あんたもあいつに関心があるのか。捕まらないと思うよ。司祭のところの雌猫とデートだからな。長くなりそうだ」

「あいつがそう言ってたのか」

「少し前から、猫との関係が奇妙な具合になっていて、あいつの考えが読めるんだ」

「まさか」

「ところがほんとうなのさ」

「そいつはおもしろい。ところで、どうやってやるんだ」

「あいつの考えていることを知るには、目をじっと眺めるだけでいい。でも、あいつも気づきはじめたようで、避けるようになってきた。まあ逃げたってかまわんさ。それでもちゃんと分かるんだから」

「どういうことだ」

「けさ、あいつとの新たな関係を発見したんだ」

「どんな発見だ」

「離れていても、後をつけることができるんだ」

「離れていてもだって」

「そうまるで、おれの中にいるみたいにさ。いつだって、やつがどこにいて、何をしているか、何を考えているかが分かるんだ」

「どうも予定よりずいぶん早く進行しているようだな」と訪問者は手をこすりながら言った。

「どういう意味だい」とドック・マルセルは訊ねた。

「べつに、なんでもない。ちょっと考えごとをしてたんだ。悪かったな。でもさっきも言ったように、ちょっと通りがかっただけなんだ」

彼は監房の壁へと消えていった。

9

一、二、三、四、五。湿った壁。上には、ちょうど彼の目線のところに天窓の土台がある。鉄格子がはまっている。空が見える。つま先立ちになると、海が少し見えるだろう。一、二、三、四、五。鉄格子のはまった扉。廊下。向かいの壁。彼はさっと振り向き、手を天窓からこぼれる光のほうへとあげる。指を一本ずつ、ゆっくりと折る。爪を一つずつ見る。その固さを探り、地面のほうへと身をかがめる、爪をとぐためにコンクリートの床にこすりつけ、手のひらで切れ味を試した。一、二、三、四、五。

いや、誤解があったんだ。昨日、昨日はまだ。

10

料理を載せたカートが監房の前で止まり、料理人がアルミニウムの皿をもって、彼の方に叫ぶ。

「猫頭」

彼は動かない。彼に向かって話しかけたのではなかった。料理人は近づいてきた。

「どうしたんだ。食べたくないのか、猫頭」

マルセル医師は理解することができず、料理人を眺めた。どうして、そんな名前で呼ぶのだろう。なんておかしな考え方だ。彼の顔には猫族的なものはまるでなかったから、こんなあだ名はふさわしくなかった。

「どうしておれのことを猫頭なんて呼ぶんだ」

「だって、それがおまえの名前だろう」と料理人は驚いたように答えた。

「おれの名前だって」

「そうさ。おれのノートには書いてある。三十七号房、猫頭。三十七号房はここだ。だから、猫頭はおまえだ。どうする、食事はいらんのか」

「でも、それはおれの名前じゃない。おれはドクター・マルセルだ」

「ああ、そうか」と料理人は答えた。「おまえはドクター・マルセルか。だとすると、ドックって呼んでもらいたいんだな」

「おれは医者だ」

「医者だと」料理人は叫んだ。「おちょくっているのか。おまえはこの国にドックはたった一人しかいないのを知らないのか。それは、我らの、敬愛すべき、精神的指導者にして、偉大な学者、ドクター、終身大統領、祖国の父、つまり、パパ・ドックだけだ。いいかい、おまえさん、よく覚えておきな。ここにはな、ドクターも、エンジニアも、先生もいないんだ。おまえたちは全員カモカンだ。おまえはカモカン猫頭だ。それがおまえの名前だってことをよく頭にぶちこんで、食事を受けとるには呼ばれたら、〈にゃあお〉と答えるんだ。分かったか。いいか。猫頭！」

「何かの間違いだ。おれはドクター・マルセルだ」

「そうかい。分かったよ。今日は食事がほしくないんだな。なぜ素直にすぐそう言わなかったんだ」そう言うと、料理人は食事をカートに戻し、遠ざかっていった。

11

昨日、昨日はまだ。

ジェレミーの街は満月の下で眠っていた。家々のなかで動くものは何もなかった。ましてや通りには何もなかった。獄舎は沈黙で覆われていた。見張りは詰め所でうとうとしていた。監獄の高い塀の向こうでは、囚人も看守もまどろみ夢を見ていた。

すべてが監視下にあったその海辺の小さな街で、海を思わせるものは波音だけだった。だが、そのさざめきもさして大きなものではなかった。むしろ、浜にうち寄せるそのかすかな音のために、かえって静けさは増していた。

監房のなかで、ドック・マルセルは突然目覚めた。何かが彼を眠りから引きずり出したのだ。遠くの声だ。切ない鳴き声だ。彼は、呼び声がかすかに聞こえた方向へと耳を向けた。ドック・マルセルはそれが夢ではないとはっきり感じていたし、再び叫びが聞こえるにちがいないと分かってもいた。彼は茣蓙の上でじっとしていた。待機していた。心臓が高鳴った。やがて、呼び声は彼のところまでやって来て、さっきよりも近くはっきりと聞こえ、彼はその意味を完璧に理解した。血が血管のうちをさらに熱くまた早く流れはじめた。呼吸が荒くなった。心臓が猛スピードで脈打つ。またもや、鳴き声が静寂をつんざく。

すると、なにか放電のようなものが、ドック・マルセルの下腹から放出され、彼の背骨に沿って広がり、四肢に軽い震えを呼び起こした。ドック・マルセルは伸びをして、藺草《いぐさ》の茣蓙に爪を立て、身を起こした。四つ脚で、背を丸め、逆毛を立てて。雄猫の呼び声はさらに執拗になり、より誘い込む調子になり、さかりのついた雌の鳴き声がそれに木霊《こだま》のように答えた。再び、独房の壁のなかで声が響き、地面から天井へと駆け登り、頂点でばらばらになった。すると、やおらドック・マルセルはひとっ飛びに窓まで跳ね上がり、鉄格子の間に頭をつっこみ、静かな宵闇のなかへ、狩りに出る雄猫の初鳴きを発した。

昨日、昨日はまだ!……

（澤田直訳）

葬送歌手❖エドウィージ・ダンティカ

エドウィージ・ダンティカ　Edwidge Danticat（1969-）

一九六九年、ポルトープランスに生まれる。二歳のときに父親がニューヨークに渡り、四歳のときに母親も夫のもとへと去った。彼女は、弟と共に、伯母の家で育てられる。十二歳のときに両親と一緒になる決意をして海を渡り、ニューヨーク・ブルックリンに移住。高校時代には、校内誌に創作を発表した。バーナード女子大学でフランス文学を修めた後、奨学金を得てブラウン大学大学院で修士課程を修了。修士論文 Breath, Eyes, Memory（『息吹、まなざし、記憶』）は、提出前から出版が決まり、刊行されると、マクシーン・ホン・キングストンやトニ・モリスンと比較されるほどの好評を得る。その後、本格的な作家活動に入ったが、ニューヨーク大学やマイアミ大学で創作（creative writing）の講義をもつ傍ら、ハイチ文化紹介や、ハイチ人権国民連合の活動に積極的に携わっている。現在マイアミ在住。短篇集に『クリック？ クラック！』（九五、邦訳五月書房刊）、長篇小説に、『息吹、まなざし、記憶』（九四、邦訳ＤＨＣ刊）、『遺骨の飼育』（九八）、『アフター・ザ・ダンス　ハイチ、カーニヴァルへの旅』（〇二、邦訳現代企画室刊）がある。ここに紹介した「葬送歌手」The funeral singer は、二〇〇四年三月に Knopf 社より刊行の短篇集に収録。

第一週

マンハッタンのアッパー・ウェストサイドにただ一つあるハイチ・レストラン、「アンビアンス・クレオール」のオーナーをしているレジアが教科書を長々と読み上げる。

「フォー　スコーンズ　アンド　セブン　ティャーズ　アゴー、アワ　ファーザー　ブリュー　アップ　ディス　コンディメント！」

何だか変だけど、英語を話そうとするときレジアの舌はもつれない。まるで嵐の中で鳥が鳴くように、あらゆるものが彼女の口の中で混ぜ合わされる。

レジアは真っ白なモスリンのハンカチをいつも持っている。それが急に前後にばたばたとはためくと、ベチベルの芳香が広がっていく。まるで彼女が凧で遠くまでメッセージを送っているかのように。

レジアの発するベチベルの香りにもかかわらず、教室は焼けつくような暑さでひりひりしている。エアコンは、まるで私たちの話に聞き耳をたてるかのように、鼻唄をやめている。

鉛筆みたいな体つきのマリセルは、いかつい感じのフレンチ・スーツを着ているのにかかわらず、完璧な直線になって立ち上がり、まるで二人の人が話しているかのような重々しい声で、自分の名前を言う。それがあまりにも早口だったからじっさいよりも短く聞こえて、まるで自分に、クラスだけで通用するあだ名をつけようとしているみたいだった。

彼女は名前をもう一度言うように言われる。三回言ったあとで、さらにもう一度音節ごとに言うと、マリ・セル、つまり「塩のマリア」とか「一人ぼっちのマリア」を意味する二つの美しい単語になった。「私たちのために祈ってください」とつけ加えてみたくなる。実際、私は小声でそう言った。彼女が口を開けるたびに、豊かなカーリーヘアをぐいっと引っぱるしぐさが気になって、ついつい目がいってしまう。彼女が引っぱったり、放したり、引っぱったり、放したりを繰り返すたびに、頭皮が上下するのがわかる。

私は自己紹介をできることなら歌でやりたかった。そうすればたぶん、だれもがつらくなって、私を見ることができないに違いない。

私は「ブラザー・ティモニー」を歌いたかった。漁師をしていた父さんが、嵐になりそうなときによくうたっていた歌。

みなさん、一緒に舟を漕ぐ真似をしてください、そう頼んでから歌いたかった。ブラザー・ティモニー、やれ漕げ相棒。そら大変だ、ぼやぼやするな。ブラザー・ティモニー、風が強いぞ。そら陸地まで、たどりつけ。

ブラザー・ティモニーに助け舟を出してもらうのは、これが初めてじゃない。少なくとも、初めて試してみたことじゃない。

私は父さんに聞いたことがある。ブラザー・ティモニーってだあれ？

父さんは知らなかった。たぶん、海で死んだ漁師なんだろう。父さんが知っている歌はほとんどが海で死んだ人たちの歌だもの。

自己紹介しようと立ちあがりざまに椅子を足で軽く蹴ると、先生は自己紹介をやめて、質問に切りかえる。

「で、あなたは何をしているの？」彼女の声はいらだっている。それなのに、抑揚がなくて一本調子だ。

何もしてません、って私は言いたい。まだ、なんにも。私は国を追い出されてきました。それで二十二歳にもなるのに、このクラスにいるんです。

みんながひととおり終わると、先生はこう言って自己紹介した。「私の名はジューン。ジューンと呼んでください。授業に集中して一生懸命勉強すれば、試験なんてチョロイものだし、すぐにみなさんは全員、高校卒業とみなされるでしょう」若そうでたくましく、だけど胸の平らな先生は、つるつるした素足を私たちの前でぶらぶらさせながら机に腰掛けている。先生は、自分がどんなにとんでもないことを約束したのか、わかっていない。卒業証書がすぐにもらえるですって？　グリーンカードなんて数週間で取れますよ、って約束する弁護士みたい。

レジアは、先生が着ているプリーツの入ったタンクトップのドレスの上から見ると、彼女の乳房がまるで小さなたんぽぽのつぼみみたいなのに気がついて、「ペチャパイ」というあだ名をつける。それから、マリセルには聖母マリア、私には「ちっちゃな葬送歌手ちゃん」私は私の年代では数少ないプロの葬送の歌手。少なくとも以前は。

第二週

レオガンでの少女時代、私はよく母さんと電話ごっこをして遊んだ。コンデンスミルクの空き缶を長いひもの端で結んで、遠くに離れればなれになって歌い合った。ときには私が家の中のヒマラヤスギのテーブルの下に隠れて、母さんは外。それでも私たちは叫ばなくてもお互いの声を聞くことができた。

カーニヴァルの時期になると、電話ごっこに使っていたひもはメイポールダンス用のひもになる。かわるがわるメイポールの柱になったり、ダンサーになったりして、スキップしてお互いの周りを回ったり、ロープの下をくぐったり。私たちは風を編んでるんだよ、ときどき頭の上に出る虹みたいな厚さのモールを編み込んでるんだよって、私たち、というより母さんはいつも思ってた。

遊び疲れると、いつも母さんは雲を見上げて言う。「フリーダ、見てごらん。父さんはあの上から私たちのやってることを聞いてるの。父さん、神様と一緒にココナッツを食べながら、私たちのためにココナッツの実で雲をつくってくれてるんだ」

そんなことを言っているときの母さんは、いつも心ここにあらずなんだなって思った。それからまた母さんは、何枚ものハギレに雲を刺しゅうした。真っ赤な糸でできた小さな巻雲。

父さんは、あしたの海がどんなふうになるか判断するために、夕暮れ時の雲が光るようすをいつも見ていた。ルビーのような夕焼けはおだやかな海を意味するし、血のように真っ赤な曙光はすべてをだいなしにしてしまう。

第三週

青は、私が父さんと一緒に海にいるときに見ることのできたただ一つの色。しばらくのあいだ、私たちは世界にほかの色があることを忘れた。そうそう、黄色もあった。黄色は、太陽が沈んで見えなくなっていくときの色。

「黄色はひまわりとマリーゴールドの色」レジアが言う。ハンカチでぱたぱたと自分に風を送って、ベチベルの香りで私たちをむせさせながら。

「マリーゴールドは千の命の花」マリセルがつけ足す。マンダリン・レッドの口紅でフィルターの先をくわえて、細長いゴロワーズをスパスパ吸う。

「黄色は、私のボーイフレンドのよう」レジアが言う。「千回うそをつく男」

先生が私たちに画面いっぱいのひまわりの絵を指して言う。「この絵には無駄な空白がまったくありません」

人生は無駄な空白に満ちている。

かつての私は、歌をうたいにいった葬式に溶け込むために、いつも真新しい黒のドレスしか着なかった。今の私は、自分の空白を照らし出すために、古着、いわゆるケネディの、虹色のを着て、頭には赤いヘアバンドを巻いている。

第四週

レジアが言い出して、彼女とマリセル、私の三人は、授業のあとで彼女のレストランに行くことになった。私たちは授業で何をやっているのかわからないことが多かったし、ハイチ人は私たちだけだったから、現在完了形の文法的な規則などを教え合ったりできるかもしれないと考えたから。私は初め、現在完了形《プレゼント・パーフェクト》というのは完全な贈り物《パーフェクト・プレゼント》とか、この世に二つとない天賦の才《ギフト》のことと勘違いしていた。

食堂のテーブルには花柄のビニールカバーがかかっていたけれど、レジアは、私たちがきれいな木のテーブルでお酒が飲めるように、その一つからカバーをとるのが常だった。周りの壁は、明るい小さな絵で埋めつくされていた。こまやビー玉や凧揚げで遊んでいる少年たち、外海で網を打っている老人、頭に大きなカゴを載せて裸足で市場へ向かって歩いている女たち。頭上には、ほこりのつもった換気扇が一つあって、レジアの言うには、コックが料理を焦がして換気が必要になったときだけ使うらしい。私たちはその換気扇を回し、テーブルが小さかったから、お互いの膝をくっつけながらすわった。マリセルだけは、椅子をちょっと引いて、彼女と私たちの間を数インチあけた。

ある晩、レジアの食料貯蔵庫から出してきたおしっこ色のラム酒を飲みながら、最初に切り出したのは私だった。マリセルは赤ワインしか飲まないから、自分用にピノ・ノワールの小瓶を持ってきていた。

「母さんとよく電話ごっこをしたもんだわ。父さんと釣りに行ったときには、青以外の色なんて全部忘れちゃった。ナショナルパレスで歌ってくれないかって頼まれたことがあった」

私の人生のこまごまとしたことをいくつか話せば、彼女たちも同じように話す気になるかもしれない。そうすれば少しずつでも悲しみを分かち合えるし、持ち寄った悲しみを軽くして帰っていけるから。

第五週

父さんがまだ捕まる前には、大晦日になると共和国大統領が私たちの町にやってきて、黒いぴかぴかの大型車の窓からお金をばらまいてまわった。太陽の光が鋳造したてのコインを包み込み、コインはガラスのような光を放つ。大統領がやってくると聞くと、私たちは家じゅうをすっかりきれいに掃除して、ヒマラヤスギのテーブルのほこりまで払った。父さんは海から戻って、家を離れなかった。大統領が車から降りて私たちの家のほうに向かって歩いてきて、米を一袋とか、豆を一ポンド、コーンオイルを一ガロン、ダミアンにある医学校か農学校へ将来入学させてあげる約束とか、私たちが生涯にわたって忠誠心をもち続けるような、何か特別なことを私たちに言ってくるかもしれないから。彼が死んでから二十年、三十年、四十年がたっても、「世の中はつらいことばかりだ。でも、かつて大統領は私たちに米袋や豆や食用油をくださった、およそ権力者が私たちになにかをくれたのは、後にも先にもあのときだけ」と私たちが言い続けるように。この米袋や豆の一ポンドや食用油が、貧乏人のオリンピックの金や銀や銅のメダルででもあるかのように。

第六週

十フィート離れた二本の木があります。

振り向きざま、私たちのとまどった顔を見渡しながら、先生が板書する。私たちは全員、教室の息詰まる暑さには慣れっこになっていた。私たちみんな、ひとり先生を除いて。先生は、これ以上は脱げないというくらい身につけているものは少ないのに、汗をびっしょりかいていたから、黒板にべたっとあとがつかないように、手にチョークの粉をまぶさなければならないほどだった。

十フィート離れた二本の木があります。

高いほうの木は五十フィートで、二十フィートの影を落とします。

低いほうの木は十五フィートの影を落とします。

太陽は二本の木を同じ角度で照らしています。

短いほうの木の高さは何フィートでしょう?

解くのに一生かかってしまうなぞなぞみたい。私たちはすでにこの種の、解くべきミステリーを心にいっぱい持っている。ム　ブウェ　プワ、降参。
「私たちは、神様じゃないんだよ」レストランのテーブルの上に頭をたれて、レジアが言う。三人のグラスの底からしみ出ているまるい跡が、くっついたり、重なったりして、むき出しの木のテーブルに染みをつけ始めていた。「木の高さがどれぐらいかだなんて、だれが知りたいって思うのよ？」

第七週

今夜は三人で一緒にフルコースの料理をつくる。マリセルはプランタンの揚げもので、おしまいには熱い油で中指のつけ根をやけどする。レジアは肉の担当で、山羊のシチュー。私はハト豆の入った米の料理。

私たちがどうしてここまでやってくるようになったのか語り合う。

マリセルは、画家だった夫が、お世辞抜きで大統領の肖像画を描いて、それが画廊の展覧会に展示されたのが原因で国を離れた。彼は展覧会から帰ろうとしたところを撃たれた。

私は母さんから国を離れるようにといわれて出国した。ナショナルパレスで歌うよう招待されたのが嫌だったから。でも、もう一つの理由は、ずいぶん前に父さんが姿を消してしまったから。父さんは市場に魚の屋台を出していた。ある日、一人のマクートに店を取られて、もう一人が父さんをどこかへ連れていった。戻ってきたときには、父さんの口には歯が一本も残っていなかった。彼らは一晩で父さんを醜い老人に変えてしまった。その次の夜、口の中を血でいっぱいにした父さんは、ボートを漕いで海に出てゆき、永久に消えてしまった。

父さんがいなくなったことを聞いたときのことはよく覚えている。私はからだの盛り上がりを隠している薄い木綿のシーツを意識しながら、ベッドに横になっていた。母さんが灯を持たずに部屋に入ってきたけど、私には母さんがはっきりと見えた。母さんの頬を伝わる涙が月光のかけらでキラリと光った。

「あんたの父さんは水を渡って行ってしまった、ロット　ボ　ドゥロ」母さんがささやくような小声で言った。私の頭の中で、海で迷子になった父さんの姿が浮かんできた。一番遠くの波がしらの上で上下に揺れる葉っぱぐらい小さくなるまで、遠くへ遠くへと漕いでいく父さん。私が歌うようになったのはこのときから。だから父さんは、波のてっぺんから、私が父さんの歌をうたっているのを聞くことができる。

レジアの話はこうだ。少女のころ、両親は彼女を育てる余裕がなくて、売春宿を経営しているおばさんのもとへ彼女を送った。レジアとおばさんは売春宿の裏にある三部屋で暮らし、そこで彼女はほとんどの時間を過ごした。ある晩レジアが寝ていると、軍服を着た男が入ってきた。彼女はベッドの中にもぐったけど、そんなことじゃどうしようもなくて、彼女は気を失った。

「私、恐いときにはいつだって気絶できちゃうの」シチューなべから立ちのぼる湯気を顔からそらすようにパタパタさせながら彼女は言う。「朝起きたら、パンツがなくなってた。おばさんと私はそのことについてはいっさい話さなかった。でも、おばさん、死の床で私に許してって言った。あの晩、私をあいつのいいようにさせなかったら、おばさん、刑務所にぶち込むぞって脅されたんだってさ」

第八週

マリセルが新聞をもってきてくれたので、私たちは国からのニュースをあれこれ探してみる。彼女が、武装した亡命者グループについての記事を読みあげる。ニューヨークを根城にして、侵入を企てている民兵団だ。別の記事では、ポルトープランスのラジオリポーターが逮捕され、「尋問」のためにデサリーヌ兵舎に連行されたという。マリセルは、ラジオから流れてくるような低くてちょうどいい速さの声で、私たちにその全文を読んでくれる。知っている名前に出くわしたとき、彼女は新聞をおろし、目を閉じて、手の甲で口紅をぬぐう。

「この人のお兄さんと一緒に学校に通ってたの」と彼女。「彼のお父さんと私のお父さんは友達だった」

第九週

私たちは模擬テストに失敗する。合格圏内の七十点を獲得したレジアを除いて。

「へんよね」私はぶつぶつ言う。「私たちもあなたと同じくらい勉強したのに」

「ねえ、ちっちゃな葬送歌手ちゃん」彼女の深緑色のワインボトルの首に、マニキュアをぬった手を回しながらマリセルが言う。「あんたには、この先もやり直す時間はたっぷりあるじゃないの。テストを受け直すことだってできるんだし、人生を立て直すことだってできるのよ」

第十週

私たちはレストランで深酒をし、だらだらと長居《ながい》する。いくら勉強しても資格をとって卒業することはできないかもしれないという考えに、マリセルと私はもうだいぶ慣れてしまっていた。

マリセルは夕暮れに乾杯して、二本目のピノ・ノワールの栓を抜く。レジアと私はラム酒を飲み続ける。舌を焦がすようなヒリヒリした苦《にが》みと、すぐに酔いがまわるようなお酒が好き。声がつぶれることはわかっているけど、心配してくれる人がいるわけじゃない。

最初に小さな絵の中の人物たちが前後に揺れはじめた。それとも踊っているのは私の頭？　彼らは絵から抜け出して、壁に映る私たちの影と溶け合う。

「何か楽しいこと話そうよ」とレジアが言う。声がもぐもぐしていて、ねむたそう。彼女は三人の中で一番の大酒飲みで、マリセルと私がまたもや失敗した別の模擬テストにも合格したことのお祝いに、酒をさらにあおる。

「どうしたら葬送歌手になれるものなのさ？」とマリセルが尋ねる。彼女が両手を私の肩にかける。たばこの灰が私のオレンジ色の救世軍の制服に降りかかる。

私が初めてみんなの前で歌ったのは、父さんのお葬式のときだった。私は「ブラザー・ティモニー」を歌った。大海の波のように上下に揺れるリズムの歌。私は泣きながらうたい、そのむせびなくような声は上げ潮を思い出すよとあとで言われた。そのときから、私は葬送歌手になった。

レオガンでお葬式があるたびに、うたってくれと頼まれた。私は父さんの漁の歌を、時にはその場で即興でつくった歌を、柩《ひつぎ》の横で、遺族の前で、葬儀場で、教会でうたった。またあるときは、遺族が望めば、「アヴェ・マリア」や「アメイジング・グレイス」をうたう。それでも、私はいつも感謝され、充分な謝礼をもらう。

「もっと楽しいこと話してよ」米と山羊肉でいっぱいの口でレジアが言う。「葬式の話はもうたくさん。うんざりだよ！」

「ジャッキー・ケネディが去年、ハイチに来たわ」マリセルがいばって言う。彼女はからになったワイングラスをテーブルに落とす。グラスの底ががちゃんと割れた。

「だれ、それ？」レジアはグラスの破片を拾い集めて後ろに放り投げる。

「ケネディ大統領の奥さんよ」マリセルが説明する。「ポルトープランスの中古の服はみんなケネディ大統領にちなんでその名前がついているの」

「へえ」ラム酒のボトルからじかにがぶりと飲みながら、レジアが言う。「とっても男前だった」

「彼女もすてきだった」とマリセル。「彼女、フランス語を話すの。だんなさんと子どもを二人も亡くしたけど、相変わらずとってもきれいだった。彼女、悲しいことも美しくしてしまうんだわ」

割れたグラスを脇に寄せながら、マリセルがジャッキー・ケネディとの出会いを語る。彼女の最初のだんなさんは、ポルトープランスの古着の代名詞にもなってる大統領なんだけど、去年、彼女がハイチにやってきたときにはもう彼が死んでかれこれ十年以上になるの。新しいだんなさんはギリシャの億万長者なんだけど、あいつは私たちの大統領と商売してたのよ。マリセルが初めてジャッキー・ケネディを見たのは、ポルトープランス港の埠頭だった。ジャッキー・ケネディはピンクのバミューダパンツに白のTシャツ、大きな麦わら帽子をかぶり、彫りの深い顔を保護するために縁の広いサングラスをかけて、巨大なヨットから降りてきたところだった。風に帽子が飛ばされそうになった。彼女の小さなからだも吹き飛ばされるところだったけど、何とか持ちこたえて下船していったことをマリセルは思い出す。

「夫は、彼女の肖像画を描くために埠頭に行ったの」濡れたグラスやボトルの輪の跡を手のひらでぬぐいながら、マリセルが言う。「夫は彼女にどんな絵を描きましょうかと聞いたの。彼女はあのささやくような赤ちゃん声で、背景には港に貨物船と釣り舟、埠頭には数人のハイチ人の顔を描いてちょうだいと言ったのよ。そこで、夫は埠頭にいる彼女を描き、その後景に私を配したの。その絵を見ることがあったらよく見てみて、ポルトープランス港とジャッキー・ケネディのあいだに私がいるのが見えるから」

第十一週

母さんがよく、私たちはだれでも三つの死を持っていると言っていた。一つは息がからだから離れて再び大気と一体になるとき、一つは土に戻されるとき、そしてもう一つは、私たちを思い出す人がいなくなって、完全に忘れ去られるとき。犬が吠えるのを聞くと、はっとすることがある。それは、浜にすわって、父さんの乗ってない父さんの舟が浜に引き揚げられるのを見ていた日、私の周りをぐるぐるうろつき回っていた犬たちにちょっぴり似ているから。

父さんは闘鶏が好きだった。男たちが輪の中に集まって、闘鶏を見ながらラム酒のボトルを手から手へ回し飲みする雰囲気を楽しんでいた。動物は人間よりもずっとすばしっこいんだ。二羽の小さな鳥たちを見に集まってくるおれたちよりもずっと敏捷なんだとよく言っていた。

父さんは闘犬にも通った。でもそれほど楽しんではいなかった。父さんは今にも死んでいく犬のうめき声が頭から離れなかった。どのみち鶏は小さいよと父さんは言った。最後には食べてしまうしな。

第十二週

少女のころ、私は数枚の紙を折りたたんで、母さんの刺しゅう糸で綴じてつくった小さなノートをもっていた。そこに私は数人の人物を描いた。それらの人物は、ずいぶんくっついて描かれていたから、まるでページのうえで取っ組み合いのけんかをしているように見えた。

母さんも最初、それが取っ組み合っているように見えた一人だった。それに、私がそれをこわがっているんじゃないかと思って、ぼろきれで人形をつくってくれた。母さんは私が夜、彼らの影を見ておびえていると考えたみたい。

毎晩、毎晩、私はこのぼろきれ人形から離れなかった。人形の目がゆがんでいたのは、母さんが白い布に炭の切れっ端で描いたものだったから。父さんがいなくなってからは、毎晩、毎晩、私は人形の首をひねっていた。昼間は、私はノートのページを小さな小さな顔でいっぱいにした。もしも母さんまでいなくなってしまっても、私と一緒にいてくれるように。

第十三週

たくさんのお葬式で歌っているからといって、必ずしも私は信心深い人間というわけじゃない。それでも私は、キャンドルに灯をともして、本番の試験に無事合格するようにお祈りしようというレジアの考えに同意した。

マリセルは私たちが敗者たちの守護聖人である聖ジュードに祈るべきだと言う。それから、国のためにも祈ることにした。

「まだ敗北したわけじゃないわ」とマリセルが言う。「私たちがまだ生き残っているんだから」

ラム酒はおしまいにして、マリセルのピノ・ノワールで私たちは乾杯する。まるで血を飲んでいるような感じ。それも秘蹟の象徴的な血じゃなくて、本物の血、真っ赤な血、私たち自身の血を。

私は二人に、記念として母さんが刺しゅうしてくれた小ぎれをあげる。幸運の前兆を意味する赤い雲の刺しゅう糸。

こんどはレジアが私に尋ねる、「歌手としてナショナルパレスに招待されたとき、どうして行かなかったの？」

「命令だったの」と訂正する私。「そこで歌えって命令されたの」

「でもどうして行かなかったの？」レジアはなおも聞いた。「もし行ってれば、あんたは国にいられたかもしれないじゃないの」

私は、父さんを殺すようなやつのためにうたうより、いっさいうたうことをやめるという選択をした。

「すごいじゃない？」レジアが言う。「ジャッキー・ケネディは行きたいときにはいつでもハイチに行くことができる。だけど私たちにはできないんだわ」

第十四週

試験にパスしたかどうかなんてしばらくは知るのも嫌だ。私たちがすわったときも、レジアはまだ試験後の不安でガタガタ震えている。みんなの前には定食の残り物のシチューが一杯ずつ。

マリセルは両腕に金の腕輪をしている。彼女が腕を動かすと、それは子どもの墓によく供えられるおもちゃのひょうたんのガラガラのような音をたてる。

「スーツケースの荷をやっと解いたわ」と彼女は言う。「お祝いするためにね」

彼女はレジアのレストランからほど近い画廊に職を得た。そこで絵の販売をすることになっている。彼女の夫のものも数枚。

私たちは手をつないで、テーブルとテーブルのあいだの狭い隙間にからだをねじるようにして通り道をつくりながらお祝いをする。

「それからあなたよ、フリーダ、これから何をしていくつもり?」動きがとまったとき、マリセルが一息に尋ねる。

「戻るわ」椅子に倒れこみながら、私は言う。「民兵団に加わって、戻って戦う」

マリセルもレジアもあんまり大きな声で笑ったから、しばらくはそれしか聞こえない。頭上の換気扇の回る音も、ボトルからグラスへ注がれるラム酒やワインの音も聞こえない。

「いい、一九七〇年代なの」私は抗弁した。「ほら、フィデル・カストロをごらんなさい。彼には女たちが一緒にいたじゃない」

彼女たちは笑い続けていたが、同時に飲み続けてもいた。笑い続け、かつ飲み続ける。

「そうじゃあないの」マリセルはからだを折り曲げ、おなかをくっつけながらカラカラと笑う。「もしあんたが民兵団に加わることになったりしたら、すぐに私たち、あんたの死亡記事を目にすることになるわ」

「民兵団になんか入ったら、あんた、死んじゃうよ」レジアはベチベルのにおいのするハンカチで汗ばんだひたいをふくのをやめる。そのハンカチはいま、降伏の旗のようだ。

「いったい、だれがあんたの葬式でうたってくれるのよ?」

換気扇が頭上で回り、自動車の警笛が外で鳴り響く以外、いま部屋は静まりかえっている。マリセルは頭を後ろにのけぞらせ、グラスの中身を一気に飲み干すと、部屋のむこうに投げつける。私たちはグラスが飛んで壁にぶつかり、粉々に砕け散るのをながめる。

「ちょっと!」レジアが破片を拾うために、ほうきとちりとりを持ってよたよた歩く。

「私のレストランを壊さないでよ。ここがなかったら、私もあんたたちみたいにおかしくなっちゃうんだから」

「私たち、おかしくなんかないわ」マリセルは立ち上がろうとするが、膝が砕けて椅子に押し戻される。

「フリーダ、今、それをやろうよ」マリセルが言う。「あんたのお葬式の歌をうたおうよ」

「一緒にやるよ」レジアが部屋の向こうから、グラスを片付けながら加勢する。

私はえっへんと咳払いして、自分のお葬式の歌、うたえるわ、うたいたいの、と彼女たちに意思表示した。もちろんよ。

こうして私は葬送歌手としても、またどんな種類の歌手としても最後の公演を始める。私は「ブラザー・ティモニー」をうたう。ブラザー・ティモニー、ブラザー・ティモニー、おれたちだけでも漕いでいく。だけどきっとまた会えるはず。

レジアとマリセルはすぐに覚えて、一緒にうたう。声が嗄れるまで私たちはうたう。時々、ブラザーをシスターにかえて。

かわいそうなティモニーに疲れたら、陽気な歌に移っていく。そして、夜の続きのために私たちは乾杯する。壊れたグラスも壊れてないグラスも一緒に。過ぎ去ったつらい日々と行方のしれないこれからの日々のために。


（星埜美智子訳）

母が遺したもの《マトリモワヌ》

❖エルシー・スュレナ

エルシー・スュレナ　Elsie Suréna（1956–）

一九五六年、ポルトープランスに生まれる。子供時代をハイチの南部で過ごし、北部のカップ・ハイシアンで法律を勉学。八三―八四年にエクアドルのクエンカに滞在、写真を学ぶ。八七年から八八年にかけては米国ボストンに滞在、写真などの視覚芸術を追求しながら、詩・小説を試みる。九九年以降、仲間のグループと展覧会を企画し、写真やコラージュ作品を随時発表している。また九九年には、文化省主催の文学作品コンクールに入賞する。詩集に、『霧雨の晩のためのメロディー』（〇二）、『十三月夜の打ち明け話』（〇三）、短篇集に『愛を夢見る木』（〇三）がある。ここに紹介した「母が遺したもの」Matrimoine、「はじめてのときめき」Premiers émois は未発表。「天のたくらみ」Complot céleste は、「二度目のチャンス」Une deuxième chance というタイトルの下に『愛を夢見る木』に収録されている。今回のタイトルの変更は、作者の要望による。

黒い、穴のあいた雨傘が一本。ある晩、町でただ一台のタクシー、アポロンさんのタクシーで拾ったもの。

乾いた小枝が二本。まだペリエのポマードの匂いがするカールクリップを入れた袋の下でつぶれて。

透かし模様の入った二枚のシーツの上に重ねておかれた、クロスステッチの刺繍のある三枚のナプキン。それはベローの修道女たちのバザーで買った、n回めの仲直りの贈り物。

赤と白の鱗模様の、ノエル印のソーダクラッカーの四角い箱。それには錆びたいくつもの鍵や、アイロンで細かい傷がついた貝殻のボタンや、片方をなくした耳飾りや、むかしは鮮やかな青色だった兎の顔のついたおむつどめの安全ピンなどがごちゃごちゃに入っている。それが青色なのは、望んでも得られなかった男の子のために買っておいたものだから。

二人の娘たちの乳歯が一本ずつ（こんな箱の中でさえちゃんと二人分！）。

白黒写真のアルバムが三冊、そこに甦るのは少女らしい、巻き毛を額に垂らした髪型、ぴったりしたスカート、女の子らしいボレロやモスリンのブラウス。そしてみんなに囲まれて微笑《ほほえ》むひげ面の男、片足を誇らし気に黒いポンティアックのバンパーに載せてポーズをとっている（なかなか格好よかったの、うちの父は！）。

彼女の属する階級の娘たちだけにむかって繰り返された諺が一つ（油がなければ赤身の肉の二切れだって揚げることができない〔お金がなければ結婚したって夫婦が食っていくことすらできない、の意味だろう〕）。

言い寄ってきた男に贈られたニナ・リッチの香水「時の旋律《レール・デュ・タン》」の空き壜。彼はけっこう気のいい人だったが、あまりに軽率なため遠ざけられた（なんという考えだろう、みんなのまえでやたら折り句〔たとえば人の名前の各文字を行の最初にもってくる〕の詩を朗読したがるとは？）。

ひまし油の口を開けた小壜が二本、そして明礬《みようばん》の小さな包みがいくつか（そうなの！

彼女の夫は彼女がよく締まっていることを望んでいた、永遠の処女みたいな悲鳴をあげさせつつ、勝ち誇って、むりやり彼女に分け入ってゆくために）。

粘土の壺が三つ、出番を与えてくれるはずのドライフラワーをいつまでも待ちながら、ガンチア〔イタリア産の発泡ワイン〕の瓶の脇にちょこんとおとなしくすわっている。

美しさにもかかわらず感じていたひどい苦《にが》さが一つ、異母姉たちみたいに長くゆたかな髪の混血女《ミュラトレッス》ではなかったこと。

小さな借金のリスト一つ、合計で四五六グルド一五サンチーム。

かけ離れた日付の二枚の処方箋、いずれも使われなかった。

雑誌「ヌ・ドゥー」〔私たちふたり〕の埃をかぶった山が三つ、それには「コンフィダンス」〔打ち明け話〕と「アンチミテ」〔私生活〕も混じっている。二十五歳になっても真剣な求婚者が現れないせいで、人生を台無しにしてしまったと信じていた若い女が、書店で定期購読していたもの。

思春期のころの、カンペランの町でのいきいきとした思い出一つ。夏の夜遊び、朝食の膜の張った牛乳に大理石模様を作り出す砂糖黍《きび》のシロップ、ラ・プリーズの浜辺での海水浴、ベジーグ〔トランプ遊び〕の勝負の終わり近く、思いがけない五枚つづきの手をみんなに披露しようとするときのよろこびの悲鳴。

上等な黄金の指輪が一つ、祖母からもらった血のように赤い小さな石を入れてある。これは伝統にしたがって、十二歳でむかえた初潮の記念。

名前入りの二つのブレスレット（いちおう十八金）、家に一文もなくなったときいつもお世話になっていた「友人ジョーの店、古道具屋・質屋」から、すんでのところでとりかえしたもの。

近所に住んでいる若い画家から買った三枚の小さな抽象画、なぜなら色彩が客間のカーテンの色によく合ったので（ねえ、これは本当にいい買物だったわよ！）。

アンサンブル・ヌムール・ジャン＝バチストの不完全なリフレインやメリディオナルのボレロのメロディー。土曜日の大掃除のとき、よくハミングしてた。

ところどころ虫が食っているイギリス刺繡の布が二オーヌ、そしてしまいこんでいたせいで黴臭い匂いが抜けない繊細な寒冷紗のハンカチが一枚。色褪せたレースのランチョンマットが四枚、そして縁が焦げた(たぶん煙草の吸殻で?)穴が一つ開いた細長いテーブル。パーティー用ドレスが六着。タフタ、フランス縮緬、錦織のサテン、天鵞絨《ビロード》、絹、薄いモスリンで、内側がかびている。どれもうちの父が約束したガラの夕べをむなしく待つうちに、どうにも流行遅れになってしまったもの(私がずっと疑問に思っていたこと。父が死んだときなぜ母は仕立て屋を代えたのかしら?)。

他人の世話ばかりして、先に食べさせ、残り物があればそれを自分がもらうという病的な一つの習慣。

蝿の糞に枠取られた、「家事技能」の免状が一枚。自明のことを軽蔑している証拠、だって女なら誰だって(それぞれ)十本の指をもっているのに。

返事を出さなかった、小学校の同級生たちからの黄色くなった手紙の、きれいに紐で括った束が二つ。そして私の祖父宛の、けっして出されることのなかったそっけないほど短い手紙が一通。祖父のことは彼女はどうも虫が好かなくて、会ったのは全部で三度きりだった。

年末の福引きで当たった全三巻のフランス料理百科。以前は彼女の親友だった小学校の女先生に貸してあげて、戻ってきたときには何の説明もなくいくつかのページが欠けていた。


夕方、あたりをかけまわるだけで彼女を本能的に凍りつかせてしまう、どうにもならないネズミ恐怖。


ヴォドゥ教の神ダンバラに捧げられた祭壇一つ。これは友人たちの目にはニスを塗ったマホガニーの鏡台の大きな円鏡で隠されていたが、そこからはいまも、頭が痛くなるお香の匂いが漂ってくる。

枕元には二冊の本。湿気でほとんどページがくっついてしまった古いミサ典書と、黄色い蠟《ろう》で汚れた陰気で固い表紙の『導きの天使』、ページのあいだから宝くじの券がはみだしている（当たったら、いずれはおまえのものになるのよ……）。

猊下その人から祝福された三枚の聖画には、彼女の大好きな聖女が描かれている。マリアの妹マルタ、リジューの聖テレーズ、処女にして殉教者のフィロメーヌ、どの絵も裏にはお祈りの文句がついている。

ベチベルの、青臭く刺すような匂いを嗅ぐという、つつましい一つのよろこび。それはポール・サリュから運ばれてきた積み荷から洩れてくる匂いで、そこは祖父が亡くなった土地だ（そういえばなぜ祖父はシャルドニエールに埋葬されたのだろう？）。

細かい砂の後味のする、カヴァイヨンの蒸した小海老に目がない。金属の手すりのある橋のそばで、通りがかりの人々に売られているものだ。

二つの小さなプラスチックのカップ。これは南部バター製造所のデザートの歯触りへの、食いしん坊らしい献身の記念品。フランかアイスクリーム、目を閉じ、舌に載せて甘美このうえない一秒間そこにとどめおき、やがてのどの奥へと滑らせてゆく。

お客さまのある日にだけ使う、テーブルサービス用の道具三点セット、ネルの裏地のついた緑色の布のケースにしまい、黒い紐で留める。

「ザリーおばさんの店」のチョコレートミルクの香りに対する、治療不可能な中毒。最初は鼻をひくひくして味わい、その動作は幸福を予期してむむと長く洩らす声により分断される。

灰青色のジャージーのナイトガウンが一着。ずっと以前にザイールに移民していった私の代母の、大切な思い出の品。クレオ台風の後で「ケネディ家」の支援古着配給から勝ち誇るように持ち帰られたチェックのブラウスとカーキのスカートのあいだで、熔岩みたいに波打っている。

白いバスタオルが二枚、これは誰かが病気になって往診してもらう必要が出てきたときにお医者さんに使ってもらうためのもので、琺瑯《ほうろう》引きの洗面器ももちろん用意してある（いうまでもなくこれも白）。

彼女のいちばんの親友のお下がりの午後のドレスが三着。その人は緑色の目をしたふくよかな体のグリメル〔白い肌の混血児〕で、町のトントン・マクートの長官の人種的復讐をかけた性器から、すんでのところで救われた（あの盗っ人がお説教好きなことには、まったくあきれるわ！）。

レカーユの大聖堂《カテドラル》での十二月の土曜日の午後の結婚式の夢の、しわくちゃになっても頑固に残っている切れ端。冠飾りをつけて、長い白いヴェールをまとって、たくさんの招待客に囲まれ、いつまでも鐘が鳴り響き、それから何よりも「シェ・コンデ」でのハネムーン。それっきり、祖父の一家は一切口出しできなくなる。

義父がときどき犯した、まだ少女のお手伝いさん。彼は彼女がぐっすり眠っていると信じていたのだ（眠っていて知らなかったというふりをしていただけなのに）。

何度も数学の授業をさぼって「ラ・ペルル」〔真珠〕に泳ぎにいったあとで妊娠し退学になった上の娘（このときも、アビバ氏の息子だからというので！）。

悪口が大好きで、でも人を助けてもくれる、二人の女性の隣人。

彼女とベッドをともにする男はエゴイストで乱暴者、尽きることのない自慢屋だけれど、彼女なりにいくつかの小さな特権を与えることによって彼女を尊重していた。たとえばお昼ごはんで、自分が食べ残したものはもっぱら彼女に与え、彼女の取り分をおぎなうといったこと。

下の娘はエリー・デュボワ校〔ポルトープランスの名門校〕を出ていいところに嫁ぎ、それが上等のお葬式の保証となった。

まったく、わが親愛なる妹は、母に対する別れの儀式の最後の打ち合わせくらい手伝ってくれてもよさそうなものだけれど、奥様はあまりにお忙しくて、こんどもまた私一人が……

あ、いけない、十時だ、司祭館にゆく時間！

（管啓次郎訳）

天のたくらみ❖エルシー・スュレナ

この数日、ヴォードヴィルでは奇妙なことが続いていた。

あるときは家々で電話が鳴り出し、出てみても誰も答えない。夜、電話で人の噂話をしたり悪口をいったりすることはヴォードヴィルの主要な娯楽だが、その電話がしょっちゅう切れてしまい、話題を変える決心をしないかぎり、もうつながらない。ときには、誰かが受話器をとりあげようと歩み寄ってくる者の鋭いチュイィィィーッという制止の声とともに、何も聞こえなくなった。別のときには、故障してしまった電話器から、押し殺した笑い声がもれてきた。番号ボタンの明かりが勝手に点灯しまた消えることも何度もあった。まるで短いピッピという音によって、モールス信号でメッセージが伝えられているかのように。

それがどういうことなのかは誰にもわからぬまま、タプタプ〔乗り合い自動車〕やタクシー、学校や職場、市場や球場、教会や寺院の前の広場、お店や闘鶏場や映画館で、噂がすみやかに広まった。つまり、四旬節《カレーム》のはじまりのこの時期、これがみんなの大きな心配事となったのだ。こないだのお説教のとき、司祭さまがヴォードヴィルの人々の「いちばん好きな気晴らし」を話題にし、何かをほのめかすみたいに「人の悪口をいうなかれ」ということを妙に強調していたことを思うと、なおさらだった。これはまったく奇妙だ。

何はともあれ、さしあたっての最大の犠牲者は電電公社で、交換台は一日中ふさがっていた。怒り狂った電話加入者たちが、前年度の請求書はすっかり支払っているはずだが、と棘のある声でいってきた。なかには、秩序の回復次第、公社と競合する民間の電話会社に替えるつもりだと脅す者までいた。

この妙な状態は、以後二週間にわたって続いた。突拍子もない噂が飛び交った。人々の不安がつのってきたため、臨時市議会が召集され、対策を検討することになった。その一方で警察署長は次々に声明を発表し、人々に落ち着くようにと呼びかけ、調査は進展しているとくりかえした……解明も間近だ！　と。

そうこうしているうちに復活祭の朝がやってきた。すると予想だにしなかったとんでもないことが起きて、この小都市の住民たちを動転させた。各地区の通りごとに、虹色の電話器をそなえつけた、すてきな電話ボックスが輝いているのだ！　ボックスの三方に、ここで使われる三つの言語で、大きな文字で使用法が書かれている。冒頭には「二十四時間

いつでも無料」と記されている。そして

一、すべての者がこの電話を一日に一回は使うべきである。

二、通話は父親あるいは母親にむけられるものとする。

三、通話の内容は褒め言葉、よい知らせ、あるいは愛情の表現であること。

さらに下には、赤い下線二本が引かれた「注意」という単語に続いて、こう書かれていた。

「これにしたがわない場合、違反者は研修会に出席し、それぞれの場合に応じて、〈誠実な褒め言葉の練習〉〈よい知らせの伝達〉〈愛情表現法〉のいずれかの感情再教育をうけなくてはならない。これは当人が愛していると称する近親者のためである」

そしてさらに下には、こうあった。

「ヴォードヴィル住民の疲れた守護天使協会寄贈」

びっくりした人々は、目を疑った。こんなこと、ありうるものだろうか？　人々は互いにいいあった。「わたしが見ているものを、あなたも見ているのかな？」おなじ問いがいたるところで湧き起こった。悲観主義の人たちは、こんなものは〈愛こそすべて党《アプレレンメン・セレンメン》〉の選挙工作に決まっているとほのめかした。さもなければ、その政敵である〈恒愛《アムール・トウージュール》党〉か。子供たちがこれは宇宙人の冗談だよと断言するのも、あちこちで耳にした。

その間にも行列ができた。いたるところで、四方八方に、歓声が響いた。パンの稼ぎ手でしかないことに満足していた男たち、互いに妬みあっている兄弟姉妹たち、妻であり母であることに手一杯の女たち、古いかまどのように隅でじっとしているじいちゃんばあちゃんたち、みんなが自分以外にも家族がおなじ屋根の下に暮らしているんだということをやっと思い出し、それればかりか、家族のことを、いまでは真心のこもったまなざしで見るようになったのだ。ある者は、泣き出してしまった。自家製の褒め言葉をかけられることが、どんなにいいものか、もうずっと忘れていたので!

歓喜が街にあふれた。愛情や心遣いをあらわにし言葉にしたって、誰も何も損するわけではないのだから。「すてき」とか「愛してる」とか「会いたかった」などと口にすることを避けるためのちっぽけな策略は、おしまい。この信じがたいできごとを経験した人の大部分がひそかに思っていたことを、ある女性が大きな声でいった。「これこそ復活祭よ!」それはでっかい安心の「ほっ!」であり、人々は滅多に得られるものではないこのやり直しの機会を与えられて、生きててよかったと思った。

ほんのささやかな疑念が、それからも数日、あたりに漂っていた。ただ三つしかないメディアの代表者たちは、これが報道に値する「本物の」ニュースであるかどうかを決めかねて、ぐずぐずしていたのだ。なぜならこれによって負傷者や死者が出たわけではないので……。でも住民は、まったく正しかった。かれらは断言したのだ。ヴォードヴィルの全家庭では、これからは、毎日が復活祭なのです！

（管啓次郎訳）

はじめてのときめき

エルシー・スュレナ

「はじめてのときめき」Premiers émois（未発表）

叔母のポロンヌが私に一冊の小説をくれたのは、私が十三歳の誕生日をむかえてまもないころのことだった。カップ・ハイシアンの町に行ったとき、それを聖心堂書店《サクレ＝クール》で選んできてくれたのだ。そうと自覚しないままに、叔母はそれを買った場所と書名を関係づけていたにちがいない。本の題名は『私は愛そのもの《モワ・キ・ヌ・スュイ・カムール》』。いずれにせよ、それを無害な作品だと考えたわけだ。

私はおおよろこびで贈り物をうけとった。その夏にはドゥイィやマガリ、さらにはマクス・デュ・ヴーズィのような著者たち〔いずれも少女むけロマンスの作者〕の小説を、一日二冊ずつ読んでいたので。私は急いでいちばん気に入っている読書部屋である、プレーヌ・デュ・ノールのわが家の中庭の奥にある、広い木造の外便所にこもった。ハイビスカスの花に縁取られた、人通りの少ない小径のそばだ。

はじめの数ページで、このドミニク・ロランという女性作家〔六〇年代のフランス作家〕は母が勧めるような作家ではないことを予感した。私は大きな不安を抱きながら、むさぼるように読んでいった。本が禁書にされるまえに読み上げてしまいたいと思ったためだ。同時に私は、いくつかのエロチックな描写へと、何度も立ち戻って読み返さずにはいられなかった。それは、漠然と知ってはいるもののまだ名付けられずにいるある感情によって、私ののどをしめつけた。

このお手洗いに私が長いことこもるのに慣れていたママは、すぐには疑わなかった。けれども本の途中になると、それを見せてごらんなさいといってきた。母親役をまっとうに果たす気のある母親であること、という主義にしたがって、どんな本かを確認しておくためだ。かわいそうなママ、彼女が本を見ながらしだいに不安をつのらせ、やがて鏡に映った自分に驢馬の耳が生えていることを知って愕然とした人みたいな恐怖の表情を浮かべたのを、私はいまも覚えている!

母はあわてて、その本をすぐ近所に住んでいる叔母に見せにいった。叔母はすっかりどぎまぎしてしまい、何度も謝った。母は帰ってきてもまだ心配していて、私が何ページまで読んだのかを知りたがった。私の無垢がいったいどこまで傷つけられたのかを知るためだ。この問いは予想していたので、何気ない口調で、まだ読みはじめたばかりよ、と答えた。安心した母は、これはもう読まないように、と私に厳命した。子供むけの本ではないのよ。それに自分の思い違いを反省したポポおばちゃんが、私に別の本を買ってくれると約束した、という。

私は同意したものの、二重の執着を抱いてしまった。あの本の残り半分に対して、そして私があれほど予期しながらあきらめさせられた喜びに対して。だったら、こっそりやるしかない。あの本を読み終えるためには母の目を盗まなくてはならない。これには、馬鹿みたいな努力が必要だった。母がちょっとでも外出する隙をうかがうのだが、「敵」はどちらかといえば家にいるのが好きなタイプ。しかもいつ帰ってくるかわからないので注意を怠りなく、窓のそばで立ったまま読んだ。すべてを元通りに片付け、「模範的なお嬢ちゃん」らしい顔をしている時間を稼ぐために。

ところが第二の障害が、私を待ち伏せしていた。読み進めるにつれて、本の綴じがあまりよくないせいで、ページがばらばらになってきたのだ。私がこの本をこっそり盗み読みしていることに母が気づき、避けがたい質問をされ、ついでこっぴどくしぼられるという運命の日がやってくることを、私は覚悟した。けれどもいまとなっては、私を止められるものは何もなかった。私はこの本におさめられた物語を楽しみ、思わせぶりでいきいきとしたいくつかの場面の描写を読めば、とてもすてきな感覚が私の全身をみたした。もう終わりに近づいているのに何の知識も得られなかったとわかっても、それはかえって、叔母《タティ》やママ《マンミイ》の意図に反して、私の若い感覚を掻き立て、やがて私がそうなるであろう一人の女の出現を加速させただけだった。

ある午後、いつかやってくるとわかっていた時がやってきた。もう何度めかわからないほど、その作品に読みふけっていたら、本が私の手から落ちて、あたりに散らばってしまったのだ。心臓をカリプソのリズムでどきどきさせながら、私はただちにそれを拾い集め、元の場所に戻した。二日後、母が私を、植民地流のあらゆる刑罰を予感させる口調で呼んだ。だめでもともと私は、その横にあった分厚いラルースの辞書をとろうとしてうっかりしてその本を落としてしまったのよ、と説明した。奇跡！　母は私を信じ、それ以上は追及しなかったのだ。そうはいっても、残念なことに、本はそれっきり姿を消してしまった。

うまく切り抜けたことを幸福に思いつつ、私は心の中でこの新しいタイトルを、『チャタレー夫人の恋人』、『琥珀《アンバー》』、『危険な関係』に続いて、大きくなったら買うつもりの禁じられた小説のリストに付け加えて、自分をなぐさめたのだった。

（管啓次郎訳）

島の狂人の言

リオネル・トルイヨ

サビーヌへ

リオネル・トルイヨ　Lyonel Trouillot（1956-）

一九五六年十二月三十一日、ポルトープランスに生まれる。法律を勉学。クレオール語やフランス語で詩や批評をハイチや外国の雑誌・新聞に発表する一方で、タンブー・リベット、マンノ・シャルルマーニュ、トト・ビサントらの歌手のために作詞もしている。ジャーナリストとしても活動。クレオール語の雑誌『ラカンシエル』、『テム』、『ランガージ』を創刊。雑誌『カイエ・ドュ・ヴァンドルディ』も主宰している。現在、ハイチ作家連盟の幹事長。クレオール語の詩集に、『デパレ』（七九）、『ザンジ　ナン　ドロー』（九五）、フランス語の小説に、『サンタントワーヌの狂人たち』（八九）、『マリーの本』（九三）、『失われた足跡の通り』（九八）、『千々に砕けたテレーズ』（〇〇）、『英雄たちの子供』（〇二）、中篇小説に、『島の狂人の言』（九七）がある。ここに紹介した「島の狂人の言」Les dits du Fou de l'Île は、一九九七年にハイチで出版された。

アナベルの鏡

というわけで、ここに手紙が一通ある。君は、あら捜しの目つきで読むだろう。例の、言葉尻をとらえたり、行儀をチェックしたり、悪趣味ねと、くどくど小言を並べたてる目つきでね。俺が一言いえば、もう、君の育ちの良さが恐慌をきたす。君の道徳観、鹿爪らしい顔、ようするに、君の中の凝り固まったもの全てが危険を察知して逆毛をたてるのだ。俺の夢想が我慢ならないのだ。俺は、君を怒らせたくないから、沈黙する作戦を立てたよ。というわけで、ほら、ここに書かれもしなければ、差し出されもしないだろう手紙が一通ある。そういえば、高校時代の老いた文法教師が言っていた。目の周りが白墨の粉だらけで、みすぼらしい湿疹だらけの指をした教師だった。俺が、将来、すばらしい弁舌家になると受けあうんだ。まったく、でたらめもいいところだ。俺は、この通り、最愛の女にさえ話を聞いてもらえないのに。俺の繰り言なんて、君には、グビグビいう音、ラム酒に鳴る意味不明瞭な腹の音さ。酒瓶の底から洩れる酔いつぶれの独り言なんだ。酒臭くてぞっとする、というわけだ。山彦《やまびこ》のほうがまだまし。君には、なんでも型にはまったものの方がいいのさ。退屈なお行儀のよさがね。その方が、俺が十八番にしている不健康な美学よりましだというわけだ。君には、俺なんか酔っ払いの遺言さ。しかし、奥様、お言葉を返すようですが、俺は、実のところ、生涯一度だって呑みたいから呑んだことはないんだ。誰でもそうだろうが、俺だって、やりきれなくて酔いつぶれることがある。酒をあおって、べろんべろんになることはある。はしご酒で前後不覚になることはある。しかしね、うぬぼれるのは俺の性に合わないからね。自分の生き様を吹聴したいとは思わないよ（世間を馬鹿にしながらぐっと呑み干すとか、大見栄を切って大言壮語するとか、慎ましく生活している人に渡り鳥の話をするとか、誰彼相手にして大風呂敷を広げるとか）。常々、物乞いをしないようにして、つとめて控え目に自分の希望を述べるようにしてきた。俺は日陰の男さ。せいぜい自分の影と戯れて喜んでいる程度なのだ。そんな密かな愉しみのとりわけ無邪気なものでも、君には、狂気の沙汰に見えるらしい。言葉は作法と慣習法のしきたりに合わせなければならないっていうわけだ。俺は日陰と隠遁を住処《すみか》にしている。まれに心が高鳴ることがあっても、君の非難を招くか、お目こぼしにあずからせていただくのがせいぜいだ。なにをやっても君の機嫌をそこねることしかできない。俺は、君の鏡の中で一人で佇んでいるのだ。

女は鏡の内部で踊っていた。全てが女の後に列をなして続いていた、樹木も、小川も、野も、道も。女のダンスは言葉そのものだった。私は海の便りを運んできたの、あなた方のお家に。私は通り道をつけたの、愛の風に。私は運んできたの、朝にパンを、夕べに祭を。町の人々は和解したわ。小人も、役人も、暴君も、計算高い男も、軍人も、誰もが昔の諍いを笑い流している……

そもそも君を娶ったのが間違いだったのだ。もっと慎ましやかな立場に甘んじていればよかったのだ、親しい友人とか、仕事仲間とか、腹違いの兄とかにね。そうして、離れたところから君を盗み見、うわべの神秘に満ちた君の姿を胸に抱いていればよかった。君だって、あの、（体裁のいい）迷惑を蒙らなくてすんだはずだ。夢想させるところもなければ、なんの魅力もないからね。あんなこと許すべきでなかった、俺の中の野獣が王子様気取りで美女を町に幽閉して、折角のおとぎ話を台無しにしてしまうなんて。おかげで君はごく平凡な女になり下がった。家賃だとか、戦争のアルバムと引き換えに、俺は、君が自分のイメージを裏切るのを助けてしまったのだ。なんという一途な努力と気丈な使命感とともに、君は俺を連れ帰る敬虔な義務をはたしてくれたことか。おかげで、俺は一度ならず命拾いした。英雄広場で恥をさらさなくてすんだよ。俺は、あそこで酔いつぶれるのが好きなんだ、死者の眼差しを投げかける彫像の下、犬が小便している傍でね。格式ばったパーティーのときもあった。退屈な役人と話を合わせるのは苦手なんだ。市の北西部の貧民街のこともあった。広い通りが尻切れトンボの文のように延びている場末だった。どこだろうとおかまいなしに、俺は小便を漏らし、涎をたらし、反吐《へど》を吐いて不貞寝《ふてね》していた。君はかならず俺の体を引き取りに来た。だが、君は俺の住んでいる世界の中に立ち入ろうとはしなかったし、俺の戯言《ざれごと》や報告を聞く耳も持っていなかった。目が覚めたときには、君がいるので驚いたものだ。君がどこか他のところにいてくれたほうがよっぽどよかったよ。俺がアル中の襤褸《ぼろ》服ではなくて、もう少しましな格好をしているようなどこか別の場所でね。俺でなければ、他の男だっていいんだ！　君が君自身を発見する場所ならば。死が俺を試すんだ。生きるとは、君の刑罰執行に同意するのに少し似ている。素直に、あるがままの君自身の中の君を愛せなかったことを許してもらえるだろうか！　鏡の入口まで君のお供をしたかった。旅も賭もおさらばだ。俺たちはセックスをしている時よりは、勘定をしているときの方が多かった。俺は昼の妻を自由にしてやって、別の女のために酒を呑んだのだ。俺のものにならなかった彼女の中のもう一人の女のために。鏡の内部を歩いている、あの女のために。

……ちょうどそのとき空の切れ端をとらえた、婚約と旅立ちのために。なおも女は踊っていた。水のようによき夜のなか。詩人たちと太鼓が僥倖に染まった夜明けを通り過ぎた。老人たちは、若き日の過ちを取り戻した（踊りの輪にお入りよ）黄泉路の首で見栄を切った（皆の踊りぶりをごらん）それは飛翔に忠実な鳥の空中生活を寿《ことほ》ぐためだった。木は遍歴詩人に「歩き方を教えて」と言った。それから、二人は千々の歌の韻を調律し（踊りの輪にお入りよ）自費出版で人口に膾炙《かいしゃ》させた（皆の踊りぶりをごらん）どの掌にも鳥の脳味噌が。ちょうどそのとき、夥しい砂丘が、夥しい月が太陽が、夥しい泥水が……

生まれてこのかた、俺は、トランス状態に陥ると記憶を失うのが常で、わざとではないが、主題と述語の間に潜りこむのだ。空漠としたもの、黙りこくったもの、上の空に俺は呑みこまれる。一度など、三日間ぶっつづけに眠ったことがある。七十二時間のあいだ、一言もなければ、身じろぎもせず、人に面倒もかけずに。君は、てっきり俺がこのまま死んでしまうと思いこんだ。君は、文句のつけようもないほど気丈に、寡婦の生活に応分の態度と生計を準備しかけた。君はご存じなかったが、アル中は動物と同じで、冬眠の能力をもっているのだ。胸が僅かに締めつけられる痛みに、枯草熱に、落涙に、戦争に、陰気な子供にも似た膝の怪我に、ようするに、人間の苦悩の極小の砕片に、もう鏡の眼は閉じられてしまうのだ。いったいどうすればいいのだ、君の映姿が遠ざかったら？　獣になり下がらないためには？　現実と折り合いをつけるためには？　俺の町に、町の十字架に、俺の木々に涙を流すのだ！　濡れた尻のジェレミー市に甘き死体《カダーヴル・エスキ》が晒され、死が高き波に投錨する。ゴナイヴ市よ、埃だらけの乞食女、私の町よ。岩と痰の引かれた町、アカン市よ、人間＝亡霊が残骸と骨をシャベルに使って便所を掘っている。俺の七人の処女が眠る殉死者の碑。柔泥を喰らうボサール通りよ。あそこは、死が人と獣を一つにしている。人も獣も平等に底なしの淵に落ちていくのだ。いったいどうすればいいのだ、君の映姿が遠ざかったら？　一生のあいだ、毎日毎日、木を、首を、紐を待ち望む。そして、少年時代のオレンジの木の下で、世界の健康を祝して乾杯する。この国から出ていけばいいって？各自の最良の土地を荷造りできるものだろうか！　王の木を。しみったれた昔の遊び仲間を。目鼻もない老いぼれ私生児の影を。それらの思い出だけが、故郷の広場グラン・プラスの草陰で吠えている。切符の手配は、あくまで個人の問題だ。各人それぞれの旅路を選ぶしかない。それぞれ自費で勝手に描いた地図をもって。俺は、落ち着き先にうまく按配して亡命を捏造するような食わせ者ではない。だからこそ伝説を編み出してその中で君を愛するのだ。同じ伝説を。生きることと鏡との間でだ。恐怖と地下牢との間でだ。どうせ俺は老いぼれの草臥《くたび》れた蜥蜴《とかげ》さ。生まれ落ちた穴倉の中にしけこんでいる蜥蜴さ。挨拶も言えずに君を待っている俺は、どうせ惰眠の民なのだ。

……噴火口が、星雲が、虚無が、永劫が順に歩哨に立つのだった、中心には舞踏のリズムが鼓動していた。そして、幾多の宇宙を通って駆けつけるのだった、公証人が、錬金術師が、レスラーが、工事監督が。女は踊った。踊った。踊った。踊った。それは、幾多の大洋のダンスだった。名もない村から壮麗な星雲までを……

衒学者たちの予言を信じるまでもない、俺の死が間近に迫っているのは承知の上だ。君も医者から聞かされたろう。額に司祭の臭い吐息がかかるのをときどき感じるよ。俺は、場違いな「今、ここ」を三人称で生きている。亡霊のようなものさ、白昼に通りに出て、燦々と輝く太陽の下で友情を交わそうとするような亡霊。世間から遊離した物語でもって俺は出来ている。とはいっても、スタイルと日付のつけ方が違う程度なのだが。医者は病状の進行に首肯し、昔の仲間は、俺の育ちをほじくりだしてくさす。それが煉獄というものだろう。数々の御宣託がなされ、その平均値が算出されると、人の人生が確定するのさ。だが、誰が本当のことを言ってくれよう？　俺が神なき奇蹟を信じたことを。俺自身の死者と共に暮らしたことを。それも生者と共に暮らす時のように、不平も垂れず、つまらぬ損得勘定もせずにだ。俺には、君が世間の命令に背いてくれて、自分の欲望に忠実でありさえすれば、それで十分だった。だが、誰が本当のことを言ってくれよう？　夫婦なんて、たいていは態のいい亡命であることを。夢と恩恵に課された罰金だということを。道という道は塞がっているし、船という船はみなしっかり係留されているのだ。死が俺を試しに来る。妻よ。死が俺を窮状から救ってくれるだろう。そして、君も、立ち居振る舞いをしゃちこ張ったものにしている凡庸さから解放されるだろう。一つだけ誇っていいことが俺にある。俺は最低の夫なのだから、君は俺の未亡人にならなくてすむのだ。君は光の下に還され、鏡の中に入るだろう。解放されて、科《しな》をつけずに。お供なしで。ようやく君は君の映姿に忠実に生きるのだ。

……幾多の体が乗り越えるのだった、男を愛から引き離している境域を。子供たちがとろ火で焼くのだった、テーブルや十字架を。もはや地上から消え失せた、塩柱に化した女も、父親に生け贄にされる子も、焼かれた町も、民衆に災厄を振り撒く者も、判決も、兵器庫も。国境なき道で通行料を徴収する男には、役に立つものが供された。甘美なワインと翼と接吻が……

もはや俺は、この場所、いや失礼、この非場所から口を開くことができるばかり。俺は、言葉の運び屋、荘厳な演説、駄弁の運び屋になった。存命中よりもさらに溌剌とした死の中に身を横たえて口を開くのだ。人間だったこともあるものの高み、肩や海草だったこともあるものの高み、倒木の高み、少女の髪の毛、かつて身体の内部に草原が息吹いていた捕囚の獣だったものの高みで口を開くのだ。今となっては、俺は無益な言葉の古ぼけた堆積でしかない、亡霊好みのあやしげな酒、時宜を逸した稚拙な死亡通知、そんなものでしかないのだ、俺は。その俺が今語りたいのは、君の体についてだ。動議。タイミング。禁じられた妄執の入口。誰かが小説の中で言っていたよ。愛欲の罪はみな原罪である、と。愛は、未知の中でこそ形成される。紆余曲折や細部はどうでもいいのだ。君が同じ女であったためしは一度もなかった。一度だって、俺たちの愛が同じ愛であったことなぞない。教会や将軍が、世界の発情を家庭経済内に閉じ込めたためしがあっただろうか？　君の体について話したいのだ。唯一可視の太陽。悦楽だけに支えられた。いつでも自分の意のままの体。残念なのは、俺が、君に相応しからんと願う恋人の一人一人になり代われないことだ。最後の一口を呑みほすところまで来た俺としては、君に歓びを味わって欲しいと一心に願うばかりだ。鏡の内部の自由な体が、俺の指の赴くままに象《かたど》られんことを。

……一つの影が半島を通ってオレンジの木の下に来ると、女は何かを思い出すのだった。一人の男のことかもしれない。ある思い付きかもしれない。しかし、過去の中にそれを探ろうともせずに、女は死者と生者のためにまたしても踊り始めた。鏡の真実の内部で。

島の狂人の言

二十四日　月曜

俺はときにくどくどしい前口上に住みつく。俺はがつがつした男なので、落日の頃合になると、世界の青色をすっかり呑みこんでしまう。この過剰な色彩が競って俺の好きな暇つぶしに栄養を注ぎこむのだ。俺は始源を瞑想する。看守は、それが元で俺が死ぬだろうと言いやがる。人は紅茶のカップにだって身投げができる、と言わんばかりではないか。やつらを信用するなら、俺は三度死んだことになる。最初は、一人の女が来て、悲しげに俺を見つめた時だ。女はいつまでも刑務所を去らずに看守たちとおしゃべりをしていた。それからは、やつら、いちいち彼女に知らせるまでもないと判断しやがった。俺に対するやつらの敵意が分からないでもない。きっとやつらは色彩が苦手なんだ。瞑想に溺れている俺が、どうやってやつらに説明できるというのだ、死ぬときは、その都度、俺は明晰なのだと。心が乱れていても明晰なのだと。

俺はときにくどくどしい前口上に住みつく。蒼々たる語句にも似た何か、群島の間に垂れたインク。画家の俺は極上の言《こと》の葉《は》を口の端から垂れ流すのだ。夜になると、俺は錯乱に碇を下ろす。王者の蒼空が、俺の舌から溢れ出るのだ。

三面記事　第二

裁判では、俺は幾通りもある俺の人生の一つ一つを話してきかせたよ。頭のいい連中は、俺の話が本当だと結論づけてくれた。天才的な嘘つきでなければ、こんなに幾つも異なった少年時代を考えつくはずがないからね。他の連中はかんかんだった。俺の頭が、何年何月何日の何時に、どの島を住処にしていたのか言わないのはけしからんと言ってね。俺としては無邪気にご機嫌をとってあげただけなのだが、やつらの目には傲慢で二枚舌を使っていると映ったらしい。俺がある犯罪の件で起訴されているのだと呑みこめたのは、だいぶ後になってからのことだ。人は、いつでも仮の名前で人を判断するものさ。牢獄では、俺は砂の靴を脱がないようにしている。

十四日　火曜

当時はまだ、旅をしたり、勝手に歩き回ったりさせてくれたものだ。つまり、手持ちの手段で、出来の悪いパラダイスのどれかに飛びつけたという意味だが。その頃、俺は、やたらとトランス状態に入りたがる新米そっくりだった。ある晩、ビスケン通りで、天使と野獣ごっこをしたことがある。女は、カントリー・ロードだとか、ブルーグラスとか、ディキシーランドとか喚いていた。女に話をしてあげたよ。シナモン林檎だとか、いつも逆光に流れる殺戮川の瀬とか、北部平原の溜め池の泥水の話をね。あの泥水に、女たちが、大ヤコブ〔カトリックの聖人、ヴォドゥの精霊《ロア》オグン・フェライユを表象する。火、戦さ、鉄を司る〕を讃えて愛欲を沈めるんだ。明け方、モーテルの親爺が俺たちを起こしに来やがった。せっかく打ち解けて話をしていたのに。それで、宿代がどうのこうのと煩《うるさ》かった。俺は、昼の真実を憎む。だから不眠症になるのだ。折角の出会いを平凡にするありきたりの取引の趣味だ。夜、俺は怪しい記憶のインターネットをさ迷い歩く。同類たちのイメージを探し求めて。幼年の髪の優しさとか。再会もあれば発見もある。他者と同一者との間の愉悦がある。受信できるラジオ局を飛び歩くのだ。島嶼的踏破の交錯だ。

十一月一日

今日は、俺の二万七千平方キロメートルで十分だ。

三面記事　第一

小学生の女の子の乳房を思わせるとりわけて秘密めいた島がある。キャリア・ウーマンそっくりで油断ならない、うぬぼれ島もある。人生を高みから見下ろせる二階付き島もある。島の狂人の言、さて、それはどの島のことなのか？

十一月一日

俺は復活の役者なのだと、看守に打ち明けてやった。相反する誕生の数々についての俺の理論を説明してやった。あいつらは、吐《ぬ》かしやがった。「衣装を付けていない役者なんぞ」俺は服を脱いで見せてやったよ、昨日とは別の身体に入れ替わっているのを。これまで話したこともなかった言語を一くさりやってみせた。何語かときかれても困る。俺はその後も変身したのだ。石の身体に住みつくことだってあるんだ。目もなければ、舌もない、凛としていて、すべすべの身体だ。峠のような身体さ。

蒼日

これからは、俺は島するのだ。波するのだ。淵するのだ。気儘に渡り歩くのだ、眩暈《めまい》の悪寒のなかで。金属繊維の人間が永遠に定住している洞窟を遡って、俺は翼のレシピを書きなぐる。看守たちは、俺を探し回っていたよ。第三世界丸出しの格好でね。古い祠や、サバンナの風の中を。犬の群に罠を仕掛けていたよ。俺が犬好きなのを知っているのだ。俺は好きな犬からも姿をくらました。この孤独は俺にぴったりだ。もっとも偉大な哲学的成果は、反定立に彩りを与えて、手懸かりを混乱させることにあるのだ。すばやく移動する戦争を戦い抜くために、俺は空気の穴の中に隠れ家を持っている。

どぶ板の下にいるのをついに見つけられた。国立図書館のちょうど真下だった。

犯行の日

彼女の家に行ってきた。俺が来たことを彼女に気づかれずにすんだ。あいつは、いつもの月曜日のように、「植民地の歴史」に取りかかっていた。弱小国といえども、アイデンティティを守らなければならないという内容だ。あいつは断線が好きなのだ。もっとも、俺の断線だけは嫌がった。俺の零落ぶりを目の当たりにして相当こたえたようだ。責任感の強い良心の自虐の餌食になったのだ。人間の孤島の群が両立できると思い込むなんて愚かだ。けれども、共同生活をしたいという病からは、俺もまだ自由になっていない。看守の言うことを聞いたほうが身のためになりそうだ。連中は、どっちにしろあの女なんてそもそも実在しないと言っているのだから……

謝肉祭　三日目

絵葉書の謎――地球はどれも丸いのだろうか？　樹木はお互い何語を話すのだろうか？

ポスターの微笑する子供が、もし俺だったら、観光客にどんな笑いを投げつけただろうか？　俺は、片目の岩に住みつくこともある。目の中に島が入っちまった。風のせいだ。蒼空の翼をした風のせいだ。矜恃の先端《ポアン》に住みつくこともある。そこから、巨大極を狙撃するのだ。五百年間、俺は協調してきた。平和を求めてきた。協力してきた。アメリカンドリームしてきた。老いたヨーロッパ流に社会主義してきた。エキュがけつの穴に入った。ごますりドルも突っこまれた。いまや俺は、クラサオ〔カリブ海オランダ領の島〕からアムステルダムまでもある安全ガラスの中の娼婦なのだ。フランスチームのサッカー選手なのだ。エキゾティックな配置換えダンスを踊る、システィーナ礼拝堂の掃除夫なのだ。俺が世界になったら、黒人基金が大笑いするだろう！

矜恃の拳《ポアン》に住みつくこともあるのだ。石で水切りをすると必ず戻ってくる。石は俺の武器だ。俺の住処だ。野蛮な投石。誰にも壊せない武器だ。

三十九日　火曜

外国の女を考えるだけで、旅も我慢ができるようになる。別に、俺の武器にコンプレックスをもっているからではない。マスターベーションすればすむことだ。だが、夜行列車の中で俺の島から目を上げるのは、見知らぬ美女が通った時だけだ。自惚《うぬぼ》れのささやかな罪のために。外国の女といっても、国籍の問題ではない。ポルトープランスに住んでいた頃は、女はすべて外国人だった。今でも変わっていない。俺の頭の中で歌っている水の都が、俺と友誼を交わした唯一の女たちだ。

犯行の日

俺は一人の女を愛した。だが、同じ女だったのだろうか。女は自分自身と絶縁する才を最期まで持っていた。愛欲にあわせて服を替え、ルックスを変えた。逢瀬のたびに、出身地がくるくる変わった。どうすれば、世界の多様な季節を一まとめに愛せるというのだ？女は南シナ海に生まれるのが好きだったときがある。ノスタルジー遊びに興じて、同じ子供時代から二人手をつないで戻ってきたときもあった。女に縁戚も血縁も欠けているときがあった。俺は一人の礎《いしずえ》なき女を愛したのだ。いつかセックスしようと俺が言い寄ると、女は笑いながら行ってしまった。多様なるもののベッドで交わろうとするあまり、トランプのカードの上で一人うたたねすることがある。看守が言うには、俺が女を殺したのだそうだ。女のアイデンティティを固定するために。俺は、女は逃げちまったって言ってやったよ。あの日以来、俺は群島をさまよっている。

死者たちの日

俺は論理破綻がたたってポルトープランスの通りで行き倒れになるだろう。あの町は、肥満の町を気取ってみせる、トロピカルな気取り老女だ。風呂にもろくに入らないデブで、糞尿を海に投げては客船の目をくらまそうとするのだ。俺は論理破綻がたたって死ぬだろう。月日の流れと行き来する旅客機の狭間で。俺は、「ここ」と「あちら」、「似通った死」を伝える悲惨通信を綴ったのがもとで死ぬだろう。

労働の祭典の日

アテネ出身だろうが、ラパス出身だろうが、ジュラシック・パークには働き口があるのだ。そして、週末の夢があるのだ。言うまでもないが――press any key, the world is one. というわけだ。アイデア商品の大賞受賞者は、共時的誕生の中で仕事をしている。新たな宇宙生成神話を求めるエレクトロニクスの亡霊たちは、ヴァーチャルリアリティーの平等主義的な重病の中で、衛星ショッピングを楽しんでいる。俺は恐竜が怖くてしかたがない。俺の島を背負って……小人のせむしがパンを求めるときは、避けて通るのだ……

最後の日

この頃、やつらの作戦は、俺を挑発することだ。今日は、俺が一番性質《たち》の悪い若者となんら変わりない、と吐《ぬ》かしやがった。よりによって、若者を軽蔑してきたこの俺様に対していう言葉か？　やつらのおつむの弱さには虫唾《むしず》が走る。幼年時代という文明があるとすれば、それが生みだすのは、フォーヴィズムやチャップリンや親指小僧なのかもしれない。青年時代という文明の破局ときたら、無知が生む逆説というやつだ。個人の権利主張が説かれても最大多数の法則に従うためにすぎない。あのお粗末な無政府主義者たちが期待していることといえば、家賃援助であり、人類が、彼らの将来を保証してくれる集団順応主義ネットワークに財政援助をしてくれることだ。あいつらは、群れなければ、ものを考えられない。「パパ、ハーブを買ってよ。フライデー〔ロビンソン・クルーソーの忠僕〕をたくさん買ってよ」孤島に独居生活ができる青年なんて一人もいない。信頼できる青年は、俺の知る限り、一人しかいない。アルチュール・ランボーだ。その職業、発明家。

告白

俺が、訴えられているような犯罪を犯すはずがないではないか。ちょっと思い出してみれば分かることだ。あの年、俺はいつもの年と同じように、小舟で航海していた。岸辺と沖の海の間のいかがわしい波間で勝負されていたのだ、俺の全人生が、全思考が、全恋愛が。国民がそうであるように、俺の苦悩は歴史によって創設された。俺は、俺の傷口が接岸する地点に帰属する者だ。ところが、俺はいつでも言葉に風を受けたいと願ってきた。だから、うそだ。この俺が、訴えられているような犯罪を犯したはずがないではないか。小舟の上で自失したことは覚えているが。

凪

俺は世界と休戦した。食事の間だけだが。独房の鉄格子にしがみつくと、ポルトープランスの通りか、それによく似た町の通りで、女の子が貪り食っていたのが見えた。生えたばかりの歯で。

三十九日　火曜

詩はいつでも俺に住みついていた。詩は、精神の破綻を正当化するコミュニケーションの稀なる形式なのだ。自分に心底正直でいられるのだ。しかし、俺は一行だってうまく書けたためしがない。様々な偽名を使って、幾多のアイデンティティを試みた。ところが、いつでも先回りしている者がいる。俺のねぐらを荒らし、俺が拾った漂流物を横取りし、俺の島を盗み歩いている者がいる。読書をする度に、俺は、自分が信じていたほどには独りでないことを悟った。百億人の盗作者を相手に著作権の訴訟を起こすのは無理な話だ。だから、壮大な細工物を製作している。一枚の紙の上に全てを書いてしまうのだ。すると、イメージの一つ一つが、前に書いたものを支えにして、判読できなくなる。破り取った古い紙片に全著作を書き込むのだ。これで、頭の中に世界の語を一字一句漏らさず秘密裡に保持できる。俺は書きながら消す。消しながら書く。そのどちらにもなり、逆にもなる。気にすることはない。俺は掛け橋を育てているのだ。

最後の日

別の監獄に移されるそうだ。ここよりもはるかに辛いところだと脅かされた。自白さえすれば、この破局から逃れられるのだそうだ。いや、俺は誰も殺してなんかいないぞ。女？　あの女のくるりと向けた背中が見えただけだ。それ以上のことは何も知らないぞ。俺について言えば、長き不在を知っているだけだ。俺に所属する落伍者、勝手に自分でやってきた落伍者を知っているだけだ。がらくた、へぼ文、生活上のしくじりを知っているだけだ。俺は、灯りの消えた灯台になることがある。中では、世界中の難民がどんちゃん騒ぎをしている。

熱月《テルミドール》

三部会では、俺はコンゴ・パイエット〔ヴォドゥの踊りの一種。微動する動きから激しい身振りに移る特徴がある〕を踊った。それから、一晩中音楽した。ポップミュージック・ギタリストと、老いたブルース歌手と、マドリッドのソプラノ歌手が一緒だった。二人の子供、男の子と女の子が、俺たちの室内和音から生まれ出た。混血の土地を彷徨《さまよ》った男を追悼して、どちらにもルネと名をつけた。*

*ルネ・フィロクテット、ハイチの詩人、小説家。一九九五年没。著書に『混血の土地』がある。

一週間後の日曜日

どうしてどうして、看守の連中は馬鹿じゃない。やつらは、俺の好悪も臆病も知り抜いている。月並みな表現を使えば、俺の弱みにつけこんで自暴自棄にさせるコツを知っている。俺のコミュニケーション拒絶は、終身刑に処せられるほどのことなのか？　なにを言えというのか？　文字の削除が俺の住処だ。永遠のひび割れ、相手を識別する信号が乱れた意思こそが俺の住処だ。世界のうちの俺の領土は僅少だ。そして、広大無辺だ。

出口のない牢に厳重に俺を閉じ込めればいいのだ。しかたがない。俺には、言うべき言葉も尽きた。俺は、払い下げ不可の島なのだ。

深刻な物語を弄んでいるうちに、ようするに作家の仕事をしているうちに、と言う意味だが、私は自分の内部に確信のようなものを見出した。一種の領土だ。そこで、以上の二つのテクストを偽りの遺言的高揚の中で一つに結び合わせることにした。狂人やアル中のことにはあまり通じていない。ただ、彼らは、自爆の抵抗、批判的絶望を投げつけることがある、新旧の秩序に反逆して、夢と肉体の破壊者である秩序に反逆して。

l・t

「島の狂人の言」は、ラ・ショ・ド・フォン市（スイス）と雑誌VWA（96－97年度）の賞を受賞した。

（立花英裕訳）

スキゾフレニア❖ジャン＝クロード・フィニョレ

ジャン＝クロード・フィニョレ　Jean-Claude Fignolé（1941-）

一九四一年、ジェレミーに生まれる。詩人、文芸批評家として出発。ルネ・フィロクテット、フランケチエンヌとともに、「螺旋主義」運動（Mouvement spiraliste）を起こす。「螺旋主義」は、ヌーヴォー・ロマン、構造主義、テルケル派らの影響を受けながら、ハイチの混沌とした現実を捉えるべく、さまざまな言語ジャンルを融合することによって新たな言語創造を目指す運動であった——「螺旋主義は、単に小説、詩、ないし演劇にとどまらず、これらの三つの形式を一種、同時的に共在させる、全体的な文学を提案する。……他方で、螺旋とは力学的な思想とテーマの展開であり、螺旋の発想は、芸術的な文学作品が無限にむかって開かれていることを指示している」。彼の名を一躍高からしめたのは、『満月に憑かれた者たち』である。この小説によって、ジャック・ルーマンに代表される「農民小説」の伝統が一新された。もはや、農民は分析や観察の対象ではなく、その主観性が内部から生きられる存在となる。「満月」が連想させる狂気やヴォドゥの憑依は、合理的な世界認識を攪乱する想像界を湧出させ、悲劇的なものと深刻なものが笑いの渦に巻き込まれる中で、現実と夢との境界が見分けがつかなくなる錯乱である。評論に、『真正さと連帯の詩のために』（七四）、『「朝露の統治者たち」論』（七四）、詩集に、『幻覚』（七九）、小説に『満月に憑かれた者たち』（八七）、『静かな暁』（九〇）、『報復』（九六）、『人間の最後の雫』（九九）がある。ここに紹介した「スキゾフレニア」Schizophrénies は、二〇〇二年七月に雑誌『挿し穂』（Boutures）創刊号に発表されたが、評論とフィクションがないまぜになった作品『スキゾフレニア』の冒頭部分になる予定だそうである。

彼女の度重なる苛立ちが、二世紀にわたる支払猶予、虚しい無邪気さ、逃亡と難破、強いられた純潔、望まれた過酷さ、信じがたい憎悪の数々にぶら下がったまま、彼女の夢の数々を取り囲み、打ち砕いたのがいつなのかは、誰にも思い出せない。彼女の心が悪性の熱のまにまに揺らぎながら、蒸発して消えてしまったのがいつなのかも。

ローズがとりとめのない記憶のはざまに覚えているのは、ある日あの女が、自分が生まれるよりも前からの幾多の苦しみに目をつぶるのを見たことだ。日々の暮らしを暗く沈ませる新しい喪を、心に受け入れることができずに目をつぶるのを。そのときから彼女の病が始まった。障害がね、とローズは陰口を叩く。けれども……ローズの言うことをどう信用しろというのだろう？　彼女は生まれついてのほら吹きで、はい、いいえ、を言うためだけに、わざわざ月の首根っこにロープをつないでみせたり、およそ理屈に合わない理屈を編み出す一種の錯乱を通じて、野生の力を放射する炎の馬をつれてきたり、相手をあらゆる声音《こわね》の諧調に迷い込ませて、無駄話を延々と物語り、それを十回だって平気で繰り返すのだから。もううんざりってわけだ！

ローズは確かに何も見なかったんだ。だからあなただってわざわざローズの言うことを信じないようにしてほしい。その代わり、ガブリエルのほうはちゃんと見た。彼は女が道に落ちている石ころを追いかけて走っているところを目撃した。女は石ころを箒でどんどん押しやりながら、叫んでいた——

「さっさと行っちまえ。おまえらなんて大嫌いだ。私は……」

ガブリエルの姿に気づくと、彼女はすぐにゲームを中断し（でも彼はどうしてゲームだなんて思ったのだろう？）、なにやらしなをつくって、自分の声に気をつけながら、「ああ！」と言ったのだった。驚きと狼狽とが混じった叫び。彼女は彼に背を向けて、おびえたような匂いと一緒に風下に遠ざかっていった。男の嗅覚を持っていってしまった。それに、彼女の忘却の数々も。でなければ思い出の数々？　どうやってそれを知ることができるだろう？　ガブリエルにとっては生きることからしてすでに問題を孕んでいた。だから、ほかの厄介ごと、とくに脳味噌を悩ませるようなやつは避けるにこしたことはない。

誰も思い出すことはできないし、注意して見てもいなかった。けれども、前兆は幾つもあった。そういう徴《しるし》が喋っていた。ただ誰一人として耳を傾ける術《すべ》をもたなかったし、そうしようとも思わなかった。もしかすると、ヴィクトワールだけは違った。彼女は女とたまたま行き遭った。女のほうは彼女の白目を見つめて、出し抜けにこう言い放った――

「あんたは鏡だけれど、私は映っていない」

「なんて変な人なの！」ヴィクトワールは言い返した。

二人は互いのことなどもう気にもかけずに、それぞれの運命に向かって行ってしまった。黒いビロードをまとったある夜寒のなか、他の彼女たち自身へと。もうひとつの喪の徴を、女は呟いたのだった。私はそんな喪に服する気はないけれど。

変な！　彼女は宙を飛ぶその単語を捕まえて、ヴィクトワールのところへとってかえそうとしたけれど、ヴィクトワールはすでに曲がり角に消えていた。そこで腕を下ろし、いまや単なる形容という以上にひとつの属性ともなっていたこの形容詞を横取りし、顔のないひとりの子どもを後生大事に抱きかかえ、ゆすったりあやしたりしている。彼女がこの赤ん坊でなければならないはずだった。六ヶ月の。十六歳の。二十歳の。三十歳の。もう彼女のものではない年齢、それを経験するほどに、彼女は時間に齧られて毎日少しずつ死んでゆくのだ！　生の代数学と死の幾何学とのあいだで、彼女は永遠が現れる一点を見つけ、固定した。違う！　違う！　お黙……変な……り。彼女は叫んだ――

「助けて！　この子が落ちないようにするのを手伝って。消えちゃう……」

女は自分のことを三人称で話すことを学んだ。善意も好意も逸らせてしまうのに役立つ幻想だ。善意や好意が彼女のために発揮されるのを横に逸らせてしまうのに。自分には誰も何も必要がないと想像して、自分の感情や欲望を欺いていたのだ。自分に嘘をつくやり方とも言える。自分を少しも知ろうとしないこと。自分でありながら他人であること。二重の存在であること。この時にも、そんな空想が彼女を道に迷わせる恐れがあった。というのも、彼女が助けを求める声を誰一人として聞きはしなかったからだ。ヴィクトワールは地平線と混ざり合って見えなくなってしまった。ローズは自分の無駄口のなかにすっかり身を任せて、そこから戻ってこなかった。ガブリエルは？　おお！　あいつったら、そう彼女は恨みがましく呟いた。諦めて、というよりパニックに陥って、彼女は腕をばたつかせた、翼をばたつかせた。自分自身に抗う無意識の努力。なぜなら彼女はこう繰り返していた――

「自分を見失わないこと。自分を少しも見失ったりしないこと。自分をもう見失わないこと」

自分の欲望も、いかなる行動もわからぬままに、彼女は自分自身のいちばん深いところから全速力で浮かび上がった。自分の内部の井戸から――いつか頭がはっきりと冴えているときに彼女はそう言うだろう。ふたたび自分の声と向き合うと、こんどは一羽の鳥が踊るのが見えた。二十歳の頃と同じ歓び。

　一羽のひばりが二枚の鏡に挟まれ
　遊びにはまり、おまえの罠にはまり……

　女は口ずさむ。古臭い節回し。うそ寒い歌。月の最初の目覚めのように。彼女には羽根が生えた。羽根が喋り、笑い、泣いている。崩れ落ちる涙。すると腋には羽毛が。そして、幾重にも屈折した丸みに捕らえられた月。

「この裏箔のない鏡を遠ざけておくれ。こいつは私を貫き、私を裸にする。ごらんよ！　向こう側にもまた私がいる」

　自分の正しさを言い張ろうとでもするように、彼女は方向転換し、進路を変え、満艦飾よろしく、背中に貝殻のコートをまとう。すぐそこの海が、彼女の涙にお似合いの青い後光を編み上げてくれる。そして彼女は抗議する。

「ヴィクトワールだけは！　どうしてあの女なの？　どうしてあの女はしつこく私に歌いかけるの？　冬の夕べはもう遠い日々のこと。時間のカーヴよりももっと長い」

　それから冗談をひとしきり。幻想、でなければ思いつきの数々に身を任せて。寒い。かすかな囁き。賛美歌。それは彼女の魂？　彼女の声？　ヴィクトワールだけは！　一吹きの微風。まわりには洞窟のようにくぐもったしらべが染み出ている。まるで神様から発散されるように。彼女はしなを作る。赤ん坊は十六歳でも三十歳でもない。やさしい歌。目の前にはデザートの籠。子どもは街の数知れぬ悪臭をがつがつと呑み込んで息を詰まらせた。マイ・ゴッド！　驚く。

でも何に？　どこから来たのかも知れず、誰も見破ることのできなかった、誰も予知できなかった、この病気に。子どもは羽根を失ってゆく。どうして大人の足跡に足を踏み入れなければならなかったのか？　大人たちは子どもを、すりこ木でキビを砕くように打ち砕いてしまうだろう。その血が底知れぬ破滅の道の上に残した痕跡が、子どもが発明したわけではないゲームを嘲笑うだろう。それ以来王たちの願いもむなしく、実りを知らぬことになった女は、偽の運命にも似た三つの道に身を開くだろう。ひとつは鳥に通じている。もうひとつは自分がどこから来たかも知らない女へと。最後のひとつは子どもへ、彼女の喜びとなることが決してないだろうものへと。羽根が散ってしまった。あの夕べ、雨が降っていた。細かい、けれども醜い雨が、地面に染みを描いた。朝には、夜の妄想から流れ出る水が、道の石ころを錆で染めていた。地面の色。ひんやりと濡れた地面の匂い。女は唾を飲んだ。食いしん坊の子どものように、彼女は雨の残り、水の薄片を年頃の手に取り

（こうして第二の子ども時代をやり直していたのだ）、大地も、岩も、世界の素晴らしい匂いも、何もかもを、口の中に詰め込んだ。息が詰まるのもお構いなしで。

彼女は突然震え上がった。思いがけないときに、ちょうど彼女の食いしん坊ぶりを馬鹿にするのにちょうどいい折に、ヴィクトワールが彼女の傍らに姿を現したのだ。彼女を馬鹿にするために。

「なんて変な人なの！」

またあの形容詞だ！　彼女は腹を立てたふりをして、いきなり大仰に鼻で息を吸い込んだ。そして自分の仕草への答えとして、地面から血を盗んだことを悔やんだ。責めるような彼女の意識。答えられるものだったら答えたかった。言葉という言葉が渓流のような猛烈な力で喉へ流れ下り、舌に重くのしかかり、唇のところへと漂いでた。そして座礁した。どこの無慈悲な岸辺に？　自分の言葉の奇妙さに気づき、彼女は単語をひとつまたひとつと裸にしてどうにか一本の針に通し、自分を縫い合わせようとした。音のひとつひとつが囀《さえず》った。彼女はそれを嚙み、味気ないと判断するとそれらを打ち叩いた。言葉たちは突然、土手の反対側にひっくり返った。そのとき彼女は自分がこう口ごもっているのを思い描いた――

「つ……つ……つ……血！」

彼女は叫びたかった。彼女の声のなかで世界はゆっくりと、死ぬことを決意した。激しく風に叩かれて雨は散り散りになり、羽根は優美とはいえないばらばらの秩序で宙に舞っている。叫びは羽毛ともども孤立した。打ち砕かれた。

「自分でむしったらどうかしら？」

彼女はこの問いを、鏡の向こう側で静かに問うたのだった。彼女の分身、反映であるもう一人の女がふくれっ面をした。彼女は答えを要求しない問いに絶望した。

「あっ！　そう！」

もう一人の女はそれでも、心のなかで小躍りして喜んだ。微笑みさえした。唇の切れ込みのなかに、なにか淫らな様子を湛えて。それに、確かに残酷さも。

「好きなようになさい、娘よ」

彼女は一枚の羽根、一枚の葉を引き抜き、雨をワンピースの襞にたくわえ、地面と岩とを転がして半径三メートル内外のところに蹴散らかし、腰を下ろして一本調子な声で始めた――

「昔々あるところに……違う！」

彼女はぴたっと口を閉じ、思い直して物語を語るのはやめにした。それよりも、自分の口ずさむあの永遠の歌を聴くことにした。苦い思いを寝かしつける歌、心乱れる時々に、同じ後悔、同じノスタルジーを抱きながら、何度も発明しなおすあの歌を。

一羽のひばりが二枚の鏡に挟まれ
遊びにはまり、おまえの罠にはまり

まったくの無意識状態のまま、彼女は即興でひとつの運命を創りだし、逃れゆく言葉を、その流れを唇がせき止めさえしない言葉たちを、もっとよく見るために屈み込む。頭蓋のなかでは、夜が犇《ひしめ》きあっていた。彼女を自分自身の夜に引き渡しているひとつの苦痛を鎮めることを願って、彼女はふたたび顔を上げた。そして鏡のほうを向くと、鏡の向こう側に自分が見えた。あんなにも色あせた、あんなにも取るに足りない、あんなにも違っている、あんなにも変わってしまった自分。それが苦しかったが、鏡のなかの自分は微笑んでいる。不思議なことに、彼女にはそれが少しも理解できなかった。彼女にはもう顔がなかったのだ。

ジャンは本能的に起き上がり、居間の大きなガラス窓のほうへいそいそと歩いた。彼をおのれの外へと呼び出し、素晴らしい旅の誓いのほとりに置いてくれる、あの大きな開口部のほうへ。あんなに多くの水平線が開かれている！　そこからもう帰ることもない数知れぬ目的地へと、走ってゆくあの灰色の雲たち。撚《よ》り合わされた太陽を何度も回転させ、そのつど幾多の国々や、どれも大陸のかけらに他ならない島々、列島を描き出す、あの定かならぬ青い眩暈《めまい》。そして、夢とはまったく違う風景に落胆した目を、覆い隠す優しい永遠。さらには、威容を誇る絶壁の腹にざわめきを打ちつけ、どこからともなく、さもなければ風の狂おしい怒りから満ちてゆき、常ならぬ轟音に苛立ちながらそれぞれのもつ彼方へと引いてゆく、あの豪胆な波。ジャンは時々テラスの上から、波の情熱が解き放たれるのを聞き、そして記憶を新たにした。夢幻の大洋となって膨れ上がり、百年来の欲求不満を攻撃し、血に飢えたヒステリーで喉を潤し、その果てに、おのれの残虐行為のむなしさに有頂天となる、あの大波のような群衆の記憶。暴力を暴力によって養い、やがて無償の暴力に溺れる、そんな恥ずべき遠征からあの群衆はいつか帰ってくるのだろうか？　ジャンはそう思いを巡らせた。残虐行為のなかには、他にもましておぞましいものがある。と言うよりも、と彼はまた考えた。愚行を測る物差しは不条理しかない。ああ！

彼はいましがた、ガラスの壁に頭をぶつけた。痛みと驚きから湧き出た彼の叫びが、ガラスに星形のひびを入れた。外では日の光が分散し、ジャンの苦痛に歪んだ面差しを照らし出していた。どうしても顰《しか》めた顔が直らなかった。彼自身、何が何だかわからなかった。視覚が曇り、偽りのスクリーンの上に、鏡像の戯れを作り出していたが、それを彼はもうひとつの記憶のようにわがものとした。彼は女が身の上を語るのを聞いたのだった。彼女は燃えたぎる火床から出てきたかのように、彼の記憶から手付かずのまま姿を現し、白熱する感情とふたたび見いだされた感覚に打ち震えていた。息を吹き返した感覚。彼女は早口で喋った。速すぎるくらいだ。言葉の放蕩、不幸の数々を払いのけるための狂ったような試み。言葉たちは瘴気を吐き出し、流れ出るその唾液は、火山が吐き出す溶岩のように仮借なく、確信や信念を蹂躙する。

彼女は効果を調節する術を知っていた。あるときには、ディマンシュ砦の権力によっておこなわれた去勢について冗談まで言ったこともある。誰も笑いはしなかった。そんな惨劇は想像すらできなかったからだ。去勢された女？　信じられない！

「そんなことないわ！　ここじゃ、なんだってありなんだから。考えられないようなことだってね」

彼女は突然爆発して、狂ったような笑いの発作に身をよじった。彼女は腹をかかえ、手と腕でバリケードを作って、歓びを他の者たちが共有するのを拒む。そんなことをして何になるっていうんだ！　彼女は他の連中の世界にはいなかった。知性を嘲弄し、恐怖を保証することだけに長《た》けていた、あの遠い昔の時代に属していたのだから。それに、あまり昔のことで、彼女が記憶を遡る努力をした末に手に入れたのは、泥の覆いに囚われた国の光景だった。彼女は叫んだ。

「悲惨だよ。私たちは今やっと、自分自身と対面しなおしてるのさ！」

けれども、彼女は自分の見たものに関心がなかった。それほど不幸に慣れてしまっていたのだ！　自分の不幸にも、他人の不幸にも。まだそんな歳ではないのに老いてしまい、世界の悲惨を背負い込みながら（話を聞かないように耳を塞いでいる連中には、繰り返しそういっていた）、彼女は身体の丸みを見せびらかしていた。もう何年も前から、型崩れとの闘いにいそしみ、やがては彼女に敗北をもたらしかねない、そんな丸み。あちこちで疲れ果て、やっとの思いで衰えを隠している丸み。彼女がかつてとても美しかったことを覚えていながら、その本当の開花の季節がいつだったのかを思い出せなかったジャンは、よく、彼女の顔の皺のどれが、歳月からくる衰えではなく不幸による打撃を物語っているのか、探してみた。しかし、他人から借りた感情のままに表情と色合いを変えるこの移ろいやすい顔の上に、最終的に確信を生み出すことができるような印象を見極めることには、いつだって失敗するのだった。まるで自分の無能が証明されたようで、彼は腹を立て、絶望した。彼にとって絶望とは、冷めてしまった熱意に引っかかっている、後悔の一種だったから。

彼女は笑った。いつまでも大笑いし続けた。彼女の軽々しい振る舞いを非難するように、ひとりの物売り女が隅のほうで不機嫌そうな顔をし、呻くような声をだし、泣き始めた。その反対側、ちょうど正面にあたるところで、ローズが、どうみても彼女でしかありえなかったわけだが、そのローズが派手な音をたてて鼻をかみ、自分なりの流儀でひとつの物語の真実性に疑義を投げかけた。その物語が本当のことだなんて、彼女はもう決して請け合ったりはしないだろう。ガブリエルが恐る恐る彼女の仕草を真似ようとした。それに相応《ふさわ》しい理由、たとえば風邪とか、鼻炎とかからではなくて、ただふと真似をしてしまったのだ。ローズの発作や苦悩に、どうにも逃れられない影響を受けて、彼は幾度となく破滅の縁に連れてゆかれてしまうのだった。ああ！　神様！　わが身を呪います。彼の顔を涙の滴がつたって落ちた。他の人たちの顔にも、涙があらゆる不満を掬い取ってさざめきはじめた。最初は躊躇《ためら》いがちだったのが、やがて素直で、透明で、豊かな涙となった。あちらでもこちらでも、引きつった頬を涙の滝が流れ落ちていた。それに気づいた女は、よきにつけ悪しきにつけ、こんな感情の洪水を惹き起こしてしまったことを詫びた。

「気にしなさんな。牢屋からもって帰った古い習慣なんだから。だってね、あそこではみんな退屈で死にそうなんだ。たとえば、何時何時と過ぎてゆく時間なんていうロマンチズムを剝ぎ取られた日々を、指折り勘定したりするんだ。次々とやってくる日々はどれも似通っていて、虚無と永遠に寄り添っている。あるいは、自由の身になる日のことを考えてもいいけれど、それも今度今度と繰り返しているうちに、時間を人質に取るだけのことになっちまう。どこまでと決まっているのに絶えず閉ざされてしまう地平線から、時間は逃げ出してしまうのさ。あるいは、名もない沈黙のなかに迷い込んで、右も左もわからなくなるまで、生きてるっていう言葉を唱え続けて、狂気から護ってもらおうとする。私は生きている！　私は生きている！　また新しい一日がやってきた！　ありがとう、神様。でなければ、自分が馬鹿なことをつっかえつっかえ唱えるのを聞いているのももう限界で、声が出なくなってしまった暁に、今度は看守やそのボスたちに、糞でご機嫌伺いの手紙を書くのもいい。おまえらなんかどっかに行っちまえ！　やつらを無へと送り返してやるのさ」

彼女は喋るのをやめた。唾を飲み込み、息をつく時間。たぶん、考えの糸口をもう一度見つけるためだ。ジャンは彼女がお喋りしすぎて混乱しているように感じていた。あるいは言い過ぎて。もしかすると、最初にしようとした話を思い出すことさえできないのかもしれない。けれども予想に反して、彼女はまた話し始めた。

「自分を自分自身から護るために、馬鹿笑いの発作を発明したのさ。少なくとも一時間ってあいだ、汚くて臭い壁が私の上機嫌の反響を送り返してくれるのを聞いたものさ。それが私を元気付けてくれた。笑ったよ。なんでもないことを。なんのわけもなしに。無の爆発みたいな歓喜、いや歓喜以上のものが、幸福、いやそれを通り越して欠かすことのできないものになってたんだ。自分に生き続けることを課す、一種の打開策さ。笑いで私は自我と自閉を打ち壊していた。度外れた笑いは外の世界に呼びかけていたし、世界が私の外にちゃんとあることを確認するために、私は大声でわめきたてていたんだ。まるで気が狂ったように。歓喜と歓喜とのあいだに、きちんと休みをとったけれど、そのおかげで沈黙も生きたものになった。私は自我との会話を始め、片っ端からなにかを言い、見えはしないけれども、幽霊じみた囚人たちよりも現実味をもってそこにいる聴衆と対話してたのさ。

——あいつ、狂ってるぜ！

看守たちは嘲笑った。あいつらはそれをいい口実にして、私を殴った。血が出るまで殴ることもあった。それから順繰りに私を犯した。セックスの歓び。私はやつらの暴行を、まるで生まれなおすみたいに悦んだ。欲望の孤独を破る快感に目覚めた。やつらの欲深いいやらしさ（狂った女と寝ることで、幸運を引き寄せたり、惹き起こしたりしようとしていたみたいなんだ）の傍らで、自分の身体と快楽を、そしてその両方がもっている永遠なるものを、ふたたび見いだしていた。それにね、自分に語って聞かせる幾つもの物語を作り上げるのには、それだけで充分だった。そういう物語は私を唖然とさせた。そして私の涙を黙らせた。

私は狂ってなんかいなかったよ。とんでもない！　笑い、それに、私のお話を私が手綱を握っている想像の世界に結びつけるてくれる錯乱のおかげで、狂気すれすれの縁にとどまっていたのさ。そうやって、私は救われたんだ」

ジャンは跳び上がった。救われた、だって？　なんてご大層な言葉だ！　彼女は自分の打ち明け話に衝撃を受けて涙ぐんでいる聴衆に、ぼんやりとした視線を投げかけていた。ローズはいつまでも鼻をかんでいた。ガブリエルもだ。そして他のみんなも、なんとか涙が出ないように苦労していた。

「腹がはじけちまうくらいのお笑いぐさだよ」夢想に閉じこもったジャンが話を聞き、口を挟んでくれることを願って、彼女はわざわざこうつけ加えた。

ふたたび彼女は爆発した。あふれ出る笑いで、頬の涙が鱗のように剝げ落ちたほどだ。聴衆はみんな一様にこれといった表情のない顔を繕《つくろ》いなおし、どんな状況になってもそれに相応しい表情をできるように願った。悲劇的だ。それに気づいた彼女は正気をとりもどし、白いシルクのワンピースを着たローズ、それに、ひ弱な身体には肩幅の広すぎる栗色の背広を着たガブリエルの姿を見分けた。偏執狂的な司教が発明した〈奇蹟の護符の聖母〉の足元でついさっきまで悔い改めていたヴィクトワールは、雑に糊づけした綿のワンピースのなかに高い背を縮み込ませ、不恰好なシルエットを見せていた。彼女の名前は勝利《ヴィクトワール》の下に敗北を、心と感覚の敗北を秘めていた。父が夜な夜な攻めてくるのに抵抗しきれなかった母、その母の敗戦の最終的な犠牲者。父は男の子を夢見ていた。そうは生まれなかったヴィクトワールは、目立つこと、奇をてらうことを学んだ。それに、悲しみを装った聴衆のなかで、彼女だけは泣かなかった。他のみんなは今や、話の続きを聞きたくて、二列の椅子に座ったまま互いにぴったりと身体をくっつけ合っている。自分の身体のどこかで待ち構えている死と、驚くべき、そして決定的な会話を交わしながら、互いの顔の上に屈み込んでいるミイラたち。目にも明らかな歓喜。女は一瞬彼らの皺だらけの顔を見つめ、みんなが、そう、ローズもガブリエルもヴィクトワールも、話の紆余曲折を理解するには頭が弱すぎると判断した。彼女は言葉を鷲づかみにして、まるでそれらの言葉を永遠に檻に入れてしまうかのように、パンドラの箱の代わりになっている心のなかの小部屋に刻み込み、静かに眠りについた。

ジャンは彼女を起こすのはやめにした。彼女が疲れていること、自分が生きた出来事の数々を運命とは逆方向に思い出したせいでひどく動揺してしまったことがわかっていた。彼はその物語、いやむしろそれらの物語を、人生の幾つもの場面ですでに聞いて知っていた。たとえば彼が十歳だった頃。いまの彼女を打ち据え、彼女の存在を千々に切り刻み、男とも女ともわからない笑いとなって観衆の耳に響く、あの錯乱の発作を、当時の彼女はまだ知らなかった。まだ身体の一部分は過去のほうへと向けられていた。残りの部分は現在のなかに沈み込んでいた。はっきりと言い表せない希望のまえで立ち往生し、将来をどうすることもできない現在。彼女は自慢の微笑みを見せていた。一日中。疲れて肉の落ちた微笑は、夫の心の躍動を挫き、子どもたちの愛情を打ち砕いた。彼女が身の不幸を嘆こうと思ったときには、いつだってそんなことが続いた。

ジャンがやがて十五歳になろうとしていたころ、女の物語は魂と表現を変えた。彼はそれにわざわざ驚こうとしただろうか？　彼女は空き地でトウモロコシの粒を数えていた。風は彼女の渇きを追い払い、彼のほうは飢えていた。他の誰かに。彼を魅了し、未知の幸福へと運んで行ってくれる誰かがそこにいることに。思いがけない幸福へと。何年ものあいだ、彼女の沈黙とうわ言とを重ね合わせてきたおかげで、彼は彼女が空虚を恐れていることを知っていた。それに彼は、彼女が今頃あそこにいることが、大きなガラス窓の星形のひびの向こう側で、バルコニーの手すりに寄りかかり、秘められた苦しみを取りとめもなく語りだしていることが、わかってはいなかっただろうか？　今、夜が彼女の目のなかで泣いている。古い傷の数々、名前のない失望の数々に結びついたノスタルジックなルフランを、唇の先で唱えながら。ジャンはそこに、かつて彼の祖母の声を飾り立てていた、けれども彼の眠りには悲しみの色を塗っていた歌を聞き分けた。なぜかわからないが、ジャンはあの甘ったるい繰り返しに魔法をかけられることを、いつも拒んできた。決してティノ・ロッシのような声音を匂わせるには至らなかった、あの繰り返し。これもなぜかわからないが、この晩には、彼は同じルフランの永遠の臭いに興奮していた。哀しい歌声は、カビの臭いがした。なのにそれは、奇妙な浸透力を放射していた。頑固な情念、ジャンはそう呟いた。彼女はまるでそれを聞いていたかのように、唇の先で「ありがとう」と言った。彼は女の首がやけに贅沢に飾り立てられているのに気づいて面白がった。結婚式にでも行くのか、それとも自分の葬式に？

「運命の最後の化粧さ」そう彼女は教えた。

それを聞いた彼は困ってしまった。

二十歳に、つまり、今まで知らなかったよからぬことや、自分のものと思っていた女たちの裏切りや、愛についての滑稽な幻想を学ぶ歳になった頃、彼は女がマルス広場のデサリーヌ〔ハイチ共和国初代大統領、ハイチ皇帝〕像の陰にいるのを見かけた。ジャンは近づいていった。彼女は皇帝に、実際には決してそんなふうには生きることができなかったはずの、皇帝の人生を物語っていた。総司令官は彼女の作り話を笑い、兵隊たちが司令官を見ただけで儀式用のズボンのなかに糞をもらしたとかいう、パレードの情景を生きなおしていた。彼女はこう言い放った。

「弱虫な連中だよ。あんな腑抜けどもと一緒に国家を建設するなんてこと、あんたはどうして信じたんだろうね。どうなんだい？　ああ！　あんたは連中を男にできると思ったんだね、将軍。じゃああんたは、男を奮い立たせるのが何の木なのか、考えたことがあるのかい？　ないって！　じゃあ教えてあげよう。勇気っていう木さ、つまり、名誉と威厳の感覚ってやつさ。そのためには連中をひとまとめにして、一緒に生きること、共通の利害や共通の夢やひとつの理想をもつことを教えなけりゃならなかったのに。別の言葉で言うと、ひとつの民族を創り出して、そのなかにあのろくでなし連中の寄せ集めを溶かし込み、連中の欲求、新たに解き放たれた願望をひとつに混ぜ合わせ、連中にひとつの魂を授けるってことさ。あんたはその代わりに、自分にとってつもない称号を授けて、それで女たちを手に入れた。私もだよ！　ああ！　デサ……覚えているかい、ふたりで過ごした幾つもの夜のことを……こん畜生！　誰かが私たちを見てる。それに聞いてる。六年もまえから、あの若造は熱心に私を追い回しているんだよ。私が人生の決断をしようとしてると、いつだってあいつに出会うのさ。私に気があるのだろうか？　まだ小僧っ子だよ。あんたみたいに経験を積んでない。デサ……いや、そうじゃない。間違えたよ。もちろん、あいつは私好みの年齢さ」

その晩、彼女は首に派手な赤いスカーフを巻いていた。彼女はジャンのほうにやってきて、ブロンズの冷たい塊になって固まっている皇帝の不能ぶりにはもはや似つかわしくない欲情を、彼に捧げようとした。彼は彼女の裸を見て顔をそむけた。彼女はその仕草を、拒絶、でなければ軽蔑と受け取り、腹を立てて行ってしまった。それから十年と言うもの、彼は彼女の噂を聞くことはなかったが、あの街角この街角が、彼女の物語のどれかを思い起こさせるのだった。あの晩まではそうだった……

不安な時刻。彼女は空気のようになってガラスの大窓を通り抜け、ジャンの目の前を、敢えてこちらに目をやろうとすることもなく通り過ぎ、寝室のひとつに駆け込んで閉じこもった。彼女は鏡に近寄って自分の姿を見つめ、顔をととのえた。こちらには紅《べに》を少し。あちらには白粉《おしろい》をいくらか。政府の決定で米が舗道に舞うほど値下がりして以来、彼女は米の粉を貯めこんで白粉に使うのを楽しんでいる。どこかの皺を隠し、脂粉をととのえ、瞼の上に幾筋も刻まれた線を埋める。ゆっくりとした仕草、使い古され、寄る辺なく、人生を紡ぎだすのに疲れたその仕草のあいだ、時間はいらいらしながら待っている。戯れの仕草にかかりきりになりながら、悔恨の重さをたたえた仮面に化粧を施す。年月の暗礁や、千と一つの苦しみに汚れた重みにもかかわらず、まだ美しい彼女は、自分の手が皺の刻まれた手であることに気づかない。指は躊躇いがちに、彼女の苦しみをなおも変装させ、青白い二滴の涙を二つの後悔のように捻りつぶす。洟がでる。ローズかガブリエルにうつされた風邪の名残。箪笥の抽斗《ひきだし》を開け、彼女は探す、引っ掻き回す、見つける、そして鼻をかむ。化粧の壁全体にひびが入る。彼女は突然の退化に突き飛ばされたようによろめく。ああ！　カモフラージュ用品一式をまた手に取る。また始める……

彼女は微笑もうと試みるが、うまくいかない。ぱりっという音。鏡がはじけ、粉々に砕け散る。無数の顔の破片が絨毯のうえに散乱する。言うに言われぬ恐怖。鏡の無数のかけらの上では引きつった笑いが、こちらでは強姦、あちらでは殺人、その横では放火、向こうのほうでは誘拐か略奪となって散らばっている。彼女はそれらをひとつに集めようとする――子どもたちの観察の才や知性を目覚めさせるために工夫されたあの「パズル」の要領で、にわか仕込みの新しいゲームを発明するのだ。ひとつの恐怖、あるいはひとつの拷問の時の果てに、彼女はやっとひとつの顔を再構成する。その顔はもはや仮面ではない。もっとひどい醜悪な顔だ。角《つの》の生えた顔は彼女を子ども時代の古い恐怖の数々へ連れ戻す。もう思い出したくもない状況のなかに埋もれていたその形相を、彼女は呪いに打ちひしがれながらふたたび見いだす。顔が重くのしかかる。呪いを払いのけるために、彼女は狂ったように叫び、悪態をつく――

「だめ！　だめ！　行っておしまい、悪魔！」

嘲るような巨大な笑いが、彼女が閉じ込められたことのない、そして彼女に悦びの反響を送り返すのを拒むすべての監獄の壁にあたって増幅され、日の光に引っかき傷をつけ、彼女の頭のなかで跳ね返り、最後にジャンの顔で轟音をたてて爆発する。砕け散った声を聞きつけて、ジャンが駆けつけた。彼女は軽蔑の眼差しで自分を見ているあの目、いまや眼窩が炎を発しているあの目の力に抗ってもがく。炎が彼女に襲いかかり、彼女を焼き、彼女に住み着く。

「だめ！　だめ！　行っておしまい！」

突然、彼女は鏡のなかの自分自身から身をもぎ離し、ジャンに手を差し伸べる。

「行きましょう！　デサが私たちを待っている」

「なんだって？」

啞然とした叫びを彼女は気にもしない。そして、出来事の厳粛さを納得させようとするかのように、重々しい声でふたたび言う。

「急ぎましょう！　デサは待つのを好まない」

彼女は光の目印を消す闇のポケットを幾つも横切りながら、夜の行程を奇妙な足取りで歩いていった。彼は彼女が、あらゆる貪欲さから生まれた野生の歓喜とともに何キロメートルもの道のりを呑み込み、どこから来たのでもどこに行くのでもない出口のない道に入ってゆくのを見ていた。それは彼女には関係のないひとつの運命の予告だった。ひとつの現在から別の現在へと漂流し、日々の暮らしを予測できないむら気の発作に賭けながら、彼女は絶えず幸福のかけらを修繕し、かと思うとそれらのかけらを空ろな夢の高みから急いでばら撒いていた。

あとを追うジャンは彼女と歩みを合わせるように努め、大きな闇のゾーンをあちこちで避けながら、燐光のように捉えがたい反映を発している彼女の青い輪郭から目を離さなかった。まるで瞼の上を戯れる夢のような反映に目が眩んだ。彼女が操る幻想を、彼もわがものとした。そのせいで何を考えていいのかがわからなくなっていた。彼女はそんな影響力に自分では気づかなかったし、彼の気を惹こうとするそぶりも見せなかった。まったく反対だ！　ずっと前からもう、媚態を演じることなど記憶の片隅に追いやっていたのだから、彼女ほど不透明さと縁遠い者はなかった。日の光のように透明だった。その物腰においても。その言葉においても。その仕草においても。聞き手を熱い笑いの発作に巻き込むほど可笑しい、彼女の物語の数々においてさえも。けれども、ジャンの理解からは、彼が彼女を捉える仕方からは、何かが欠落していた。時折彼女はなにかの遊びに似ていた。昇ったり降下したりするブランコ、髪のなかに風を受けることに熱中する少年たちのような器用さで半回転するブランコ。すると彼女は叫びと不安な戦《おのの》きそのものになる。座り板がひっくり返ってブランコから落ちそうになる度に。そうなれば、あざを作って起き上がる憂き目を見るだろう。傷を負って。彼女が一人の女に似ていることもあった。時代遅れの肖像画の額縁のなかで、頭にボンネットをかぶって固まっている類の女。時間の正しい流れのなかに埋もれたまま、彼女は手品やイカサマをまんまとやってのけ、見えない観衆をあっと言わせる。指のあいだを時が流れて急いで逃げてゆく一方で、何の手続きも経ないまま、眼の砂漠を横切った星たちが喉のなかで死んでゆく。一人の女？　彼女はめらめらと燃え上がっていた。彼女がとうとう大人の年齢に達したのだと知ることは、ジャンにとっては神々しい歓喜だった。けれども即座に――

「善男善女の皆様方、お聞きあれ！」

耳を貸すのには決死の覚悟がいる。他には誰も来はしなかった。彼女は自分のことを自分自身に語っていた。ただ自分のためだけに。そんな時には、ジャンは彼女が女であることをやめたと悟っていただろうか？　心の内側のうわ言に丸ごと迷い込んでしまった彼女は、幻想に変わってしまっていたのだ。

ローズはそのことに苛立っていた。女が誰かを見分けるのも一苦労だった。馬鹿馬鹿しい謎々ごっこに現《うつつ》を抜かすのにくたびれて、ローズは不機嫌さのなかに閉じこもった。女をはっきり見ることへの、きっぱりとした拒否のなかに。女を把えることへの。ガブリエルの方はといえば、すっかり機嫌を損ねていた。女は彼から意志を盗み取り、心の躍動にブレーキをかけ、クレラン酒の酔いのなかに幾多の漂流からの救いを探す破目に陥らせていた。彼が女を言葉のなかに固定しようと試みても（アルコールが彼の舌を解き放っていた）、女はすぐに雲にくるまって、彼の度肝を抜かれた眼から消え去ってしまう。そんなとき彼には、空気のなかに拡散してしまうこの女がたった一つの目的しかもっていないように感じられた——自然の秩序を逆転させるという目的だ。そして実際、女は「歴史」の流れを逆転させたデサとかいうやつへと、彼を差し向けていた。間違いなく彼女は嘘をついている。デサはどうやって、自分自身が担っているわけでもない世界の運命を転覆させることなどできたというんだろう？　女は跳び上がって手を叩き、大喜びしていた——

「だって、そうなのさ！　変化というよりも、それは変身だった。奴隷だったあいつは暴君になり、兄弟や友だちやただの仲間たちを弾圧し、ライヴァルたちを創り出し、そいつらが彼のあとに、命も愛も力ずくで犯すように仕向けた。あいつが子孫たちに遺したのは、恐怖と絶望の孤独だけだったのさ」

彼女はたしかに嘘をついている。ガブリエルはそいつらのことを聞いていたから、「歴史」のざわめきは知っていた。二百年ものあいだ、あいつらは奇蹟を喧伝していたけれど、それを幾度となく物語り、変形し、作り直してきたものだから、経験をつんだ彼の耳に入るのは、悪魔じみた奇蹟の叙事詩だけになっていた。無数の不気味な悪魔たちが、大天使聖ミカエルを打ちのめしていた。あらゆる軍隊の総帥である永遠の神は、このときばかりはおのれの力を疑い、みずからに予見を禁じていた様々な出来事を前にして無能をかこち、おのれの先見の明のなさに憤ったうえに奇妙にもおのれの逆上の虜《とりこ》になりながら、たけり狂った暴徒たちの行いを、仕方なく激励したのだ。暴徒たちはひたすら性的エネルギーを解き放つ。そして諸々の欲望を。やつらは欲望を堕落させ、挙句の果てに衝動を邪悪な本能に変じた。もしデサにそれがわかっていたなら、女は明晰なときにそう言って嘆いた。もしデサにそれがわかっていたなら！　女はいたるところで火刑台に火を放ち、熱狂していた――

「良き人であるべき人たちの手は血の臭いで腐り、彼らの行動範囲は緑色の紙幣で肥沃になった。ああ！　デサ！　あいつらは生き辛さを生きることとの基本条件にしようと血道をあげている。デサ！　デサ！　あんたの夢と反抗から、あんたがならず者の帝国を築き上げなけりゃならなかったのはなぜなの？　そうよ、どうして悪党の帝国なんかを？」

女の四つの真実を耳にして、ガブリエルは一目散に逃げ出そうとした。めちゃめちゃだ、そう彼はひとりごちた。

けれどもすぐに思い返した。両の肩に呪いのようにのしかかる混乱の二世紀を思いながら。

「悪夢だ！　とんでもない悪夢だ！　悪夢から身を守らなければ」

自分の正しさを証立てようとするように、ガブリエルは悪夢を大きな手振りで振り払った。ヴィクトワールの仕草をまねたやり方。ヴィクトワールは自分の存在を犯す数々の不幸をなんとも美しいやり方で追い払うのに慣れっこになっていたのだ。ヴィクトワール？　ガブリエルがそのとき思い出していたヴィクトワールは、とても若くて美しかった！　こげ茶の髪にカイミットの実のような菫色の肌、そしてコントラストのきいたシナモン色の目に見つめられただけで、こちらは日に照らされたバターのようにとろけてしまう。彼女は十歳、十五歳、それとも二十歳だっただろうか？　いまでこそ気まぐれや幻想や狂気にふけってばかりいる彼女も、あのころはまだヴィクトワールという名前をそんなどこともわからぬ場所で見失ってはいなかった。夢の空間を測りながら、彼女はよく太陽と会話し、頬に炎の色を添えていた。とりわけ、自分が紡ぎだす物語のために薔薇色に染めつくされた雨を想像して楽しんでいた。すると畑の傷口に降り注ぐ雨は幸運の約束となった。みんなはヴィクトワールのことを変わり者と言っていた。五感を大地に結びつけた彼女の華奢な体には、幾多の頂《いただき》が豊かに犇きあっていた。私たちの不安の縁に植え込まれた嶮しい峰々、ハリケーンと親しみ、何千年という月日に持ちこたえることにも慣れてしまったあの峰々と一体になることを、彼女は愉しんでいた。

なんとも不思議なヴィクトワール！　ガブリエルは彼女と最初に出会ったときのことを思い出した。雨が降っていた。彼女は下ろしたての白い綿のワンピースを着ていたけれど（彼女は白いものだけしか着なかった。思い出したくもない状況で失ってしまった処女へのノスタルジー）、濡れたワンピースは反った背中の曲線にぴったりくっつき、腰の輪郭と尻の丸みを優美にかたどっていた。彼女はぶるぶる震え、それぱかりかもう歯までがちがち鳴らしていたが、硬直したまま地面に釘付けになり、にわか雨から身を守るための避難所を見つけることもできなかった。

「あの女は具合の悪そうな顔をしている。これじゃあ風邪を引いてしまう」ガブリエルはそう断定したのだった。

彼は意を決して（いつもの気前の良さでね、とローズは皮肉ったものだが）、シャツを急いで脱ぐと、女のところに走ってゆき、シャツをかぶせて、一番近い家の玄関口に無理やり連れて行った。彼女は体をこわばらせることもなく、なんの抵抗もせず、なされるままに彼に従った。唇にはかすかな微笑を浮かべていた。ガブリエルは彼女の服を腰のところまで脱がせ、彼女の見事な乳房をしばし眺めてから、彼女の体をさすりはじめた。肩と背中を力いっぱい、胸はどちらかというと柔らかく擦った。おずおずした指が、一度か二度、誤って彼女の固くて黒い乳首に軽く触れた。それに二人とも戦いた。彼女は弱々しいうめき声をあげた。短くて声のない、愛へのいざない。彼女の目はガブリエルの目を惹きつけた。彼は気をそそられたが、自分を抑えた。多分彼女は、彼の欲望の真実に合流し、対峙することを怖がるに違いない、と思ったからだ。彼は顔を背けた。自分の衝動を払いのけるために。彼女はそれを理解し、気を悪くするどころか、彼に感謝した。

このただひと時だけで、二人の間に何年も消えることのない共犯関係が芽生えるには十分だった。相手のいないときの沈黙も、二人の絆をさらに強めさえし続けることになる。何年とまではいわないが、何ヶ月も会わないでいることもよくあった。人生の偶然が二人を引き寄せた折にも、ふたたび会えたことを眼差しで確かめるだけで充分だった。雨が降っていたと二人が信じていた、あの日に交わしたのと同じ眼差し。本当は雨が降っていたのではなく、空が泣いていたのだ。血の涙を流して。あまりに多くの腐った死体が街角に溢れ、墓地の瘴気が町を悪臭で満たしていた。そして、死の度を超した不公平さに憤慨した自然が、みずからの苦痛を哀れんでいたのだ。顔と顔とを見合わせ、互いに軽くもたれあいながら、二人は呼吸を混ぜ合わせていた。メフィストじみた悪臭を避けるための、ささやかな試み。

「あなたはうまくやったわ、ジャン」彼女は、まるで噴きだす笑いを押しとどめるように片手を口元にあてて、そう囁いた。

それが彼女なりの感謝の表し方だということはよくわかっていたが、ガブリエルはそれでも当惑を隠せなかった。

「ぼくはジャンじゃない、ガブリエルです」

「あら！　そうなの！　ガ……ブリ……エル！」彼女はおぼつかなげに音節を確かめた。まるで音節と記憶との一致を探し求めるように。「ガ……ブリ……エル？　あなたを見ていると誰かを思い出す。誰か……（彼女は思いとどまり、例の呪文じみた物語のなかのどれかを紡ぎだしてしまいそうなうち明け話を飲み込んだ）どっちでもいいわ！　ジャン、でなければガブリエル、あなたは二人とも同じ死を迎えるでしょう。今日。でなければ明日。でなければいつか」

「なぜあなたは死のことを話すのです？」不安になったガブリエルは尋ねた。

彼女は質問を聞かなかったような振りをして、首をすっともたげると、ガブリエルの肩越しに一点を見つめた。彼女は通りに背を向けていた。彼女の膨張した瞳孔は、パニックでとてつもないほど広がった。彼は振り向いた。家の窓という窓が、爆音と恐怖の叫びと脅迫的な命令に襲われて、大音響で開け放たれた。まもなく炎がめらめらと、壁の塗装をひき剝がした。レンガは乾いた音をたてて割れ、熱で砕け散った。燃えた紙の強い匂いが空気に浸透した。

「ああ！　私の唇《レーヴル》が！」

彼女は両手で頭を押さえ、苦しみでしかない思い出の数々のうえに身を折った。ガブリエルは当惑した――唇《レーヴル》だって？

「神様！　私の本《リーヴル》が」彼女は啜り泣きの合間に繰り返した。

彼女が呻き声を上げ、脈絡のない言葉、本のタイトル、作者たちの名前や引用、そして彼女のもうひとつの人生を養うはずだった文章の出典を呟くさまは、哀れをさそった。もうひとつの時間のもうひとつの人生。彼女のかつての知り合いたちは、彼女のことを教養ある女性だと言っていた。ローズだけはいつものように、本のもたらす驚きで重くなりすぎた頭が狂ってしまったんだと、有無を言わせず決め付けていた。彼女がもしローズの陰口を知っていたなら、きっとそれを褒め言葉と解釈しただろうけれど。

「なんとかしないと」ガブリエルがそう言った。

きっと彼女はその言葉だけを待っていたのだ。彼女は茫然とした状態から身を振りほどき、玄関のドアに駆け寄り、家のなかに飛び込んで大声で呼んだ――

「父さん！　母さん！」

声は火事の喧騒のなかに消えていった。ガブリエルは啜り泣きを聞いたような気がしたが、そのとき軽機関銃が咆えはじめた。

「戻れ！　戻れ！　戻れ！」

彼はこれでもかと手を振り、言葉と声と仕草を一致させていた。まるでそうすることで、それらすべてに権威と説得力をもたせようとするかのように。戻れ！　戻れ！　けれどももう遅かった。彼女は聞いていなかった。もう聞こえようもなかったのだ。ガブリエルは自分も火中に身を投じようと思った。急いで彼女を探そう。炎と、彼女の血迷った自殺行為とに打ち勝とう。勇気を奮い立たせよう。突然、怒号と助けを求める声とが聞こえた。

「全員地面に横になれ、この……ったれども」

「お願いです！　娘を助けてやってください！　娘の命だけは」

「人殺し！　助けて！　人殺し！」

ゼングランドスかシメールか〔それぞれ軍政支持派とアリスティド大統領派の民兵組織〕。彼は煮えたぎるような怒りにたけり狂った。あの連中とはいつまでも縁を切ることはできないのだ。

彼もまた、叫びはじめた。

「助けてくれ！　助けてくれ！」

誰も彼の声を聞こうとはしなかった。ガブリエルはそのとき、茫然自失と恐怖とで、声が出なくなっていたことに気づいた。彼は隠れていた場所を離れ、上半身裸のまま雨の下に出て、喉をきれいにするために咳払いして声を取り戻し、近隣の人々を集めるために声を限りに叫んだ。人々は皆、恐怖のなかに閉じこもっていた。ただ、どこかの意地の悪い子どもがこう叫んだくらいだった。

「糞ったれ！　さっさと消えうせろ！」

彼はこの新たな現実を、誰もが自分可愛さだけになり、勇気をもつことを免除されているというこの現実をあきらめて受け入れ、民兵たちに声を聞かれたらどうなってしまうのかを考えた。自分が幾多の不幸な犠牲者と同じ運命をたどることになるのは、疑うべくもなかった。彼は書物のことを思った。書物から心に語りかける権利を、知性を目覚めさせ、豊かにはぐくむ権利を永遠に奪い去ってしまう恐るべき悲劇のことを思った。

「やつらはぼくらを絶望させようとしている」彼は激昂した、「けれども人というものがいる限りは……」

銃弾が耳元でひゅうと風を切った。逃げるんだ。彼はただちに心を決めた。もう一度風を切る音がしたかと思うと、いきなり右足が地球全体のように重くなった。彼は倒れた。

「誰一人生かしておくな！」

命令が鳴り響いた。冷たく。個性もなく。臆面もなく。雷鳴が命令に答え、稲光が、空から降って家々の屋根を伝い落ちる血の帳《とばり》に筋を刻んだ。単調な音。魂のない。

「逃げるんだ！ ここからできるだけ速く逃げ出すんだ。でもまず起き上がらないと。歩くんだ。痛！ 骨が折れてる。連中がでてきたらもうお終いだ」

突然のことだった！ 彼の耳は恐怖に震えた。

「もたもたしないでこいつらを処刑しないか？」

それに答えるように、攻撃的で強固な咆え声が、風を切る銃火を支配した。狂おしい絶望のように。

「犬も！」おのれの激怒と憎悪とに疑いを抱いているような若い声が、尋ねるように言った。

「そうだ、犬もだ、この阿呆。ガソリンをかけて焼いてしまうんだ」

「でも……」

「言われたことをやるんだ。どうせただの女なんだから」

（星埜守之訳）

郵便はがき

料金受取人払

板橋北局承認

168

差出有効期間
平成16年7月
31日まで
(切手不要)

1748790

板橋北郵便局
私書箱第32号

国書刊行会 行

コンピューターに入力しますので、ご氏名・ご住所には必ずフリガナをおつけください。

☆ご氏名(フリガナ)

☆年齢
歳

☆ご住所 〒□□□-□□□□

☆TEL

☆FAX

☆eメールアドレス

☆ご職業

☆ご購読の新聞・雑誌等

☆小社からの刊行案内送付を □希望する □希望しない

愛読者カード

☆お買い上げの書籍タイトル

☆お求めの動機　　1.新聞・雑誌等の広告を見て（掲載紙誌名　　　　　　　）

2.書評を読んで（掲載紙誌名　　　　　　　）　3.書店で実物を見て

4.人にすすめられて　5.ダイレクトメールを読んで　6.ホームページを見て

7.その他（　　　　　　　　　　）

☆興味のある分野　　○を付けて下さい（いくつでも可）

1.文芸　2.ミステリー・ホラー　3.オカルト・占い　4.芸術・映画　5.歴史
6.国文学　7.語学　8.その他（　　　　　　　　　　）

本書についての御感想（内容・造本等）、小社刊行物についての御希望、
編集部への御意見その他

購入申込欄

書名、冊数を明記の上、このはがきでお申し込み下さい。
「代金引換便」にてお送りいたします。（送料無料）

☆お申し込みはｅメールでも受け付けております。（代金引換便・送料無料）
お申込先eメールアドレス: info@kokusho.co.jp

ローマ鳩❖ケトリ・マルス

ケトリ＝ピエール・マルス　Kettly-Pierre Mars（1958-）

一九五八年、ポルトープランスに生まれる。行政関係の勉学をした後、一九九〇年頃から詩や小説を書き始める。一九九六年、中篇小説『逆の太陽』によって、ジャック＝ステファン・アレクシス中篇小説賞を受賞。奴隷制の負の遺産を抱える社会の束縛が厳しい中で、ハイチの女性作家は、これまで数が限られていた。ハイチ女性が本格的に自己表現をするようになったのは、ようやく二十世紀中葉、マリー・ショーヴェからであるといってよい。ケトリ・マルスは、その数少ない女性作家の一人として、エロティスムや官能を大胆に追求しながらハイチ社会における女性の地位を問う。また、ハイチ社会を深部から規定しているヴォドゥにも強い関心を示してきた。ジャン・プリス＝マルス（「ハイチ現代文学の歴史的背景」参照）の孫にあたる男性と結婚。彼女の言によれば、「婚姻関係によって、この大知識人の家系の知的伝統を受け継ぐことになった」ということである。詩集に、『密の火』（九七）、『うなり声とむせび泣き』（〇一）、短篇集に『香の薫り』（九九）、『ホテル蜃気楼』（〇二）、長篇小説に『カサレ』（〇三）がある。ハイチで最も古い文学賞、アンリ・デシャン文学賞の審査員を務める。ここに紹介した「ローマ鳩」Les pigeons romains、「アンナと海……」Anna et la mer… はともに短篇集『ホテル蜃気楼』*Mirage-Hôtel* に収められた作品である。

彼女の血管を流れる血の成分の何かが、彼女の命をわずかずつ、ひそかに、だが確実に蝕《むしば》んでいた。幼いロズリーヌの物語を知っているこの土地では、当時、伝説が日ごとに作られては壊されていた。人も、家も、存在するものすべてが、それぞれに奇怪な宿命を引きずっていて、ゆりかごにかがみ込んでしばたく睫《まつげ》のように、目には見えない翼の物語やら、真夜中の月の下で泣くログウッド〔中米ベリーズ原産のマメ科の常緑高木。木の幹が赤黒い〕の話やら、果ては、豊作を祈願して丘《モルヌ》の赤土の神々に供えられる血の話までもが語られていた。ロズリーヌもまた、血の病に苦しんでいた。それは普通の病気ではなく、一種の衰弱が蛭のように少女の命に吸いついていて、活気を潰えさせ、こどもらしい歓声を喉元で詰まらせてしまうものだった。

べとべとして、強情で、疑い深い血は、少女にしっかりと地に足をつけさせることも、その脈管を膨らませることも、腹部の生殖器を支えて、いつの日か一人前の女になろうとする少女の身体を作ってやることも望まなかったし、またできもしなかった。薄い皮膚が、娘の細くて脆い骨格を覆っていた。少女を強く抱きしめすぎぬように、愛撫の熱で窒息させぬように周りは気遣った。よく泣くこどもではなかったが、人知れず流す涙が静かに生活を浸していた。夜起き出すこともなかったが、真っ暗な寝室で大きく目を見開いて、穏やかに、寝室を埋めている様々な物影や闇になじんでいるのを、一度ならず母親は見かけていた。赤ん坊の頃も泣き喚くでなく、母親の乳房は吸わずに唇の間にくわえたまま、生きる努力をすることにはやくも憔悴していた。

ロズリーヌは、樫の花弁のように傷つきやすい肌をした、生まれつき虚弱なこどもだった。月足らずだったわけではない。それどころか、母親は出産予定日からたっぷり三週間も待たされたのだった。新生児の産声が、絞め殺される羊の断末魔のあえぎのようだったので、産婦の傍らで立ち働いていた医師と助産婦はいぶかしげな視線を交わした。だが、まぎれもない幸福がそこにはあった。初めてのこども、可愛い女の子は、結婚して十八年間子のなかった夫婦への天からの祝福だった。

ロズリーヌに食べさせることが、以来屋敷の一日を刻む行事になった。それは一家中の精力を動員する仕事だった。ありとあるソースで味付けされたほうれん草、赤インゲン豆のスープ、ヒモゲイトウ〔熱帯アメリカ原産のヒユ科の植物。果実はたん白質に富み、食用とする〕のフリカッセ、レカーユから取り寄せた淡水魚を食べさせ、医者や看護婦、民間療法に通じた女、その他ロズリーヌのように奇妙な血の弱さに悩むこどもを治す技ありと自称する者たちが勧める、鉄分に富んだ食べ物をすべてこどもに呑み込ませるために、根かぎりのなだめすかしが用いられた。

こどもは時々、屋敷の中庭で子やぎや七面鳥を追いかけた。だが、たちまち蒼白になり、額に冷や汗をかいて息を切らせた。縄跳びをしたり、近所の少女たちと輪になってぐるぐる回ったりすることなど論外だった。サンピエール、サンポール、ホントのこと教えて、あたしはだれと結婚するの？　王様、将軍、それとも騎士……いまにも息絶えそうな小さな身体に未来を占う歌は空しく響いた。

一家は、カンペランの外から、付き添いの女の子を呼び寄せた。娘のお供をさせて、そば近くで監視させ、娘が疲れすぎぬように加減させ、生きるように励まさせ、必要とあれば、その生命力の幾分かを娘に分け与えさせるためだった。ロズリーヌに初めて歯が生えたのは二歳の誕生日の前日で、その時は三日三晩熱が出た。歩き始めたのは満三歳になってからだ。もちろん、一家は待ち望んだ瞬間の訪れに喝采した。だが、こどもが新たな発育の段階に至るたびに、それが不安なほど遅れてやって来ることを思い知らされもするのだった。周囲は最悪の事態を覚悟していた。と同時に、こういった心配が幼児期だけのもので、学齢期や思春期にもなれば、体も正常なリズムで機能するだろうと心から期待もしていた。娘の顔は黒かったが、血のせいで青ざめて見えた。肌はたしかに濃い褐色だったが、灰色の色調を秘めていて、ちょうど、美しく滑らかな木理《きめ》の家具が、いつも薄い埃の膜で覆われているために、その美しさと輝きをそがれているという風だった。

生後数年間、すでに充分遅かった幼いロズリーヌの発育は、八歳になって完全に止まったように見えた。こどもの血管に熱と力を注ぎ込むために、両親と周囲が闘った八年間。かわいいロズリーヌを救うために一家が払った努力に対して、こどもの身体がいくらかでも丈夫になるという報いはついに得られなかった。だがその代わり、こどもの優しさや人なつっこさや愛情が、埋め合わせをしたのだった。ロズリーヌは無口だった。言葉が出るのも遅かった。それで、周囲への愛情を身振りで表現したのだが、それはどんな頑なな心をも揺さぶるものだった。その大きな瞳で、小さな指で、血の気のない唇に浮かべた疲れたほほえみで、彼女は人をとらえた。スカートの裾や上着の端を押さえるのは、喜びや感謝の印だった。ロズリーヌが動かないときは、そよ風ひとつ屋敷の大木の葉を揺らさなかった。娘がひどく悲しんだときには、雲の水滴も凍った。

こどもはだんだん寝室に居つくようになった。突風や暑さ寒さ、土の湿気、丘《モルヌ》から降りてくるユーカリの強い香りなどを避けるためだった。こどもを喜ばせるために、父親は中庭に鳩小屋を作らせた。そこに置いておけば、ロズリーヌが寝室のバルコニーから、ポルトープランスの鳥商人に特別に注文したすばらしいローマ鳩〔フランスで作られた大型鳩の一種〕を心ゆくまで眺められるのだった。火曜のある朝、鳩が屋敷の中庭に到着した。トラック「神は恵みたまう」号の屋根にきつく固定された鳥籠に入り、夜通し旅してきたのだ。前週に鳩小屋作りに立ち会って以来、ロズリーヌは、菜園に置かれた模型のような家が何の役に立つのかとこども心に自問していた。父親からはびっくりすることがあると予告されていた。鳥を目にするまでもなく、ロズリーヌはその存在を感じとった。鳥たちは新しい住処《すみか》に移される前に、中庭の日影で昼を過ごして環境に順応させられることになった。父親は出費をいとわず、六組のつがいを注文していた。

羽のある動物といえば、家の飼育場に放されている鶏か家鴨《あひる》か七面鳥しかロズリーヌは知らなかった。これらキジ目の鳥たちは、羽ばたきが鈍重で意外性がない。社交的で騒々しく、無遠慮に人のそばに寄って来ては決まった時間に穀物の分け前を要求する。鳩がこれとは違う種族の鳥であることを、ロズリーヌはたちまちのうちに理解した。鳩の震えが、柳の籠から彼女のところにまで届いた。鳥たちには燃えるような熱があり、それが彼女の喉元を捉えた。息苦しかったが、その心地悪さも喜んで受け容れられた。まるで鳩の命、その過剰な生命力が、いちどきに彼女の中に流れ込んだようだった。ロズリーヌは鳩たちの沈黙を理解した。両者は互いに、横揺れも縦揺れも等しくする同一の種族であることを認め合った。生まれて初めてロズリーヌは、血管の中で太陽が拍動するのを感じた。誕生以来血の喜びが禁じられてきた体のさまざまな部分に、道が開けるのを感じた。彼女は鳥たちと対話した。言葉のない対話だったが、強い振動を覚えてめまいがした。この夜、彼女の眠りは恐ろしい悪夢にかき乱された。はじめて生者の眠りを経験したのだった。

翌日、ローマ鳩は鳩小屋に移された。この出来事はちょっとした動揺を屋敷に引き起こした。ハウスボーイは、鳥たちが籠から出るなり逃げ去るだろうと予想して、女中と昼食を賭けた。だがそうはならなかった。はじめのうち鳥たちは住処に入るのを拒んでいた。目をきらきらさせ、羽を震わせて中庭を巡り、木から木へ飛び移り、呼びかわし、追いかけ合った。かと思うと、こそとも音を立てずに枝やくぼみをくまなく探り、下に人の気配がするたびに飛び立った。どうやら新しい環境は鳥たちに都合良く映ったようだった。同じような行動を何時間かくり返した後、鳥たちは頭の動きや羽ばたきで伝達し合いながら、作られたばかりの仕切りの中に足を踏み入れた。ロズリーヌはというと、すでに鳩たちを命の糧とする状態だった。彼女はもはや鳥観察の場から動こうとしなかった。鳥たちに魅了され、とりつかれたのだ。それからは、食事をするのにも用を足すのにも、バルコニーから身を引きはがすようにしなければならなくなった。

だが、こどもと鳩との間に成立した深い合意にはだれも気づかなかった。鳥がこどもの気に入ったことは明らかだった。ロズリーヌが心から楽しめる気晴らしを見つけ出すなんて、お父さんの思いつきはすばらしいと周囲は得心した。だが、それだけではなかった。少女と震える肉をもつ鳥たちの間で日ごとに深まっていく絆の質に較べれば、それは取るに足らないことだった。こどもは鳩を識別する術《すべ》を学び、モーヴやスレート色の羽の波状模様、足の色、頭や喉下の細部の模様、小さな丸い目の中で燃えている炎によって、個体を見分けた。くーくーと啼き、震える様子もそれぞれで、血圧にも変差があった。娘は一羽一羽に名前をつけ、雄と雌の判別法を知った。鳩たちの血のぬくもりは、娘が人間には見出せなかったものだった。以来これは彼女の生存に不可欠な要素となり、鳩は娘の新しい家族となった。鳩がバランスをとる具合や、飛び立つ様、尾を広げたり、羽を膨らませたりする仕草を娘は追った。ローマ鳩がくーくー啼いている、それはたんに喉からというより、鳩の血から、生きた肉から発せられる抑揚だった。クモ貝のラッパ〔ハイチの逃亡奴隷が蜂起の呼びかけとして用いた〕のように人を引き寄せる呼び声であり、血の歌だった。ある日、ローマ鳩がロズリーヌのバルコニーに近寄って来た。娘は嬉しくて気を失いそうになり、夜には窒息の発作に見舞われた。だが翌日、少女は喜んで牛の腸詰め《ブーダン》とビートを食べたのだった。

ロズリーヌは元気になっていった。だが回復は目に見えるほどではなく、経過はゆっくりとしたものだった。鳥たちとの命の交換は、かすかだが確かなものだった。鳥は娘に自分たちの血をほんのわずかずつ、やけどさせないよう夜の涼しいうちに、娘が眠っている間に移していった。ローマ鳩は、血の結社という自分たちのクラブにこどもをひきいれ、その命を占有していった。ロズリーヌと彼らの間に人知を越えた絆が結ばれた。こどもの生存がかかった関係だった。このいささか奇妙な、自然に反するとさえいえるこどもの執心ぶりを心配する者もいた。幼い少女が鳩に話しかけ、掌から餌をやり、新しい服を着たり食べたりする時には鳩の意見を聞くのである。暇をもてあました舌がとびつき、伝説をものすには十分な材料だった。

首都に住む伯父がひとり、カンペランに滞在に来た。ロズリーヌに会うのは二歳の時以来だったが、彼は娘が青白くやせっぽちだと感じた。伯父はこどもの健康をいたく気づかってきて、少なくとも年に二回は手紙で娘の様子を聞いていた。彼自身にこどもがなかったので、身体が弱く、繊細な気質の妹の娘に特別な愛情を注いでいたのだ。伯父は美しい人形をスーツケースに入れて運んできて、満面の笑顔で姪に進呈した。少女の喜ぶ顔が見られれば、自分も義務を果たせるものと思っていた彼は、玩具に対するこどもの態度に落胆してしまった。バルコニーから下りさせられたロズリーヌは、そのか細い腕に、重さでひっくり返ってしまうほど巨きな人形を受け取った。それから母親に命じられるままに、伯父の両頰にキスをすると、再び鳥観察の場に戻っていったのだ。娘は玩具を友達にも見せたが、評価は芳しくなかった。判決が下り、人形はタンスにしまい込まれることとなった。

伯父は娘の身を案じ、自責の念にとらわれたくらいだった。どうすればこどもを救えるだろう？　どんな薬を勧め、どこの専門家に診てもらえばいいか？　妹の顔を夜昼なく覆っている失意の表情が、彼には耐えがたかった。周りの人間にも、血の呪いだとか、夜丘《モルヌ》で交わされる精霊の戯言《ざれごと》がどうとかいった話をしに来てもらいたくなかった。何か、まだ一度も試されたことのないショック療法が必要だった。たとえば、外国から取り寄せねばならないとしても、特別なビタミンなどないものか。ロズリーヌの父親は事態を軽くみている。神頼みして、神様はよいお方だから娘を治して下さるなどと言っている。それでは十分でない。義理の弟の放任主義は伯父を苛立たせた。妹がこの半農夫を夫にしたのは間違いだった。現代社会のどこにでもいる、いい奴にはちがいないのだが、もうとう垢抜けない男……少女は影そのもののようだ。一度など、家でこどもが踊り場への階段を、息を切らせ、苦しげに登る姿を目にした時には、伯父の喉元に鳴咽がこみ上げてきた。少し前からは鼻血も出るようになり、こどもの状態は悪化しているように見える。かわいそうに……もともとおそろしく足りない貴重な血が身体から失われているのに、放っておかれるとは……伯父の心も血を流していた。ところで……家の上空を羽音をしのばせて渡っているのはローマ鳩ではないか？　そうだ……そうだ……首のふくらみ具合や、ブーツのように足を覆っているぼさぼさの小さな羽房で見分けがつく。なぜもっと早く思いつかなかったのだろう？　ロズリーヌの回復の鍵はこれだ。この動物の肉で治療すれば、こどもは新しい人生を生きられる。よく知られた、基本的な初歩の初歩の話ではないか、貧血に悩む人がローマ鳩で養生するというのは……この鳥の身体には被造物のうちで最も豊かな血が流れているのだ。第一、ローマ鳩料理は高血圧患者には厳禁なのではなかったか。それこそ、赤血球不足を補う力があることの証ではないか？　伯父の目にはすでに、かわいいロズリーヌが畑を飛び跳ね、野原を横切る小道を馬の背にまたがって散歩し、高原の空気を胸一杯に吸い込んでいる姿が浮かんでいた。そうだとも……このことを妹と義理の弟に話そう。娘の容体に効く薬が手の届くところにあるというのに、まともに考えていないのだ。

夕食時、伯父は興奮気味に自分の発見を妹と義理の弟に告げた。だがその勢いは、娘の父親の反対によって挫かれてしまった。ロズリーヌがあれほどかわいがっている動物を犠牲にはできない、と父が断固として拒否したのだ。彼は、義理の兄が繊細さに欠け、野蛮だと心の内で思った。鳥たちは小さな病人に多くの喜びをもたらした。自分たちの熱を伝え、こどもの瞳の奥に煌《きら》めきを与えてくれたのだ。鳩の数も家に連れてきた当初に較べて増えていたので、父は、そろそろ家族の拡大に見合わせて鳩小屋を広げようかと考えていた。だめだ、この問題に対して父はきっぱりしていた。鳥たちが食卓で最期を迎えることはない。伯父は執拗にくいさがり、鳩なら他にもっとたくさん買うからと約束もした。父は深く傷つき激怒して、どこのローマ鳩であれ、自分の家の庭で殺すことは許さないと宣言して食卓を蹴った。この夜、ロズリーヌは、見知らぬ人間が家に侵入し、彼女の顔に枕をあてがって殺そうとする夢を見た。

だが、伯父の薦めは母親の脳に浸透し始めた。この女は、娘が病弱であることに腹の底から苦しんでいた。彼女もまた、自責の念を感じていた。こどもに欠陥があるのは彼女のせいに違いなかった。夫は少年時代を、丘《モルヌ》の朝露を裸足で踏んで育ち、牛の生乳と野菜とで成長したような人で、その頑丈ぶりを見るだけで、娘の虚弱さに責任がないことは分かった。彼女はまた、二度と再び天からこどもを授かることはないだろうとも感じていた。彼女は老いつつあった。兄が目の前にいてくれて、ロズリーヌを救おうと決意してくれたことで、彼女は勇気を取り戻した。兄妹努力し合えば、罪のないこどもに不幸な難局を切り抜けさせる方法がきっと見つかるだろう。耐え抜いて、あらゆることを試みねばならない。夫が言うように神は良きもの。だからこそ、神はわたしたちの不幸を癒す処方を自然の中に用意されたのだ。兄と協力して、二羽のローマ鳩を犠牲にしてみようと彼女は決めた。一家の主に疑念を抱かせぬように、また何も知らぬロズリーヌが容易に消化できるように、ポトフにして供するのだ。

ローマ鳩の再生力をまるごと保つためには、他の鳥同様、首を落とすのでなく窒息させねばならなかった。宵闇が降りると、最も肥えた二羽の鳥がひそかに選ばれ、ただちに殺された。頭とくちばしを挟んだ伯父の指が鳩の身体を一巡し、それ！……と、鳥は脊椎を砕かれて昇天した。それから慌ただしく熱湯をくぐらされ、羽をむしられ、はらわたを抜かれ、翌日の調理のために一晩、オレンジ汁とスパイスの中に漬け込まれることになった。この時、ロズリーヌは普段より早く床につき、飛び立つ幾千ものローマ鳩の羽毛が敷き詰められた波紋の空を旅していた。

屋敷のいつにない静けさが召使いたちを目覚めさせた。静寂が、人も、獣も、大地も、木の根をも浸していた。命を凍らせるしじまが夜明けの曙光を惑わせた。親しい者が逝ったあとの心に宿る静謐さのような、いささかの震動もない死のような穏やかさ。不在ゆえの沈黙。自然は、ロズリーヌの不在を聞くために口を閉ざしていた。この朝、一羽の雄鳥も歌わなかった。一羽の雌鳥も鳴かなかった。子やぎも声をたてず、いつもは一番早起きの家鴨でさえ、羽の中に頭を埋めたまま黙っていた。屋敷の動物は知っていたのだ。鳩小屋を空にして早朝の露を飲んでいた主たちがいないように、ロズリーヌがこの世にいないということを。動物たちは知っていたのだ。どこか他の、ここより敵意のない空の下で、こどもと熱い血を持つその友たちとが、分有の儀式を続けているということを。

（元木淳子訳）

アンナと海

ケトリ・マルス

彼女は彼を殺すだろう。それは彼女の名がアンナだというのと同じくらいに間違いのないことだ。彼を殺して、彼女自身の人生がようやく始まる。その行為は、彼女にとっての鬨《とき》の声、奴隷解放、はじめてのオルガスムとなるだろう。髪の毛が逆立ち、足の指もねじれるほどの喜びとなるだろう。毒かあるいは多量の薬物でと彼女は考えている。老女の身にいかなる無理も強いない方法でだ。彼女は老い衰えていた。彼にすべてを与え、すべてを犠牲にしてきた。若さも、活力も、希望も。男が酔払ってふらふらと木の階段を上ってくる、その足音を待って長い夜を費やしてきた。一生涯、彼女は男の吐瀉《としゃ》物を片づけ、シーツを替え、その耳にレモン汁を塗ってやった。それらすべては空しく、見返りとして無関心と辱めを受けるだけだった。今日という今日はもうこれ以上耐えられない。彼女は彼を殺す。ただ一度の日の出でも、最後の黄昏でもいい、暴君不在で迎える経験も悪くないはずだ。半世紀来初めて、アンナはこんな考えが意識の原をよぎるに任せた。彼女の存在という墓所《カタコンベ》の中で、あまりにも長い間閉じこめられてきた意識という囚人が、とうとう日の目を見たのだ。それは太陽に向かって跳び上がり、彼女の手を取り、彼女を引っ張り出した。アンナは目がくらんだ。津波が山のような竜巻をひき起こすように、彼女の決心は身体の隅々に途方もない渦を巻き起こした。彼女は動顛していた。恐ろしかった。だが微笑んでいた。肢体ががたがたと震えてきて、たちまち椅子に座らねばならないほどだった。動揺が頻繁にきて胸を上下させた。アンナは口を大きく開けて呼吸しようとした。行き場を探している自由の風が、彼女の身体を吹き抜けた。風は海から来ていた。

それから彼女の魂の中ですべてが平静さをとりもどした。真昼に、太陽に酔った海が油の湖になるように。階上で盲人が杖で床を打っている。アンナは、叩く音が三回で女中のクララを呼ぶ合図であれと期待した。だが杖は、寄せ木張りの床に二度当たる。待たれているのは彼女なのだ。急いで階段を上る。だが、この奴隷状態も今はもう重荷には感じられない。四十八時間たてば鎖は砕け散るのだ。自分の気持ちが命じるままに、一日中ベッドで休んでいられる。庭いじりをするもよし、広場を一回りして、大きな砂時計の木陰で、親友である藍色の海を間近で眺めてもいい。尿の臭いが部屋に漂っている。クララがまだ夜用の尿瓶を空けていなかったのだ。盲人は、アンナがどれほど執拗に頼み、かき口説いても、古家で唯一手洗いがある一階で寝起きすることを拒否した。風呂も、食事も、用足しもすべてが階上で行われた。哀れなクララと彼女が、日に何度十九段ある木の階段を上らなければならないか数えることもなくなった。彼女の足首の腫れも限界にきていた。医者のプランタンは、前回の往診時に心雑音が聴こえると言い、階段の上り下りはやめるよう忠告した。心雑音……そうじゃない、この善良な医者は何も分かっていない。むしろ彼女の血の激発を引き起こしているのは自由の大風なのだ。アンナは入り江の砂に埋もれた難破船の「アルバノ号」を思った。これ以上、海の青い罠にかかった幽霊のような、錆びた鉄の塊にはなりたくなかった。すでに足下で水底の泥が動き出すのを感じていた。竜巻が起こって、彼女は高みへ、光へと投げ上げられるだろう。

アンナは盲目の夫を眺める。彼が死んでも、誰が彼女を疑うだろう？　公証人の優しい妻、模範的な配偶者、献身的で寡黙な伴侶であるアンナを？　コンゴ海岸に砕け散る大波のすさまじい音が聞こえる。高潮の日など、遠目に、波の層は町を襲おうと立ち上がる青い伝説の怪物のようだ。ジャクメルの女として、生涯彼女は潮のうわさ話を、その野生の歌を、風との愛のシンフォニーを聴いてきた。海だけが彼女の秘密を知り、共犯者となるだろう。表面は無害のようでいて、その実死をもたらす深い海だけが。

涙の訳をいつも打ち明けてきた大海の他に、誰がアンナの傷を知っているだろう？　亡くなった実の母親にさえ、彼女は初夜の屈辱を語りはしなかった。そんなことは話さぬものだ。自分の名誉と家族の尊厳のために大切に守ってきたこの肉片、処女であったことさえとがめられたのだ。性急で不器用な男は、彼女の処女の緊張しこわばった身体を開く術《すべ》を知らなかった。やわな勃起では障害を乗り越えられなかったのだ。新たに試みるたびに、男はだらしなく、だが乱暴になっていった。失望を覆い隠すため、男は自分の不能を彼女のせいにした。経験がなく、罪の意識を植えつけられたアンナはただ泣くしかなかった。理想の結婚相手として、町の年頃の娘のあこがれの的だった夫が、初夜の夜を娼婦のもとで過ごしたなどと誰が知っていただろう。かの若き公証人、おろしたてのカンカン帽とステッキを身につけたジャクメル社交界の花形が？　彼女の母親ならきっと、諦めるようにと言っただろう……それはね、女の定めってものだよ。幸せなんてユートピアでしかないの……家庭の安全が何より大切なんだよ……娘たちはみんな、お前のような幸運な結婚を夢見てるんだってことを考えてもごらん……私を見習って、我慢するんだよ……ひげ剃りの泡で盲人の顔を覆いながら、アンナは彼を眺める。男は普段より早くひげを剃りたがっている。客があるのだ。その意向を汲んで、彼女は石鹸水とタオルを用意する。

誰がこの年になった彼女を疑うだろう？　彼女に愛人はいないし、いたこともない。彼女のしぼんだ身体は愛を知らない。喜びの味を知らない。至高のエクスタシーだの、気絶だの、無上の旅だのを信じることを拒んできたし、そんなものはみな、うぶな娘をだます神話の類に分類してきた。公証人は愛し方を知らなかった。たいていは、彼女が風呂からあがって裸の時を素早く捕まえて、飛びかかってきた。それは、彼が成功らしきものを実現しうる唯一の機会だった。男のひ弱な性器は、ほんの少しの障害にもつまずいた。彼女が下着を脱ぎ靴下をずらすのさえ待てなかった。彼女の中に入るまでに漏らしてしまうこともあった。それなのに、公証人の周りに愛人の輪ができることが、彼女にはどうしても理解できなかった。女たちは彼のことをどう思っているのだろう？　愛人たちには、妻の寝床でとは別人のように振る舞うことができたのだろうか？　答えは知るよしもない。アンナの腹に子どもは宿らなかった。彼女は公証人に嫡出の子孫を与えられなかった。そこで彼女のライバルたちは多産を競った。この町では少なくとも一ダースの私生児が、公証人の灰色の目と巻き毛を持っている。アンナはライバルたちを恨まなかった。実際、彼女たちは公証人の欲求不満のはけ口となって、アンナの役に立ってくれたのだ。普段より酔って帰った晩に、男はステッキの柄で彼女の処女を奪った……海だけにアンナは苦痛と嘆きを打ち明けた。明日は庭師のアブサロンを薬局にやろう。ヴァレリアン〔鎮静、催眠作用があるといわれる薬草。西洋カノコソウとも」を一瓶、これが彼女の平和の値だ。公証人は胃けいれんの薬として規則的にこれを飲んでいる。この瓶の中身を全部、男が眠る前に飲むハーブティーに流し込めばいいだけだ。祈りがアンナの心から海へ向かって立ち上る。大潮がついに奴隷解放の知らせを彼女に送ってきたのだ。

だれが疑うだろう？　両家が社会的地位の永続と土地財産の拡大を望んで取り決めたこの結婚が、これほどの年月がたっても彼女の唇に苦々しい味を残していることを、誰が知るだろう？　アンナは、彼女の望みや気持ちにいささかも配慮することなく進められた、臆面もないこの闇取引のことをいまだに思い出す。求婚者の計画ずくのお忍びの訪問が目に浮かぶ。ハンサムな冷たい視線の青年、その目をまともに見つめることができなかった。ああ！……何という耐え難い偽善！　だがそれでも彼女は彼を愛した。他にどんな選択も許されなかったからだ。彼女は愛し、従うように調教されてきたのだ。だが、男は彼女の責任ではないのに、束縛を受けたと彼女を恨み、来る日も来る日も結婚の代償を彼女に支払わせた。低劣な言動の連続だった。まれに夫婦の間に和やかなときが訪れても、その後に緊張関係が何週間も続いた。アンナは、さとうきび畑の火の勢いで小さな町に噂が流れるのを恐れて、毅然として耐え続けた。

模範的な妻としての五十年の人生……公証人の妻は、慈善事業の婦人会や娘たちのクラブで手本として引き合いに出されてきた。熱心なカトリック教徒として、アンナは日曜のミサを欠かさなかった。彼女の見事な庭は、キリスト聖体大祝日のパレードの際の聖体臨時安置台としていつも予約されていた。公証人の視力が落ち始めたとき、ジャクメルの住人はみな、妻の美しい微笑が悲しみに枯れるのを認めた。彼らは、衰弱した男が無力な妻に自分の不幸のやつあたりをしていることを見抜いていたのだろうか？　男はますます気むずかしく、口うるさく、頑固になっていった。怒りの発作は激しさと頻度を増した。彼女は、ついに産むことのなかった赤ん坊にするように、食べ物をスプーンで男の口に運んでやらねばならなかった。彼女は温かくとても甘い飲み物に薬瓶の中身をそっくり空けて、男が最後の一滴までそれを飲み干すのを見届けるだろう。それから静かに眠りにつくのだ。明日は、彼女の新たな人生の第一日となるだろう。

アンナは夫の顔をあたる。濃いひげを剃ってゆくとがったカミソリは、海の波に運ばれる砂粒と同じ音がする。アンナは顔に公証人のひゅうひゅういう呼吸を感じる。その息の刺すような臭気はなじみのものだ。彼女は唇にキスされたことがない。ある時、映画を見ての帰り、まだ感動的なロマンスの魅力の余韻に浸っていた彼女が、女優のように振る舞おうとしたことがあった。ドアの隅で夫に身体を寄せ、闇に紛れてその唇に吸いついた。彼は荒々しく彼女を突き放し、目に激しい蔑《さげす》みの色を浮かべた。だが、彼女は夫が事務所で歯科医の妻の唇をあられもなく奪う場面に出くわしてきたのだ。町の善良な市民たちは、その日以来アンナが事務所への出入りを禁じられたのを知っているだろうか？　バルコニーから海を眺めていて、彼女はしばしば、公証人の部屋からご婦人方が髷《まげ》を崩し、ブラウスをしわくちゃにし、はれぼったい瞼をして出てくるのを見かけた。彼はハーブティーを飲むだろう。いつもの夜のように、男に近づきすぎぬようにして、彼女は彼のあごの下で受け皿をささげ持つだろう。身体が接触することに男は我慢ならないのだ。アンナにはクララの最初の叫びがすでに聞こえていた。毎朝五時丁度に、女中はコーヒーを持って公証人のところに上っていく。クララがノックする。返事がない。またノックする。いぶかしく思って扉を押し、ベッドに近づく。おそらく盆を手から落とすだろう。恐怖に大きく目を見開いて、公証人が死に神の腕の中で眠っているのを見たときには。

彼女はどんな風に自分の時間を過ごすだろう？　アンナはまだ答えを見出せないでいる。一分、一時間が支配者に、主人に捧げられない人生を想像することは難しい。ポタージュが熱すぎも冷たすぎもせず、ロースト肉の加減が丁度良く、揺り椅子《ドディーヌ》がいつも同じ位置、戸棚の左六歩のところに置かれていることに安堵しなくてもよい人生……彼女は事務所を処分するだろう。法律の手引き書、埃のたまった民法典はみな人にやってしまう。何の役にも立たなくなる書類の束は燃やす。公証人の衣装タンスは空にして、衣服も、靴も、帽子も貧しい人たちにあげてしまおう。居間の家具の配置を変え、カーテンを花柄の布に替える。毎日、子どもの頃のように砂浜に長い散歩に出かけ、海に話しかけ、解放されたことを海に感謝する。彼女は……彼女は彼を殺すだろう。アンナは自分自身のことをたくましく強いと感じた。はじめて彼女は、人生を、死を、絶対的決定権を手中にしたのだ。明日、アブサロンは薬局に行くだろう。ヴァレリアンの大瓶は、公証人の家の習慣としては何も目新しいことではない。彼女は、夫がいつものように耳ざわりな音を立てながらハーブティーを飲むのを眺めるだろう。飲み物が十分に甘く濃く出ていると夫が満足したためしはなかった。だが、明日のハーブティーは丁度良い具合になっているはずだ。もう一晩過ごそう、その次が最後の夜になる。

叫び声でアンナは起こされた。女の叫び声だ。目覚ましの燐光の針を一瞥する。五時十分。雄鳥が鳴いている。だれが叫んだのだろう？　クララ以外にありえない、アンナと盲人とともにこの家に住んでいる者は他にいない。アンナには理解できない。何曜だろう？　誰が時間を進めたのか？　あの叫び声は、明日の朝でなければ聞こえないはずなのに。計画を実行するのは今夜だったはずなのに。アブサロン……薬局……ヴァレリアン……どれ一つとして実現していない。何かの間違いで、シナリオが彼女の知らぬ間に書き変えられたのだ。なぜクララが叫び続けるのか？　行って見てみなくては。よろめきながら、アンナは肩にショールをひっかけて、公証人の部屋まで廊下をたどっていく。クララが敷居のところで、腕を一杯に伸ばしてコーヒーの盆を持ったまま凍りついているのを発見する。女中は硬直状態で、もう叫んではいなかった。アンナは自分が目にしている光景を理解することを拒んだ。映画がスピードをあげて撮られ、彼女の役はキャンセルされたのだ。公証人は仰向いて口を開け、見開いた目は永遠を見つめていた。蝿が一匹顔の周りを飛んでいた。公証人は死んでいた、ベッドの中で。立派な自然死だ。アンナは我が目を疑った。この朝波は高かった。天気は荒れるだろう。海がうなっていた。

彼はぺてんを働いたのだ。いまいましい彼女の全生涯を通じて、彼女がなしえたであろう唯一の勇気ある行為を不可能にすることで、彼は復讐の機会を奪ったのだ。彼女はそのことに涙した。怒りと満たされぬ思いに泣いた。善良な人々は彼女の苦しみを理解し分かち合おうとした。だが、公証人の妻を慰める術はなかった。涙は涸れることがなかった。アンナの絶望は町中の噂になった。人々は彼女の精神の平衡が保たれるかを危ぶんだ。自身を圧倒する悲しみを彼女は乗り越えることができるだろうか？　埋葬の時、寡婦の黒いヴェールをかぶった姿はまるで幽霊のようだった。アンナはもはや誰にも会いたがらなかった。いつもバルコニーに座って海を眺めていた。ああ！……愛情と貞節のすばらしい見本だ、と町の人はささやいた……アンナは相変わらず理解できないでいた。死が彼女から二十四時間を盗んだのだ。あと一度の日の出があれば、彼女は自分の運命の主人になれたのに。奴隷解放は起こらなかったのだ。公証人は彼女に対して汚い手を使ったのだ。海でさえもはや事の次第を承知せず、岩に砕け、マングローヴの茂みに泡立って、しぶきを狂ったように四散させていた。アンナと同じように、大海もこの裏切りから回復できないのだ。寡婦はもはやバルコニーを離れることなく、何時間も海を見つめ続けた。居間のカーテンは取り替えられなかった。家具も同じ位置に置かれたままだった。主のいない事務所は埃の層を厚くしていった。衣装タンスの中で公証人の衣服は黄ばんでいった。庭でさえうちしおれている。

アンナは、まっすぐ海に向かった。前をしっかり見据えている。無情にも、すべての道は大海に通じている。今はもうどんな回り道も許されない。生きていく辛さが、昼に夜に彼女を呼ぶ海原《うなばら》のように果てしなく、深いので、ついに彼女自身が紺碧の海の一部になる時が来たのだ。足下の傾斜が急で滑りそうになった。広場を横切り、大城館《グラン・マノワール》ホテルに沿った細い道をたどる。修道院や保税倉庫の裏手を行くが、誰にも出会わない。海辺に着いた。遠くで子どもたちが遊んでいる。笑い声のリボンが風に鳴るのが聞こえる。風はアンナの灰色の髪をふくらませ、ドレスと、よろめくか細い足をすくい上げる。彼女は埠頭に向かってなおもまっすぐ進む。彼女には倦怠を乗り切ることができなかった。人生の約束の場を逸してしまったのだ。もはや唇に塩の味を感じることはなかった。毎日の生活は耐え難い単調さを引きずっていた。公証人さえなつかしかった。死んだ子どものように、もがれた肢体のように、彼に対する憎しみがなつかしかった。アンナは取り乱し、盗まれた彼女の苦悩を引き出しの隅々に探して、家の中をぐるぐる回った。アンナは、海に向かって去り行き、海の無限に溶け込むだろう。そして、ついに真の結婚生活を生きるのだ。ついに身も心も自由になるのだ。彼女は突堤の端まで進む。猛り貪欲な海が、彼女を捕らえ、運び去ろうと飛びかかる。風が彼女をそこかしこと貫き通す。冷たいしぶきがはねかかる。アンナは二歩下がる。心臓が激しく鼓動し、水の動きを前に視線は定まらない。そして目を閉じることなく、彼女は跳躍する。

（元木淳子訳）

ありふれた災難

ヤニック・ラエンズ

ヤニック・ラエンズ　Yanick Lahens

ポルトープランスに生まれる。フランスで大学教育を受け、大学院で現代文学を専攻。帰国後、大学の講師をしながら、出版・編集の経験を積む。また、ラジオで教養番組を担当する傍ら、文学論や文芸批評を内外の雑誌に発表。特に、一九九〇年の評論集『投錨と逃亡の間』は反響を呼んだ。デュヴァリエ独裁政権時代にハイチに踏み留まった作家の文体的特徴が、ルネ・フィロクテットやリオネル・トルイヨに見られる詩的な省略技法、フランケチエンヌの意味論における逃亡奴隷的窃盗、ジャン＝クロード・フィニョレやピエール・クリタンドルに代表される仮面装着にあると指摘している。彼女自身の作品については、あるインタヴューの中で次のような説明をしている――「私が書くのは、物語が体の皮膚にひっついて離れないからなのです。私は、ハイチの女性として自分自身が投げ込まれている物語が内包する逆説を極限にまで追い詰めたいのです。エクリチュールとは、このような問いの解決のための仮の場所です。それは、立ち止まってみることに似ています。エレーヌ・シクスーは、『私は、住処を探し求めている一つの問いである』と言っていますよね」。短篇集に『レジナ叔母さんと神々』（九四）、『小さな腐敗』（九九）、長篇小説に『父親の家』（〇〇）がある。ここに紹介した「ありふれた災難」Le désastre banal、「月光浴」Bain de lune はともに短篇集『小さな腐敗』*La petite corruption* に収められている。

ミルナは明け方の、月と太陽のあわいの薄紫色をした光のなかで目を覚ました。沈黙にひびを入れるのは、寄せては返しながら砂を舐める波のざらざらした舌だけ。部屋は薄暗がりに沈み、エアコンの途切れることのないうなりが湿気を流し込んで彼女の体をほとんど麻痺させている。しびれた手足のまま、彼女はこの閉ざされた場所の不動の時間のなかに凍りついて、身じろぎもしない。ひりひりする乳首、それにとりわけ両腿のあいだのこの軽い痛みがなければ、やがて二十年にもなろうというあいだ自分のものだったこの体が、いきなり彼女とはかかわりのない生を生きているのかと思われてもおかしくはなかっただろう。彼女は薄目を開け、壁、窓、シーツ、そしてまた壁と、かわるがわる眼をやった。見知らぬ町の見覚えのない部屋で目覚める者が感じる、あの何秒かの恐慌、あの戦《おのの》くような当惑のなかで。彼女は毛布のしたに滑り込み、一瞬眼を閉じ、そして一挙に思い出した——カーテンが昨夜ウィリアムによって念入りに閉められたこと、そして彼女ミルナが、ついこのあいだ知り合ったばかりの男とこの海辺のホテルで初めて寝たことを。彼女は心臓が軽く締め付けられるのを感じて頰の内側を痛くなるほど嚙みしめ、突然、外に出て白々とした朝の空気を、それに浜辺のアーモンドの並木の木陰で飲む最初のコーヒーの味わいを確かめたいと思った。シーツのしたでゆっくりと体を伸ばしてみたが、それは口のなかのこの焼けるような感覚も、負け組の人々との暮らしも、初めての渇きを知ったこの体も、いっぺんに忘れてしまいたかったからだ。右腕が、傍らに裸で寝ているウィリアムの体にどすんと落ちた。彼は寝ぼけたままやさしいうめき声をあげ、彼女を抱擁しようとするかのようにこちらへ寝返りをうった。彼女はひととき仄白い朝の光のなかに出ようという考えを捨て、いまだ静けさと闇とに捧げられたこの部屋のなかでふたたび眼を閉じ、眼も見えず耳も聞こえないアーモンドの木々のなかでのように、彼女のなかで生命が脈打つに任せた。

ミルナがウィリアムと知り合ったのは一ヶ月前、幾千人もの男女がアメリカ兵たちを失神すれすれの恍惚状態で迎え入れたときだった。何人かの体が首にしっかりとくくりつけられたタイヤと一緒に燃やされ、多くの老女たちが魔女の疑いをかけられてあちこちでリンチをうけていた。各国大使館の待合室はいつもかわらず、ネクタイ姿の愛国者たちや政治に足を踏み入れた芸術家たちや先進的な職業人たちで一杯だった。みんなうまい頃合にいい場所を手に入れようと懸命になっていた。ラジオ放送のマイクの前では、数知れぬキャスターたちが占領の屈辱を、やがて私たちの心を高揚させ、魂を一杯に満たすはずの幸福についてのありとあらゆる嘘で飾り立てていた。そしてそんなすべてが人々の胸を溢れるほどに満たし、熱いラム酒のように陶酔させていた。ミルナもまた、多くの人たちと同じように唇に笑みを浮かべ、黒くて筋肉質の長い脚が見えるように短いスカートをはいて、解放者たちを出迎えに桟橋に出かけた。ＧＩたちは制服を着ていてハンサムで強そうで、彼女は騒ぎの合間に、子どもの頃の最初の歴史の教科書にでてくるような島の戦士を必死になって探してみた。けれどもそれは無駄なことだった。やがてすぐに、この浮かれ騒ぎの何もかもが、彼女に満たされぬ思いを抱かせることになった。

彼女は七人家族だった――リュシアン、ノルマ、シモーヌ、ニコル、ミルナ、母のオクタヴィー、叔母のヴィオレットだ。ポルトープランスのおなじみの場末のひとつ、堅材作りなのに歪んでいて、半分塗りかけ、建てかけの家々が金属製の腸や髪の毛や指をさらしている、そんな町外れに、三室、つまり居間とふたつの寝室しかない家に七人で暮らしていた。酔っ払った街路が、決して足を滑らせたりはしないにしても、ときどきは千鳥足でふらつく、そんな町。つまり、ミルナの住んでいる界隈は、カビと腐敗だけでできていたわけではない、ということ。よくある、路地という路地があばら家のあいだで臭い息を吐きながら絡み合って、たがいに吐き気を催しあっているような地区とは大違いだ。とはいうものの、やはり敗者たちの住む町ではあった。そしてあらゆる負け組の地区と同じように、男も女もほとんどの時間をたがいに警戒心を抱きあうことで過ごしていた。壁の背後で愛がしょっちゅう警戒心にとってかわられてしまうのは、負け組の人々がほんとうに警戒しなければならないはずの人たちがあまりに遠くにいすぎるからだ。そこでその身代わりになるのが、隣人や新参者、でなければ商売がうまくいっていそうなにわか作りの食料品店や薬屋だった。それから、どこにでもあるものではあるけれど、水溜りでじくじくする道やしわがれた叫び声のあいだには、染みのない、深くて重々しい喜びの種、それに、醜くおぞましいけれどもとても人間的なものがたくさんあった。

ミルナは三人の妹ノルマ、シモーヌ、ニコルと道路側の寝室で眠り、その隣には、ごくたまに訪れる来客を迎えるために低いテーブルのまわりに四つのアームチェアを窮屈に配置した部屋があった。兄のリュシアンと母オクタヴィー、それに叔母のヴィオレットは家の後ろの庭に面した寝室を使っていた。それに流れないトイレがひとつと、だいぶ前から水が出なくなった蛇口が幾つか。体を洗うのは庭の、便所から何メートルか離れたところにあるトタンの衝立の陰だ。強いにわか雨の折には、みんなひとつの部屋に肩を寄せ合い、庭が大洪水の縮小版に、家がノアの方舟に変わってゆくのを見ていた。いかにも大雑把にしつらえた浴室が役に立ったのは最初の数ヶ月だけで、いまではそこには、ダンボール箱、古新聞の山、壊れた電化製品、ビニール袋、擦り切れた衣類といった具合に、貧乏人がうわべだけは邪魔扱いするようなありとあらゆる不用品が積み上げられている。それに、負け組の心には冷酷かつ無情な悪意も宿るというならいで、田舎から出てきたばかりの若い家政婦のアニタは、バスタブの横で寝るはめになっていた。庭の奥のコンロで食事の準備、洗濯、アイロンかけ、それに罵声と殴打のあいだを一日中行ったり来たりした末に、アニタはやっと寝床代わりのぼろ布のうえに横になる。この寝床で夜、物も言わずにリュシアンの種を受け入れることもあった。

アメリカ人たちがやってきてから三日後のこと、ミルナの妹ノルマとシモーヌはどぎつい黄色のビニールで覆われたアームチェアにひっくり返ったまま、レゲエやコンパス、でなければラガのかかっている局はないかと、ラジオのチューナーをいじって楽しんでいた。ニュースでなければなんでもいい。あらゆる立場の闘士を気取るリュシアンが、毎日決まって何度も自分に注射するこのニュースというモルヒネは、ふたりを苛立たせた。末娘のニコルは床にじかに横になって娯楽小説を読みながら、気に入った音楽が流れるとやかましいほどの声で賛意をあらわしている。ミルナは寝室にふたつあるベッドのうちのひとつに座り込んで、足の爪にせっせと真っ赤なペディキュアを塗りながら、壁越しに聞こえるニコルの叫び声をこだまのように繰り返していた。彼女だって、ラジオのあのひっきりなしのうなり声よりも、リズムを利かせたズークのほうがいい。それから、外国の兵隊が来ているわけだから、どうしても彼らのことを考えずにはいられなかったし、これからはこの島には尾羽打ち枯らして帰ってきた服従者たちと跪《ひざまず》いて出てゆく敗者たちしかいないだろうという考えを追い払うこともできなかった。共通の屈辱のなかですれ違う、服従者と敗者。ミルナはペディキュアを乾かすために足の指に強く息を吹きかけながら、元首たちがこれほどまでに辱められた民がこれからできることは、ありふれた災難の日常に自分たちも入ってゆくこと以外にあるだろうかと自問していた。ミルナは位置を変え、ベッドの縁のところまで滑っていって腰をかけ、足は床にぺたりと置いて、こんどは手の爪にマニキュアを塗りはじめた。

　この四方の壁に閉じ込められたままた一日を過ごすのかと思うと、どうにも腹立たしい気持ちになる。中心街の総合病院の受付係の職場が好きだとか、人文学部で午後に聴講している講義が好きだとかいうのではない。ましてや、人々が恨みがましくて悪臭芬々の抱擁でもって抱きしめあい、足を踏んづけあい、罵りあう、あのいつも満員の乗り合い自動車《タプタプ》が好きなわけでもない。ただ毎朝、この家、この町から出るのだと考えては悦にいっていたのだ。ところが三日前にアメリカ軍がやってきて以来、まだおもては安全ではないと何度も言われていたおかげで、この汚らしい行き止まりでアイランドや他の娘たちと少しばかりの言葉を交わすことしかできていない、ただそれだけのこと。

ミルナは手足の指を一杯に広げたまま、慎重に鏡のところまで行った。そしてひと時、鏡に映った自分の顔、首、獅子鼻っぽいけれども少しばかり尖がっていて、高慢さと無邪気さを同時にあらわしている自分の鼻を、細かいところまでつぶさに点検した。とくに、ちょっとした光沢だけで肉厚の形が際立つ唇、腰、それに尻がお気に入りだった。今日もまた、彼女はやっぱり自分は美しいと思った。もともとは、自分の顔や体を好きになることに挑戦してみた、ということだけだったのだけれど、やがて不安が顔をのぞかせる度に、そこのところに必死にしがみつくようになっていた。彼女は背が高くて肌は黒砂糖《ラパドウ》色、ほっそりとした腰の下にどこまであろうかという長い脚を備えている。そして、両の乳房がTシャツの下ではっきりと開花し、腿がぴっちりとしたスラックスのなかではじけるようになって以来、若者の群れが彼女の尻を追い回していた。そして、ミルナは毎日、若者たちの視線の列を通り過ごしながら、戸惑いと幸福の奇妙なブレンドに奮い立たされ、鍛えられていた。それにくわえて、兄の友人のウィルフリドの震えのとまらない濡れた唇を、瞼を閉じてだけれども貪欲に味わったことさえあったのだから、なおのことだ。ウィルフリドのはっきりと形のわかる筋肉からはこれでもかというばかりに健康が発散されていたので、ミルナはそれを五本の指で触らずにはいられなかったのだ。

マニキュアが乾くと、ドミニカから近所に移り住んできた美容師、コンチータのところからくすねた二年も前の雑誌を手に取り、マドンナやクラウディア・シーファーやオフェリー・ウィンターが次々と出てくるページを繰りながら夢見はじめた。カテドラル広場の近くにある古本屋で買った安売りの小説が見させるのと同じ夢。そういう本で、勝利へと押し上げられ、栄光へと急がされた運命をあまりに読みすぎたおかげで、彼女は自分のチャンスを信じないわけにはいかなくなっていたし、フリオ・イグレシアスの歌よろしく「私の道をゆく」ことをせずにはいられなくなっていた。なによりも、彼女はこの通り、この界隈、この町がもうどうしてもいやになってしまって、貧乏にもうんざりしていた。それどころか、貧しい人々のことを非難するほどになっていて、ある日、怒りにまかせてアイランドに、そういう人たちは無気力で怠け者で薄汚れていて無知なのだと言ったこともあった――「神様でも、永遠の救いの聖母様でも、聖アンナでも海神アグウェさまでも聖人さまでも、政府でも私でもあんたでも、じゃなきゃ革命だっていいけれど、あの人たちは誰かが助けてくれるのを朝から晩まで待ってるだけなのよ」

やっと雑誌を床に置いたとき、まるで暗い部屋に太陽光線がブラインドの隙間から差し込んでくるように、ミルナの心のなかに突然ひとつの考えが入り込んできた。この占領は私にとって運命の贈り物かもしれない。四十年か五十年に一度しか巡ってこない、あの天の贈り物のひとつ。とうとう未知の世界に飛び込むことができる、過去とこれからなろうとしている自分とのあいだを、きっぱりと海で隔てることができる。負け組の人たちの不幸やもめごとを捨て去り、勝者の平安を決然と選び取るためには、自分に備わっている力をすべて集めるだけでこと足りる。勝者なら誰でもいい。ところで、彼女に残されているものといえば、乳房と、腰と、長い脚と、それに野生の子ヤギなみの熱情だけだった。本当に確かなよりどころといえば、ただこの体だけ。なぜなら、彼女は母親の囁きと沈黙から学んでいたからだ。それは母親がそのまた母親から、そしてまたその母親からと、奴隷小屋の粗末な寝床や奴隷船の船倉にまで遡ることのできる事柄だ——主人たちが跪いて、奴隷女の両腿のあいだのあの熱く湿った一点に唇を押し当てているあいだは、彼らがそこで苦くて厳しい渇きを癒しているあいだだけは、彼女たち、奴隷女たちは敗者の終わりのない行進から抜け出ることができる、ということ。それに、この界隈では娘たちのだれもが必要にかられてたちまちのうちに理解していたことがあった。つまり、セックスというものは、頻繁におこなわれたり、ときに心地よかったりする、そしてしばしば有用であるようなにかだということ。ミルナはふたたびあの失神状態や浮かれ騒ぎのことを考えた。それが長続きはしないことはわかっていた。「このたぐいのお祭り騒ぎは一週間以上続いたためしがない。速く行動しなくちゃ。とびきり速く」彼女は椅子を箪笥にくっつけてその上に二本の足を乗せ、わずかなたくわえを隠しておいた箱に手を伸ばした。ニューヨークに移住した名付け親の女性が送ってくれたドルと、富くじ《ボルレット》で当てたわずかばかりの金を、貯めこんだものだ。

二日後に市民生活が復旧したとき、ミルナは一時間ほど医局から席をはずし、念入りに計算された衣装を買った。ベージュとオレンジの二枚のTシャツ、黒のパンツ、それに栗色のスカート。オレンジのTシャツと栗色のスカートといういでたちで、顔には無邪気さと、いかにも死なないために狩をする者といった風情とを同時に浮かべながら米軍の現地雇用事務所にやってきたとき、彼女は責任者である将校のウィリアム・バトラーが投げかけた視線から、自分が採用されるだろうと悟った。彼はミルナが質問に答える前にわざと見せた甘美で投げやりなしぐさ、それにとりわけ、彼女の鷹揚で落ち着いた態度をすぐに気に入った。

一週間後、彼はミルナをディナーに誘った。陰鬱で汚くて、神を冒瀆した旧約聖書の町みたいに赤貧のなかで足踏みをしているポルトープランスの町をあとにできるかと思うと、ミルナはそれだけでもう幸せだった。ウィリアム・バトラーが大学の出口に迎えに来たとき、白いシャツの開いた襟から麦わら色の胸毛をのぞかせている男が、思ったよりも背が高く、太っているように見えた。水に濡らして丁寧に櫛を入れた髪の毛は、目の青さとともに、彼が中年であることをはっきりと物語っている。彼からはなにかの匂いが発散していたが、それは金銭を連想させるスパイスの効いた香りで、これまでどんな男も彼女に捧げてくれたことのないものだった。彼女のなかにまるで海のように、旅と大海原のように欲望の満ち潮を引き起こしたのも、もしかするとこの香りだったのかもしれない。

羊歯《しだ》やトポスや極楽鳥の庭園のなかに配置されたテーブルがひとめで気に入ったミルナは、目がくらみそうになりながら、こんなに多くの人たちが一ヶ所に集まって、絹か夢でできた生き物のようにこんなに小声で話しているなんていうことがどうしてありえるのかと自問した。衣服も宝石も、目で食べるのかと思うような料理も、なにもかもが美しかった。彼女は大急ぎで自分の言葉や目に宿る炎をなだめ、眩惑と空腹をなんとか隠そうと取り繕《つくろ》った。メニューが出てきたときには大胆な注文はしないで、若鶏とジャガイモのソテーを選んだ。そして、ボーイが皿を彼女の前に置くと、彼女はウィリアム・バトラーの見ている前で、肉もジャガイモも野菜も、とにかく皿に載っているもの全部にぱくぱくとむしゃぶりついた。ウィリアムは、やっと思春期を脱したかどうかというミルナが、アメリカ将校である自分から贈られた、魔法のひとときを生きているのを眺めた。そしてそんな思いが一瞬、戦場の兵士たちの心をつねにかき乱す殺人への狂気と強姦への欲望とを追い払った。彼女は、彼を世界のこの部分にまで導いたあらゆるよき口実——野蛮人の文明化、黒人たちの人間化——をより確かなものにしてくれた。と同時に、ミルナとのことは、五十に手が届こうというところまで生き延びた少年の夢でもあった。白いアメリカの白人だったウィリアムがそれまで黒人女に対して抱いてきたのは、恐れと禁忌の感情だけだった。彼女たちの肌の禁じられた麝香《じゃこう》の香り、股のあいだの三角形の陰、鳥の囀《さえず》りのような笑い、魂をよろめかせる唸り声……そしていまや、夢が目の前に置かれている。与えられている。差し出されている。

何日かのち、ミルナの人生は雑誌やテレビにでてくる幸福に似はじめた。彼女の英語の語彙は新しい言葉でずいぶん豊かになっていた——*Would you like to...? How beautiful! Do you want it?* 彼女の人生のほうも、ウィリアムの贈り物で豊かになっていた——ヴィデオデッキと冷蔵庫、ペティオンヴィルの高級ブティックで買った二着のドレス。母親のお金では買うことのできない薬のことですっかり悲しみに沈んでいると、彼がすべてを引き受けてくれた。ある昼下がりには、彼女は叔母の誰彼の死まででっちあげた。闘士のリュシアンも、戦いの同志たちが見ている前で、いつしか泥沼にはまってしまっていた。ウィリアムの気前のよさが彼の人生を変えてしまったのだ。彼も同じように新品の服を手に入れ、どうしようもなく暑いときにも、もう隣人に氷を恵んでもらったりすることはなくなった。

そして、貧窮は低い扉という諺どおりに、ミルナの母オクタヴィーも背をかがめて言いなりになり、何の口出しもしなくなった。信心に凝り固まって男の愛撫を肌に感じたことなどついぞなかった叔母ヴィオレットだけが、ミルナの悪魔祓いをしようと考えた。教会という教会の階段に膝が擦り剝けるほど跪いたあと、ヴィオレットは精霊の徴《しるし》やサタンの顕れを見つけようと監視をしはじめた。姪にたいしていつも決まって罵りの言葉を数珠のように連ね、尻軽女だの寄生虫だの腹黒女だのと決めつけた。近隣の善男善女たちの一群も同じで、ミルナをじろじろ見たり背中でこそこそ囁いたりした。アイランドでさえもそれに引けを取らなかった。男たち、それにウィルフリドも一緒になって、彼女のスラックスのちょうど縫い目のあたり、彼らが決して窺い知ることのない神秘が隠されている場所に、物ほしそうな視線をいつまでも投げかけていた。彼らはミルナが自分たちの足元に縛り付けられて最悪の苦しみに悶えているさまを思い描いた。それは要するに、彼女が腰をゆらゆら振りながら街角をそぞろ歩いているのを見て、口元に涎が滴《したた》っているのを忘れるためだ。ミルナの幸福がいや増してゆくにしたがって、それに、彼女が敗者とそうでない者とを分かつ境界線を踏み越えてゆくにしたがって、近所の人たちの胸は嫉妬で膨張していった。気が付けば、彼らの非難やとげとげしい言葉はどれも、ミルナの足元に古い遺品のように横たわっていた。

＊

ウィリアムが海岸のホテルの部屋にバッグを置いたとき、彼女は彼を初めて見たかのように、彼の髪がどんなに明るい栗色で、細くてやわらかいか、彼の肌がいかにきめ細かく透明なのかに気付いた。映画やテレビドラマと同じだ。ミルナはこんなに白い肌をこんなに近くから見たことなど一度もなかった。二人は窓から海とアーモンドの並木を眺めた。それからウィリアムはベッドのほうへ行き、ミルナを呼んだ。彼は片手をミルナの目のところに置き、彼女をきつく抱きしめた。ミルナはこの優しいと同時に恐ろしい呼びかけにどう答えたらいいのかがまだよくわからなかったので、ゆっくりと顔をそむけた。そして熱帯の夜の帳《とばり》があっというまに落ちた。

目を上げて彼のほうをみると、彼の顔、その満たされぬ眼差し、それに彼の体全体が見えた。ウィリアムは立ち上がり、カーテンを閉め、ベッドランプを消した。暗闇のなかでは彼はもはや暗い塊、中身の詰まった影でしかなかった。彼はミルナに英語で語りかけ――あえぐような、ほとんど哀願するような声で――あるがままの、こんなにすべてに飢え、こんなに子どもなのにこんなにセクシーなきみが欲しい、と言わなければならなかった。けれどもミルナの体はまるでここにいることを認めないとでもいうかのように、彼を裏切った。ほとんど反抗したといってもいい。そこでウィリアムは彼女をそっと愛撫した。するとしばらくするうちに、彼女は乳首が彼の指の下で硬くなるのを、そして、両腿の内側が生暖かい波で溢れるのを感じた。ウィリアムは彼女の両手首を枕の上に押さえつけたまま、骨盤の動きを加速した。やがて快楽がなんの前触れもなく彼女を捉えた。彼女は唇を嚙み、眼を閉じた。旋風のような急速な眩暈が彼女の頭を満たし、脚をふらつかせた。彼女は自分の存在全体の奥の奥までを隈なく照らし出すこの波に、懸命に抗った。この歓喜は砂埃のような、子どものころに遊んでいて何度か泣きながら嚙み締めた砂埃のような後味を残した。彼女にしてみれば不器用な嵌め合わせでしかなかったものが終わって、ウィリアムは彼女の傍らに横になっていた。しばらくたってからミルナはバスルームで、解《ほど》け散った心の糸をふたたび結び合わせようと試みた。鏡の前に絶望的に立ち尽くし、もう一度自分の顔を観察し、それを自分のものであるはずの名前に、そして、かつて自分のものであった人生に結び合わせようとした。何秒も経たないうちに、ウィリアムが大丈夫かと尋ねた。彼女は、大丈夫、とドア越しにほとんど聞き取れないくらいの声で答えた。バスタブの縁に腰掛けながら、彼女は吐き気を催す街路のこと、ウィルフリドのこと、板張りの壁のこと、貧乏のことを、それから、庭に囲まれた家のこと、たぶんオハイオかウィスコンシンでウィリアムとのあいだに生まれるはずの、髪も肌も勝者の色をした子どもたちのことを思った。彼女は軽い吐き気を喉の奥のほうで呑み込んだ。バスルームからでたミルナは微笑を浮かべ、これからの人生で自分の顔に取って代わるはずの仮面をもう着けていた。こんどは彼女のほうがより強く、ウィリアム・バトラーを抱きしめて、これまでの二十年のあらゆる渇きを彼の唇で鎮めようと、ウィリアムの腰が彼女の腿のあいだに流し込むことのできる快楽を見いだそうと試みていた。ウィリアムはすこし驚きながらも、自分から彼女を抱きしめ返した。何も言わずに彼女はウィリアムを、苦痛を押し殺すように、でなければ啜り泣きを押し留めるように、全身の力をこめて抱擁した。彼女はこの沈黙のなかに溺れて、ウィリアムがいることも忘れ、勝者がこの奇妙で曖昧な力をもっているという考えさえも消し去ってしまいたかった。

夜遅く、ミルナは疲れ果てて、あらたな人生の最初の眠りに落ちた。

（星埜守之訳）

月光浴❖ヤニック・ラエンズ

幽霊を待ちながらまる一週間。海が呻き、泡なす名前たち――アルタグラース、エリフェート、フィロメーヌ――をそっと囁くのを聞きながらまる一晩。私は凝灰岩と塩と水でできた村に住んでいる。ここでは磨り減った思い出の重みを背負った生者たちが死者たちを肩に担ぎ、時の変身も現在の驚きももはや待ち望むことはない。〈青の入江〉では人生の両足に錨がつけられている、ということを忘れるために、私はちょくちょく浜にでて波が結んではほぐれるのを見つめ、体の毛穴全体で呼吸し、ヨードや海藻、それに、魂に奇妙な嚙み傷をつける、あのひりひりする海の香りの数々を吸い込む。

村と私の家族と水とのあいだには、古い物語がある。世界の始まりの物語。空と大地とがちょうど分離したあとの話。村の土地の反対側に住むメシドール家の人々は大昔から、ラフルール家の人々を末代まで責め続けることを心に決めていた。私の母のフィロメーヌ・ラフルールは人生の大部分を、魚を干したり、村にたったひとつしかない泉から水を汲んだり、私たちの体を覆っている、擦り切れて塩水がぷんぷん臭う衣類を洗濯したり乾かしたりしながら過ごした。夜になると私の父ディウドネ・ロリヴァルの種を受け入れるためにおとなしく体を開いた。父は同じ種を内陸のほうにある村々の十人ばかりの黒人女たちにも蒔いていた。フィロメーヌ・ラフルールも男の子を四人、女の子を三人ももうけたのだった。他の胎に芽生えた果実が何人で、どんな質のどんな色をしたものなのかは誰にもはっきりはわからない。毎朝早く、コーヒーを飲み干したかと思うと、私の母は海藻の形作る黒いレースの上にそっと足を踏み入れ、口をつく嘆き声を半分呑み下し、子を孕んだ牛のように脚を開いて座り込み、待っていた。ある日、なぜなのか、どういう風にしてなのかは誰にもわからないままに、母は姿を消し、二度と戻らなかった。ある人たちが誓って言うには、女の長いシルエットが群れなす波のあいだから出てくるのが、丘の上から見えたという。そして、母がそのシルエットを追って、たけり狂う水面《みなも》の上を静かに歩いていったという。身内の死者たちに精一杯あらがって生きているメシドール家の人々の言い張るには、そんな死者のなかのひとりが、海の底を遠くギニアまで通じる道行きに、母をこの水の屍衣にくるんで連れて行ったという。

それ以来、私は両目をしっかり見開いてゆこうと心に誓った。海が塩と水の衣の下に隠しているものを、泡立つ海の神秘の数々を、それに、フィロメーヌ・ラフルールの菫色に湿った夢の数々をこの眼で捉えるために。そして空をじっと見つめ、大海原に問いかけながら、魂を空と海との不思議さに苦しめられながら、私は常軌を逸したことどもを、騒乱を、世界の美しさを愛することを学んだ。

私はフィロメーヌ・ラフルールとディウドネ・ロリヴァルの末娘だ。みんながもう見なくなってしまった娘。遅れてやってきた娘。すでに皺がより、もう子をもうけることは二度とはない胎に宿った娘。そんな忘却のなかで、私は飼いならされることのない野生の人生を生き、狂気をまるごと海に預けた。姉のアルタグラースと兄のエリフェートと一緒になって、あの海への嗜好を早々と身につけた。指がしびれても歯ががちがちいっても、私たちは海の閃光や鏡の像をまだ欲しがった。よく砂浜に寝そべっては、海が足を舐めるたびに、目には虹を湛《たた》え、手には大きな鳥をとまらせたまま、私たちは笑った。晩になると、体にも顔にも腕にも霜のように塩が吹くのにまかせて眠った。

ある日、姉のアルタグラースは私と海辺で遊ぶのをやめてしまった。女たちの囁きの秘密を捉えるのに、男の子たちの頑固な飢えを捉えるのに忙しくて。男の子たちの一人がアルタグラースの濡れたワンピース越しにその乳首に触れた日から、彼らはそれまでとは違った遊戯を思い描きはじめたのだ。噂では、アルティメ・メシドールがもう六ヶ月も前から、彼女を手に入れることを夢見ていたらしい。暗がりのなかで、蜜と柘榴《ざくろ》の色をした言葉の数々、肌の下に狂ったように蟻を走らせ、父の名も母の名も忘れさせてしまうような言葉の数々を彼女の耳元にそっと囁きながら。アルティメ・メシドールはある朝、アルタグラースに〈悪魔が浦〉で待っているようにと言った。鉤爪のように鋭い眼差しの群れからも、猟師たちの入江からも遠いところだ。けれどもいつのまにか、手綱を解かれた噂が、口から口へと、耳から耳へと飛び跳ねながら、村の反対側のメシドール家の土地を早駆けに飛び越えていった。アルティメはアルタグラースに、金色の珊瑚を三つ、飛び魚を二尾、それに薔薇色の海藻ひとつを約束した。彼はずっと遠くのほうへ泳いでいった。彼の体が二日もたってから引き上げられたほど遠くへ。この出来事があってから、メシドール家の側では、乳飲み子たちが謎の死を迎えているとか、夜、傷んだトタン屋根の上を歩く音がだんだん耐え難いものになってきたとか、そんなひそひそ話が聞かれた。子どもたちは不幸を斥けるために聖書の詩篇を次から次へと全て覚え、母親たちは粗末なベッドの下には宗教画を、扉口の敷居には焼いたトウモロコシを忘れずに置いて、十字路にさしかかると「悪霊退散」のまじないを三回唱えるのだった。彼女たちはこれまでよりも早く小さな家の扉を閉ざし、扉や窓の隙間には、悪い空気が入ってくるのを恐れて布切れを押し込んだ。野山が闇のなかにさざめくときも、月光を浴びているときも、村中が息をひそめていた。半月ごとにやってくるジャン神父が、身にやましいことがない者はまずアルタグラースを責めなさい、と言うと、その一時間後に彼女はアルティメの兄弟たちによって教会の裏で石で打ち殺された。ジャン神父は六ヶ月ものあいだ姿を消し、ディウドネの理性は崩れ落ちた。彼はアルタグラースの後を追って、ものも言わずに埃っぽい大地のふところに帰っていった。

あんまり海をしげしげと見ていたので、やがて私の気持ちは海からそれてしまう。私は叫びたい、空に縞模様を描く鳥の群れと一緒に。鳥たちに、世界のもう半分へむけたメッセージを授けたい。水平線のむこうにある、私の知らないもう半分、兄さんのエリフェートがそこに行ってしまってもう帰ってこないもう半分の世界。あの遠くのほうの沖合いを見るために、私は目をぱちぱちさせる。海の荒々しい厚みを見るために。ありとあらゆる命ある動物、死んだ動物、漂流する古い殻、揺れ動く細かい砂、あらゆる色の海藻、幾多の奇妙な珊瑚で一杯になった、水の胎を見るために。エリフェートは半年前にカセット・テープを送ってくれた。ジャン神父が持ってきて、私たちに聞かせてくれた。エリフェートの声は未知のものに埋め尽くされていた。エリフェートはちゃんとさようならを言わないまま行ってしまった。五人の漁師と一緒に。何でもご存知のジャン神父の考えでは、彼らはゴナイヴにいってから沖に出て、ナッソー、マイアミ、タークス・アンド・カイコスと渡っていったらしい。エリフェートにはもう私たちなんか要らなかったのだ。死なないことというたったひとつの心配事に汲々としているこんな女たちや男たちなんか。

漁師たちは私に、今夜は風が強くなると忠告した。それほど強くは言い張らなかったけれど。私の母とアルタグラースの死、そしてエリフェートの旅立ち以来、ディウドネの家族はもう以前のままではなくなってしまったのだ。

急に稲妻が空を、古いひょうたんみたいに切り裂いた。私は漁師たちの忠告を聞くふりをした。帰るふりを。でも実際は、丘の上のバヤホンダの茂みの陰に隠れただけだった。それから、漁師たちが網を片付け、船をしっかりと舫《もや》い、家路に向かうのを見届けると、浜辺に引き返した。

＊

月が魔法をかけ、人を狂わせる、そんな宵だった。風が大きな音をたてて吹きすさび、私のこめかみを打ち始めていた。とつぜん剝き出しの喜びが私を襲った。私はいまでも、私を捉えた陶酔のようなものを憶えている。私は水のなかで自由になって、心臓は大いなる野生の心臓とともに脈打ち、同じ荒々しい渦巻きに貫かれた。

けれどもほら、私は足をすくわれた。私は息ができなくなるほど水を飲んだ。そして突然、液体の闇。だんだん寒くなってくる。この風と水の夜、誰かが背後から私を捕まえ、私の頭を水のなかに押さえつけ、それから、丘の高みの葦とバヤホンダのなかに駆け込んだのに違いない。

（星埜守之訳）

私を産んだ私❖フランケチエンヌ

フランケチエンヌ　Frankétienne（1936–）

一九三六年、サンマルクに生まれる。二十二歳のときにポルトープランスに中学校をみずからの手で開設。教員は彼一人、あらゆる科目を教えた。経済的困難を乗り越えるために、米や砂糖、油などの日常品を学校で販売していた。八〇年代末に、ハイチ経済の全般的悪化によって閉校を強いられる。一九六四年、ルネ・フィロクテットやジャン＝クロード・フィニョレと共に、「螺旋主義」運動を起こし、ジャック・ルーマンやジャック＝ステファン・アレクシスらの伝統から一歩も外に出ようとしないハイチ文学の変革を目指す。『スキゾフォンの鳥』は、「螺旋主義的経験」を極限的に実践した言語的錯乱の大著である。現代世界のカオスを生き抜いた先に新たな秩序を打ち立てるには、日常言語の惰性を打ち破らなければならないと考える。なぜなら、崩壊の危機に瀕しているのはハイチだけではなく、神話が活力を失い、イデオロギーが崩壊した現代高度資本主義社会に共通の現象だからである。ネオ・リベラリズムが目指す新世界秩序は迷妄でしかない。フランケチエンヌはフランス語だけでなく、クレオール語でも積極的に書く。マルチニックの作家たちに見られるような「フランス語のクレオール化」は、一種のエグゾチスムにすぎないと批判する。それは、結局は、「クレオール語のソースで味付けされたフランス語」でしかないのだ。将来的には、教育はすべてクレオール語によってなされるべきだと考える。ただ、彼自身は骨の髄まで「混血」の人間であり、フランス語で書くことに、いかなる「良心の呵責」も感じない。ほとんどの作品が自費出版であり、「自己編集者」を自称する。また画家としても独自の境地を開拓している。「私は、昼は絵を描き、夜は文字を書く。昼の画家であり、夜の作家である」。彼にとって、芸術作品は「未知をへめぐる旅」である。作品をジャンル別に分けることは難しいが、詩集に『ぎこちない面』（六五）、『夜明け前の駿馬たち』（六六）、小説に、『くたばった壁』（六八）、『デザフィ』（クレオール語、七五）、小説と詩と演劇の交差する散文に、『ウルトラヴォカル』（七二）、『スキゾフォンの鳥』（九三）、演劇に、『トゥフォバン』（七七）、『ペランテット』（七八）、『ボボ　マスリ』（八四）、『カセレゾ』（八五）、『カリボフォボ』（八七）がある。ここに紹介した「私を産んだ私」Je suis mon propre père は『エロス・英雄——キマイラ』（〇二）に収められている。イメージとフィクション、評論が複雑に絡み合った作品で、本テクストも原著では言語の渦中に断続的に埋めこまれている。今回のタイトルは、作者自身によるもの。

セッシュ峡谷で、何度もあちこち行き来する男たち、ぎこちなくぐるぐる回る男たちが、絶え間なくアレグロで輪舞している。その峡谷は、アルティボニト地方のただなか、サンマルクの街から十キロほどのところにある、ボワ・ヌフ村の田園部に位置している。際限のない行き来には、遠回しの問いかけ、あいまいな答え、さりげない懇願、すばやい調査、ほのめかしに満ちたやりとり、秘密の情報、とてつもない約束が差し挟まれている。積極的な仲介者たちのデュエットによって、いきなり奇妙なやりとりが交わされた後に、ついに直接的な交渉が開始される。あまりにも積極的に。あまりにも熱心に。なぜなら、仲介者たちは、口には出せない数々の理由に突き動かされているからだ。ガストン叔父さんと、彼といつも一緒にいる召使のベニサン・ベニデュは。

テキストからの逸脱を　光かがやく裂け目に

うれしい距離を置いて　かすかに開かれた性器に　書き込むこと。
メッセージの代わりに　不可能なことを　言葉の想像力を解読すること。

燃え上がるさまざまな影の中で　外科医のもたらす火のような痛みよりも熱い女の水

さんざん苦労してながい朝を過ごしたのち、二人の仲間ガストンとベニサンは、巧みな策略や口説き文句を駆使し、いくつか言葉を間違えはしたが、素朴な農民女アンヌ・アルジャンティーヌ・エティエンヌ・ダルジャンに、太って、長身で、たくましいアメリカ白人ベンジャミン・ライルのとてつもない、ファラオのような、しかしなんだか曖昧でかなりうさんくさい提案を受け容れさせることに成功した。ベンジャミン・ライルは、当時、西部地方とアルティボニト地方を結ぶ鉄道路線で、乗客、商品、食料の輸送をおこなっていた、マクドナルド鉄道会社の社長だった。

慎ましい想像上の窓を通って　私は傷つきやすい記憶にみちた　神秘的な洞窟から逃げだす。

入り組んだ数々の不和の傍らでの　夜の営みのあいまいさ
雲と凪にすりむかれた　私の秘められた愛の情熱
沈黙との境目で　思いがけない破格構文によって乱される私の声
さまざまな擬態語がかすかにこだまする　あり得ない道に貫かれた　私の国境の街。

鏡のみだらさ
私の不器用な鳥たちの雄弁さとぎこちなさ。
片側の欠けた扉のきしみで灯火が消える。
スフィンクスの歯のあいだで　自分の羽がむさぼり食われることから　私は最後まで
　逃げないだろう。

——アンヌよ、妹よ、白人にはたくさんのお金がある。白人は親切だ。寛大だ。気前がいい。人の役に立ちたがっている。キリスト教徒なのだから、あくまでも主の忠実な僕《しもべ》として、貧しい人々を助けることに心から喜びを覚えるのだ。慈悲深い百万長者なのだ。それなのに、おまえときたら、土地もないし夫もいない不幸せな農婦だ。可愛いい娘のアネットを、ちゃんと育てられるかどうかもおぼつかない。子供の未来を救うのだ、とガストンは巧みに吹きこんだ。アネットはとても美しい娘じゃないか。

——いったい、本当のところ、白人さんはわたしに何を申し出ているの？　と、アンヌ・アルジャンティーヌ・エティエンヌ・ダルジャンは尋ねた。そしてわたしに何をお望みなのさ？

——おまえはもう年増だ。問題なのはおまえじゃないんだ、と召使のベニサン・ベニデュが激しく口をはさんだ。

——だまれ、馬鹿野郎！　ガストンが怒って叫んだ。おまえがつまらん口出しをするせいで、こんないい話が台なしになるかもしれんのだぞ。皿に糞を盛って食事をだめにしないように、黙るんだ。わし一人で妹に話させてくれ。おまえはただの召使にすぎん。白人が船の船長に選んだのはこのわしなのだ。わしが使者だ。第一密使だ。この問題の責任者は、わしなのだ。ベニサン、だまれ！

——ガストン、わたし、あなたの話を聞くわ。話を聞くから、兄さん、話して！

——妹よ、アンヌよ、貧しさは悲惨だ。貧しさは牛の胆汁よりも苦い。岩に張りつくフジツボよりも頑丈だ。岩だらけの荒れた土地よりも硬い。妹よ、アンヌよ、目と耳と鼻の穴をしっかりと開くのだ。あたりをじっと見てみるがいい。響きとざわめきに耳を澄ませるのだ。峡谷の匂いをいっぱいに吸いこむのだ。

——どうしてそんなことをしなくちゃならないの、兄さん？

——なぜなら、ここには何も生えないからさ。なにもかもしなびて小さい。棘のある灌木《バヤホンダ》と死のサボテン《カクテュス・ド・ラ・モール》以外、どんな植物も生えない。子供たちも大きくならない。いたるところ、完璧な貧しさだ。東西南北、すべて悲惨な地平線。飢え渇いたヒキガエルの鳴き声が聞こえる悲惨な音楽。風、埃、煙をかきまぜた悲惨な匂い。そして、腐ってゆく犬たちの汚らわしい死骸。

——でも、ここはわたしの土地よ。わたし、セッシュ峡谷を離れないわ。絶対に、とアンヌ・アルジャンティーヌ・エティエンヌ・ダルジャンは強く抗議した。

——こんちくしょう！　おまえが問題じゃないのさ、とベニサン・ベニデュが狂ったようにふたたび言った。

——大間抜けめ！　連れの間の悪い発言に地団駄を踏みながら、ガストンがわめいた。いい加減、だまれ。とにかく、だまれ！

——ベニサンのことでそんなに怒らないで。あの人が何と言おうと、わたしは気にしないわ。あの人の口を通して語っているのは、ラム酒の悪魔です。でも兄さん、あなたの話なら聞くといっているじゃないの。

　ガストンは深々と息を吸った。そして、もっと率直に、妹アンヌに話しはじめた。

——ファミリー・ネームには、たしかに純銀《アルジャン》の響きがある。おれはガストン・エティエンヌ・ダルジャン。おまえはアンヌ・アルジャンティーヌ・エティエンヌ・ダルジャン。なのにおれたちは文無しだ。一銭もない。

——知ってるわよ、そんなことなら。

——だったら！　おまえの娘に、おまえのただ一人の娘に、この貧しさの万力から逃れる機会をあたえてやってくれ。

——わたしは、白人と一緒にポルトープランスには行きません。

——妹よ、まさに問題なのはおまえじゃないんだ。貧しさは貧しさを呼ぶ。そして財産は財産を呼び寄せるのさ。財産は磁気をおびたレールのうえにずらりと並んでいて、マクドナルド鉄道のワゴン車のように放っておいても列をなして増えてゆく。しかし、奇跡というありがたい災難があって、こいつは運命よりも強いのさ。たまに、神秘的なことなんだが、強力な磁石がほんのちっぽけな鉄くずを引き寄せることに興味をもつことがある。小枝をね。そして、今回は、この軽い小枝が、この取るに足らない火花が、私たち家族の一員なのだ。お前自身の娘。私自身の姪なのだ。

——わからないわ。

——その白人の妻は、石女《うまずめ》、不妊のふとった雌ラバ、治しようのない不毛の性悪女なんだ。そこでライル夫婦はハイチの子供を養子にしたがっている。できれば、娘を。黄金の肌をしたかわいいシャビーヌ〔黒人の特徴を備えながら肌は白に近い混血児〕を。こんなふうにして、私たちは宝くじに当たったのさ。奇跡的な幸運の鐘が私たちのために鳴った。偶然の輪が私たちに微笑んだ。磁石の針が、私たちのかわいい綺麗な黄金の肌をしたシャビーヌのまえで、見事ぴたっと止まったのさ。

——兄さん、そんなに簡単には決められないわ。

——妹よ、アンヌよ、一瞬もためらうな。

——あんまりにも大事なお話すぎます。じっくり考えてみなくては。

——太った背の高いアメリカ白人が、考えを変え、計画を変更したらおしまいだぞ、とベニサン・ベニデュがほのめかした。彼はまるで疥癬病みの脚がひりひりするみたいに、神経質に動いていた。

——妹よ、その点だけはベニサンは間違っていない。白人は私に打ち明けたんだ、かわいそうに妻のフランス＝マリーは、孤独と絶望の果てに、我慢のならない短気な女になってしまった、と。彼女は養子の娘をいまかいまかと待っているのだ。

——そしたら今度はこの私、このアンヌ・アルジャンティーヌ・エティエンヌ・ダルジャンが、孤独と悲しみに打ち沈むことになるじゃありませんか？　アネットは私のただ一人の娘です。私がもっているたったひとつの財産よ。離れたくなんかないわ。

――時々ポルトープランスに会いに行けばいいじゃないか。好きなだけな。首都はそれほど遠くない。それに毎日運行している列車もある。

――少し、考えさせて。一晩だけ考えてみたいの。明日には返事をするから。

――白人が私たちのかわいい綺麗な黄金の肌をしたシャビーヌを見かけたのは、偶然なのさ。

――いつ？　あなたが私に隠れて、娘を白人のところへ連れていったんじゃないでしょうね！　あなたが札つきのチンピラだってこと、私が知らないとでもいうの。あなたはずるがしこい悪党よ。大ベテランのヒモよ。

――何度でも誓って言うが、今日だけは違うんだ。

――どうやって信じろって言うの？

――白人がじかに私にその奇跡について話してくれたんだ。先週の土曜日、その日の列車が全速力で鉄橋を走り抜けていた時のことだ。自分だけの特別車両に座っていた白人は、いつものヴァージニアの葉巻を吸っていた。するとその時彼は、ある束の間の強烈な光景に打たれ、突如として心を震わせた。素っ裸の妖精が、夕暮れの太陽の光をうけて肌を黄金にきらめかせながら、神が現れたかのように、川から出てきたのだ。白人はただちにこれが啓示であることを悟り、急いでそのことを妻に伝えた。奇跡的な幻。驚異的な発見。途轍もない掘り出し物。それがおまえの美しい、黄金の肌をしたシャビーヌだったのさ。貧しさの爪から私たちを解き放ってくれるのは、まさしく〈奇跡の聖マリア〉のあの娘なのだ。妹よ、私の言うことを信じておくれ。昨晩、ぐっすり眠っているあいだに、私は前兆ともいうべき夢を見たのだが、はじめはそれがどういう意味なのかわからなかった。予言的な夢だったが、私には解読不能に思えた。黄金の翼をはやした十二頭立ての栗毛の馬が、私を太陽へと運んでいくのだが、太陽のすぐそばでは、いろんな色のきらびやかな宝石を七列もはめ込んだ豪華な王冠を戴いたお前が、すでに君臨していた。今日、今こそ、すべては明らかになった。十二頭立ての馬は、十二両の力強い機関車だ。目をくらませる太陽、それは太って背の高い大富豪のアメリカ白人だ。そして私たちのかわいいシャビーヌが、養子縁組で百万長者の王女様になるのだ。

アンヌ・アルジャンティーヌ・エティエンヌ・ダルジャンは、顔を引きつらせ、一言も言わなかった。唇を噛むだけだった。そしてさめざめと泣くのだった。

ガストンが奇妙な交渉をおこなったその日のうちに、すべては決定された。真っ昼間、薄い薔薇色をしたドレスを着て、栗色の革のサンダルを履いた、セッシュ峡谷の美しい小さな黄金の肌をしたシャビーヌが、深紅色の分厚いビロードをはりつめたクッション付きの座席の上で、ヴァージニアの葉巻をふかしている太った背の高いアメリカ白人の養父のかたわらに座り、マクドナルド鉄道の豪華車両で出発し、見知らぬ街へ、数々の驚きに彩られたポルトープランスへ向かおうとしていた。

農婦アンヌ・アルジャンティーヌ・エティエンヌ・ダルジャンは、哀れにも駅のプラットフォームに立ちつくしたまま、列車が遠ざかるのを見つめていたが、その機械のきしりはこんなふうに言っているように思えた。

「私は太陽にむけて旅をする
　私は天国に出かけるの。」

自分のみすぼらしい家に戻りながら、彼女は心のなかで、自分が結局はつらい決断を下したことで、かわいいアネットが、田舎の呪われた貧しさの外で育ち、光り輝けるのだと考えていた。

この一九三五年二月、無邪気な、汚れをしらないかわいいシャビーヌ、セッシュ峡谷の黄金の処女は、ちょうど十三歳になったばかりだった。

ガストン叔父さん、そして彼といつも一緒のベニサン・ベニデュは、その年齢と、財政面での影響力にたいする畏怖の念の入り混じった一種の愛情からライル叔父さん《トントン・ライル》とあだ名で呼ばれていた、気前のよい伝説的な大富豪から、交渉で成果を上げたご褒美に、大金二千グルドを受け取ったが、それだけのお金があれば、このはるか昔の時代にあっては、涅槃《ニルヴァーナ》に滞在することもできたにちがいない。そう、このはるか昔の時代にあっては、宇宙の果てにある、無数の驚異にみちた島に滞在することだってできたにちがいない。

一九三五年。ハイチの国土を占領していたアメリカ軍が撤退してからちょうど一年後。それはまぶたを閉じ、眠れば手が届く夢と神話が、途方もなく膨張してゆく、目がくらむほど美しい時代だった。ガストンとベニサン自身も、目を開いたまま、そんな夢の分け前にあずかった。

目覚め際の叫びによって　かすかに開かれた網の目のなかの記憶
私のさまざまな心的外傷と苦痛　さらには悪をなそうとする心まで　沈黙の包皮によ
　って麻痺させる眠り。
翼の音楽で研ぎ澄まされた自分の夢によって　私は大洋になり　空と海の風景を求め
　る鳥=魚にたやすく変身する。

空間と時間の並行したレールのうえを　私は無限に滑ってゆく。

生成状態にやって来ること
お前にはみえるか　遠くからやって来るものが　お前の不確かな未来を告げる巫女
象形文字で書かれたお前の人生を読み解く魔王
死の前兆の雲
そして災厄のひっかき傷にみたされた予言の煙が。

セッシュ峡谷からポルトープランスに行く途中、かわいそうな農婦の娘アネット・エティエンヌ・ダルジャンと、太った背の高いアメリカ白人、ハイチ風にライ叔父《トントン・ライ》さんという名で呼ばれている、六十代の大富豪ベンジャミン・ライルとのあいだでは、ごくわずかな言葉しか交わされなかった。

ポルトープランスへの旅がつづいた午後の間中ずっと、意思の疎通は、初歩的な語彙だけを使って、かろうじておこなわれた。さまざまな合図、身ぶり、擬音語で補強された、ごくわずかな語彙。必要性と緊急性の論理に支配されたある言葉らしいものの内部での、伝統的な身ぶりと、即興的な物まねの奇妙な組合わせ。英語とフランス語とクレオール語の入り混じった特殊な単語。対極的な地平線、正反対の極地に生まれた、完全に異なっている二人の人間のあいだで自発的に形をなし、具体化していった、奇妙で滑稽な言葉。対蹠地にある二つの惑星からやって来た二人の異邦人の信じられない出会い。同じ列車、同じコンパートメントで、互いに隣り合って座りながら。幕間の寸劇もないまま、予見できないシーンにみたされた劇の、連続する山場にむけて旅立ちながら。融合、断絶、破裂の危険を冒して。ざわめくデルタ地帯の強烈な泡立ち。ありえないまでに危険な波と、騒がしい流れによってはぐくまれた、偶然の爆発的な渦巻。

私は、異様な人影たちが演じる出来事の展開をこれまでずっと想像しつづけてきた。はっきりしないと同時に明快な、自分の誕生を支配している偶然性。驚くべき序列。私の母。田舎出のかわいそうなシャビーヌ。みすぼらしい農婦。かわいらしい娘。完全に文盲で、クレオール語しか話せず、それまでセッシュ峡谷という狭い奥地でしか暮らしたことがない、十三歳の無邪気な処女。

ある所は浸食され、ある所は野生の叢林とアザミで覆われたいくつもの丘のある、起伏に富む地形。棘のある灌木《バヤホンダ》、サボテン《カクテュス》、燭台に似たサボテン《カンデラーブル》、棘のあるサボテン《シャドロン・エピヌ》、絡み合ったマングローヴの林のある、残忍で厳しい風景。尿と粘液状の下痢の色をした、一筋の川のようなもの。雨期には奔流となって溢れだし、谷間の側面でごうごうと鳴り響いていた川。

時どきマガモの狩人たちが立ち寄ることもある、沼地の小さな池の近く。鉄道の鋼鉄製のレールと、大量の木製の枕木。稲妻のような列車の通過。

それからすぐ近くにあって、親しげに音楽と抒情とを語りかけてくる、熱い海。発育のわるいココヤシが何本かある、小さな入り江。ひとつの円弧でおさまっている、砂と小石の浜辺。

セッシュ峡谷、わが生地、漁師たちのほんの小さな村。

私は、人々がよくライ叔父さんの話を、はかない夢のように語っているのを聞いたものだった。数々の秘密と伝説。私の推定上の父親。六十代の大富豪。マクドナルド鉄道会社に君臨する絶対的権力をもった経営者。太った背の高いアメリカ白人。青い目をしたブロンドの髪の巨大な男。堂々たる恰幅。見事な太鼓腹。財政状態について神秘的な安心感をあたえる禿頭。知的で自信たっぷりの額。毅然とした顎。官能的な唇。率直なまなざし。血気盛んな歩き方。しっかりとしてよく通る声。力強く寛大な手。有能で信頼できる経営者。公正さと完璧さを気にかける経営者。怠慢やだらしなさの敵。凶暴な顔つきにもかかわらず感じのいい、人に好かれる人柄。

その謎にみちた不可解な人柄を包みこむ、近づきがたいアウラを放つ外観にもかかわらず、当時の人々は彼のことを、太った白人、善良な白人、偉大なる黒人と言っていた。複数の血統。アイルランド、イギリス、ドイツ、スイス、イスラエル、アメリカ合衆国。出身地であるアラバマ州の州都モンゴメリーは、人種差別主義が浸透した南部の中心に位置する、アメリカにおけるアパルトヘイトの砦であり、黒人にたいする差別の実践の柱ともいうべき都市である。それなのに、彼は偏見と固定観念をもった男とは決して言われなかった。

自分の生まれ故郷の歴史に結びついている、社会政治的な栄枯盛衰や欠陥から解放され、ライ叔父さんは、人種差別主義者たちの愚かな言動や非合理な考え方をもたずに、ハイチの共同体のただなかで、さまざまな人間関係を結んでいた。

歴史の綱渡り芸人、ライ叔父さん。数々の神話でできた森の中に迷い込んだ冒険家。

長所のいっぱいある人物。しかし同時に、欠点や弱点もありあまるほどもった人物。人間の性質に固有のさまざまな矛盾によって、いやおうもなく定められた逆説。ライ叔父さんには嵐のような衝動と、身をすくませるような率直さがあったが、その性質は一種の傲慢さにたやすくなぞらえることができるものだった。おそらく心の奥底のどこかに、自己中心主義と、不寛容と、暴君という年取った悪魔がまどろんでいたのだろう。

ライ叔父さん、禁じられた夜の常軌を逸した闇の中で、数々のあり得ない欲望を実現してゆく名手。おびただしい数のセックス。挑戦の美。

それから、彼の悪徳の最たるものといえば、抑えることのできない性欲であり、そのせいで彼は、攻撃的な狩人の性向をもった、きわめて傷つきやすく、怒りっぽい人となった。クレオール女たちのくねくねとした官能的な美に魅入られて。芽生えはじめた若い娘の、ありのままのすがすがしさと背徳的な純真さに取り憑かれて。女性のセックスの秘められた熱さと神秘的な深さに圧倒されて。彼は男の同性愛者は嫌悪していたが、女の同性愛者には夢中だった。そして、臆病な感傷癖、安っぽい恋愛遊戯の気まぐれな軽薄さ、奇抜さをひどく嫌っていた。テロリストの性格をもった戦闘的フェミニズムの旗のもと、辛辣さと嫉妬によって組織された、年老いた醜い女たちの偽善性とおなじほど嫌悪していた。

現実にあった事実と、反論の余地のない証言に基づく言い伝えによれば、年齢のせいで彼の旗を支えるマストが影響を受けることはなかった。旗は、荒れ狂う南国の嵐のなかで陽気に揺れ、激しくぱたぱたと鳴っていたのである。ライ叔父さん、女に大胆な叔父さん《トントン・ジュゴン》、悪党叔父さん《トントン・ブリガン》、ハリケーン叔父さん《トントン・ウラガン》、銃打ち叔父さん《トントン・フラングール》、曲芸師叔父さん《トントン・ジョングロール》は、どんな風向きでも全速力で突き進み、肉体の闇にみたされた奥底を突き破り、平野も山もきれいに刈り取り、原始林を切り開いた。マクドナルド機関車の雷のような素速さで。

混沌が　見えない光の母胎であることは　逆説的に真実だ。
夜明けの混乱のなかでの日の光の不確かな美しさ
闇の端にある血のような光が沈黙の羽を広げて　遠くへ　明かりの届かないところへ
　と滑りこんでゆく
通過儀礼の場だった　もはや住むことのできない幼年時代では　途方もない錯乱と致
　命的な過剰の煙が立ちのぼっている。

午後四時頃、デリュゲ、モンルイ、アルカエ、キャバレに次々に停車した後、列車はクロワ・デ・ボサール市場のただなかにあるポルトープランスの中心駅、終着駅であると同時に、マクドナルド鉄道会社のビジネス・センターでもある駅に到着した。

乗客たちはみな、順番を守りながらてきぱきと下車した。全車両から降りていた。革製のスーツケース、亜鉛製の手提げ鞄、ハンドバッグ、バスケット、小さな包み、背負い籠。多種多彩なモノ、荷物、野菜、果物、食料品に食糧。それから、熟達した特別従業員たちが、列車の最後尾に連結された四台の長く巨大な貨車で、商業用に輸送された、牛、子山羊、豚、羊、馬を列車から降ろすのだった。めざましい活動が繰り広げられる途方もない雑踏《デザフィ》。一週間のあいだ何度も繰り返される、即興の見事な市《フォワール》。

ライ叔父さんと養女の娘は黒い自動車に乗りこんだ。四輪駆動の美しいフォードで、ジャマイカ人の若い運転手が運転した。

車の後部座席に心地よさげに座った大社長《ビッグ・ボス》、太った背の高いアメリカ白人は、いつも手放さないヴァージニアの葉巻をくゆらせていたが、その間シャビーヌの娘のほうは、この波乱に富んだ旅行からくる不安とめまいに驚嘆し、一九三五年二月のとある晴れわたった日の午後、ポルトープランスが彼女の驚きにみちた眼差しのもとで繰り広げるあっといわせるような多彩な光景を眺め、見つめ、見とれていた。生まれつき好奇心が強い彼女は、注意ぶかい感性を研ぎ澄ませると同時に陽気な茫然自失状態に陥りながら、その眺めを探査し、観察し、むさぼるように見つめていた。

これほどまでに短い時間のあいだに、かくも多くの奇異な経験を味わい、体験したことに啞然として。怯えた娘の小さな頭にとって、恐るべき一日。すべてはあまりにも早く起こった。あまりにも早く。ガストン叔父さんの外交的な立ち回り。ベニサン・ベニデュの言葉の失策。母のなかで高まっては引いてゆく、深い不安と胸を引き裂くようなためらい。自分自身の個人的な動揺。恐怖。最初は、拒否。それから母親の決断に従う気持ちからの受諾。それに結局はとりわけ、他の場所という誘惑によって。未知のものによる魅惑もある。別のことを学びたいという心の奥底にひた隠しにしてきた願い。セッシュ峡谷から遠いところで起こっていることを発見したいという願い。ハイチという国のもう一方の斜面で起こっていることを。

ながい間、彼女は牧歌的な物語と言い伝えの藁にくるまれた田舎の小娘だった。しかし突然、すべては一変した。たちまちのうちに、大富豪の、太った背の高いアメリカ白人の養女となった。魔法の杖の一振り、一目惚れの奇跡。彼女は、あまりにも信じやすい自分の目を一瞬つぶってみた。そんなふうにしてうっとりとさせる幻のような夢の香りを追い払おうとして。しかし、純然たる正真正銘の現実は、それよりはるかな強烈さで現れた。養父のかたわらでの、一等車での、列車の旅。青い眼をした白人。ヴァージニア葉巻の煙と香り。生まれて初めて食べた、チーズとハムのサンドイッチ。夢中になって呑みこんだチョコレートのデザート。彼女の舌の上に広がった、メントール入りのサクランボ水の爽やかさ。かつて覚えたことのない悦楽の興奮を感じながら彼女は目を見開いた。

自動車は突っ走り、おそろしく広い通りを進んでいた。豪奢な家や贅を尽くした館に縁取られた大通り。そして、海の広大さをおもわせる青い眼、張りつめた表情、秘められた情熱によって支えられた深々とした眼差し、薄いワインのようなバラ色の顔、堂々たる禿頭をした太った背の高い白人は、パコの丘を駆け上がってゆく車の中で、確かに彼女のかたわらにいた。パコの丘は、切石を敷き詰めた石畳の道に貫かれていて、そのまわりには途方もなく美しい果樹と装飾用の植物があふれんばかりに繁茂していた。車は、広々とした山中の土地に立てられた、大社長《ビッグ・ボス》の巨大で壮麗な私邸の前で不意に止まった。それは《ライル叔父さんの住まい》と名づけられた広大な地所だった。

養母フランス＝マリー、金髪がいまや白髪となった、感じのいい夢みるような婦人が、すでに正面玄関前のステップの広くなった部分で、弱々しい微笑みを浮かべ、顔にいくぶん皺を寄せ、両腕を寛大に広げながら彼女をじりじりしながら待っていた。

一瞬アネットは、自分の生まれた村の飢えにみたされた光景と、セッシュ峡谷にいる親しい人々のことを考えずにはいられなかった。とりわけ自分のかわいそうな母親、年老いたアンヌ・アルジャンティーヌ・エティエンヌ・ダルジャンのことを。まだ三十歳なのに、もう老女なのだ。

道は裂かれ　さまざまな幻を描きだす風となる
手は打ち砕かれ　苦痛をにじませる不幸は無傷のままだ。
しかし私は不可能とすれすれのところで無事に戻ってきた希望を想像する。

一九三五年七月五日。唇に十字架を当てて。耳には栓をして。舌は鉛のように重くて。腰には鉄のような痛みがあって。幼い農民の娘は、自分の考えをパコの豪邸の外へ、ポルトープランスの外へさまよわせた。自分が前夜味わった言語を絶する出来事を思い出させるようなあらゆることの外へ。

自分の部屋のカーテンは降ろして。つらい思い出を追い払って。影が現れそうになるのを全力で振り払い、苦労して冷静さを取り戻そうとしながら。

ライル叔父さんはとても朝はやく、夜明け前に出ていった。ジャマイカ人の運転手の到着さえ待たなかった。早すぎる逃走のようなものだった。羞恥と悔恨の計略と罠。

セッシュ峡谷の娘である彼女自身、巨大なポルトープランスのなかに迷い込み、時間と自分自身の身体をどう扱えばいいのかわからなかった。焼けつくような塊が彼女の喉を締め上げていた。運命の定めた夜の劇的な展開が、壁の上やベッドのなかでスローモーションで繰り広げられていたが、時折いくつかのシークェンスが突如として加速された。苦痛を感じながら、彼女は窓際に座りに戻った。

ためらい。責め苦。さまざまなイメージの変転。彼女は楕円形の鏡のなかの自分の姿を見ることを拒んだ。恥辱の感情とともに、彼女は小さな血の染みがついた青い敷布をはがし、白いベッドカヴァーに替え、その下に滑りこんで、つま先から顎の先までを覆った。それから、身体を丸めて自分の手を太股のあいだに差し込んだ。そして、致命的な強迫観念が蛇のようにはってくるのを止めるために、深呼吸をはじめた。彼女はながい間息を吸った。肉体の苦痛と焼けつくような痛みを鎮めながら。

一九三五年七月半ば、養父である、六十代の太った背の高いアメリカ白人の完全な同意をとりつけて、十三歳の少女、黄金の肌をした美しいシャビーヌはセッシュ峡谷の、自分が生まれた素朴な田舎の村に夏の休暇を過ごしにいった。そこで農民たちのあばら屋に漂う暖かい雰囲気をふたたび見出した。サボテンの風景にふくまれる、静かな悲劇的険しさ。棘のある灌木《バヤホンダ》の埃にまみれながらも釣り合いを保っている姿。尿と下痢便の色をした川のざわめきとせせらぎ。海とその潮の音楽。そしてとりわけ孤独な母親、すでに三十歳で年老いた、アンヌ・アルジャンティーヌ・エティエンヌ・ダルジャンの、深い愛情と変わることのない愛。

黄金の肌をしたかわいらしいシャビーヌは、パコの豪邸には決して戻らなかった。フランス＝マリーとベンジャミン・ライルは呼び戻そうと試みたが、夏の長期休暇の終わりに首尾よく彼女と再会することはなかった。彼女はすでに、十三歳で、予測できない妊娠の重荷を勇敢に堪えていた。名付けがたい感情をもち、どこまでも茫洋とした容貌、謎めいた表情をしていた。純真さ、見かけだけの無頓着さ、不自然な厚かましさ、感知しがたい悲しみ、静かな喜びが奇妙に入り混じった顔つきをしていたのである。

この一九三五年十月初め、彼女は妊娠三ヶ月だった。

彼女はお腹に、伝説的なアメリカ人ベンジャミン・ライル、ライ叔父さんとあだ名された自分の養父による近親相姦の種を宿していた。

私は母親のお腹のなかで、成長し、大きくなっていった。そして、この異様な妊娠の果てに、私は一九三六年四月十二日、復活祭の晴れわたった日曜日、白い肌と青緑色の眼をもって生まれた。

ごく当然のこととして、母親の名前を名乗る、正当な結婚によらない私生児である私は、醜聞の元凶となった男とは決して会わない運命にあった。その物質上の巨大な財産をまったく私に残さなかったその男は、後に文学と芸術の創作活動を通じて自分を発明するという例外的な運を私にあたえてくれた。そうした目印のおかげで、私は自分自身の父親であると同時に自分自身ともなったのである。

今日、私はフランケチエンヌと名乗っている。名前を構成する二つの要素を癒着して創った、ひと続きの奇妙な名前。それは全面的に観念上の存在であるが、そのおかげで私は、分割という病毒と部族間の不和の後遺症によってむしばまれた国で、自分の個人的な存在のなかに深い統一性という印象、幻想をもつことができるのである。

（塚本昌則訳）

ハイチ現代文学の歴史的背景

❖立花英裕

ハイチはカリブ海の小国である。日本から遠く、関心を抱く人も少ない。情報もほとんど伝わってこない。世界で最も貧しい国の一つとして数え上げられている。一人当たり国民所得はわずか千ドル強。それでも将来に希望が持てるなら、まだ救われるだろう。しかし、ハイチを知っている人なら、窮状から脱するのは容易でないのが痛いほど分かる。この国を想えば想うほど辛い気持ちになるのである。

しかし、この国にはいわく言い難い魅力が潜んでいる。二〇〇二年三月に訪れて以来、筆者にとって、ハイチは忘れがたい国になった。別に、ヴォドゥ教（一般には、「ヴードゥー」と表記されるが、本書ではクレオール語の発音により忠実な「ヴォドゥ」とする）が面白いからというのではない。むしろ、オカルト的なイメージによって歪められているこの国の地底から、他所に求めがたい活力と豊かさが湧出しているのに心を打たれる。その隠された泉を、この短篇集を通して感じていただけるだろうか。少なくとも、それが編者としてのささやかな願いである。それにしても、この脈打つ血潮にも似た響きは、どんなマグマの鼓動から届くのだろうか。一ついえることに、この国の経済的な国力、一般的な意味での教育水準に不釣り合いな数と水準の文学者や芸術家が輩出していることがある。ハイチは世界に誇るべき文化の国なのである。アンドレ・マルローがハイチ絵画の豊かな感受性に驚嘆したのはよく知られている。

ここに集められた作家は、ハイチ在住のグループと、カナダ・ケベック州在住のグループ、およびマイアミ在住のエドウィージ・ダンティカに大別される。ケベック在住組は、エミール・オリヴィエ、アントニー・フェルプスの二人である。ハイチ在住組は、リオネル・トルイヨ、ジャン＝クロード・フィニョレ、ケトリ・マルス、ヤニック・ラエンズ、フランケチエンヌである。エルシー・スュレナはははっきりしないが、ハイチと米国の間を行き来しているようだ。ダンティカだけは英語表現の作家である。それ以外はフランス語表現の作家という構成になった。言語的にアンバランスといえないこともないが、伝統的にフランス語の裡に文化的アイデンティティを求めてきたハイチにおいて、英語による自己表現を行う若い世代が出ていることを映しているわけで、図らずもハイチの文化的多様性と地域的横断性を一層よく伝えることができたのかもしれない。世代的に見ても、デュヴァリエ政権成立後まもなく亡命した七十五歳のフェルプスや昨年亡くなったオリヴィエ、国内に残ったフランケチエンヌから、若い世代を代表するダンティカまで、年齢幅のある顔ぶれが集められているのではないかと思う。九人の作家は、現役の作家ばかりである。エミール・オリヴィエだけは、この短篇集の企画に快く応じたにもかかわらず、二〇〇二年十一月に急逝した。しかし、その彼にしても、死の直前まで活発な創作活動を続けていたことを思うと、本短篇集の九人は、今日のハイチ文学を代表する現役作家たちである、といってよい。

ハイチの言語状況について、ここで簡単に触れておこう。ハイチは総人口約八百六十万人だが、識字率はせいぜいその四分の三程度といわれている。かつてフランスの植民地だったことから知識人や政治家などのエリートはフランス語を話すが、その人口はわずか十パーセント弱である。フランス語話者も含めて、ハイチの人々は主にクレオール語を話して暮らしている。クレオール語とは、植民地時代のプランテーション内の伝達手段として、フランス語とアフリカの諸語が混淆して成立した言語である。最近では、テレビやラジオでもクレオール語が圧倒的に用いられている。この国の真の国語はクレオール語なのである。しかし、長い間、クレオール語は卑しめられてきた。フランス語とともに公用語として認知されたのは、ようやく一九八七年の憲法においてである。

識字率が低いこともあって、クレオール語によって書かれた文学作品は決して多くない。文学の主流はフランス語によって形成されてきた。ここに、ハイチの文化的なねじれがある。しかし、だからといってフランス語系文学者を非難するのは的外れだろう。彼らは、日常における文化的、政治的な闘いを通して言語を選択してきたのである。その苦渋を理解することこそがまず求められている。フランス語とクレオール語を使い分けて創作している作家も少なくない。本書に収録された作家の中では、フランケチエンヌやリオネル・トルイヨがその代表である。フランケチエンヌの場合、特に演劇作品をクレオール語で書いている。その理由を彼に尋ねたことがあるが、クレオール語はもともと話し言葉でその書記法も完全には受け入れられていないので、小説に用いるのは難しいが、文字が読めない人々にも鑑賞できる演劇では絶大な効果を発揮するのだと答えていた。なるほど、と思ったものである。彼には、『デザフィ』というクレオール語表現の有名な小説があるが、七八年に上演されたクレオール語の戯曲『ペランテット』は、ハイチの知的状況への痛烈な批判であり、政治的にも大きな衝撃を与えた歴史的事件だった。

言語の選択は、また、読者の選択だけでなく、スタイルの選択、さらには主題の選択にも関わっているようである。ハイチ文学論を数多く発表しているアンヌ・マルティによれば、「クレオール語は、笑いと黒人の女、ブラック・アフリカ、そして独立戦争に結びついている」。ここで言う「黒人の女」とは、白人との混血ムラート（後出）の女との対比で用いられている。こういう言い方を許していただければ、「黒人の女」を愛することと、混血の女を愛することとは、まったく異なる愛とセックスの選択なのである。このことが意味するところを感じ取るには、ハイチという国全体を理解しなければならない。ここで深入りするのは避けるが、ダイグロシア（二言語併用）の文化的状況の中での文学者の苦闘を単純な国語尊重論や民族主義で切り捨てることだけは避けるべきだろう。

ところで、ハイチを訪れて驚いたことの一つに、出版社がほとんどないことが挙げられる。たいていの作品が、フランスやカナダ、アメリカ合衆国などの外国で出版されているか、それとも自国で自費出版されているかのどちらかなのである。ハイチで刊行された本の多くには、出版社名が記されていない。印刷所名があるだけである。筆者は、ペティオンヴィル市の書店で奥付をみながら怪訝な思いをしたことを覚えている。後で分かったのだが、文学者たちは、たいてい自費出版によってデビューしているのである。作品は一握りの文学サークルの仲間たちのために書かれ、著者の負担で小部数印刷されている。ここに収録された作家の多くも例外ではなく、特にフランケチエンヌなどは、大多数の自著を自費出版している。

先に述べたように、本アンソロジーでは世代も居住国も異なる作家が顔を揃えたが、しかし、同時に、どの作品にも共通する主調低音のようなものが疑いようもなく聴きとれる。それが何であるのか、うまく述べるのはたやすいことではないが、あえて一言でいえば、「ハイチ」という、現実と神話の混合した淵源から昇ってくる響きではないだろうか。

「ハイチ」は、作家がどこに住もうとも執拗に追ってくる亡霊のごときものである。懐郷の念は誰にとっても辛く甘いものだろう。いずれの国の作家であっても、好むと好まざるとにかかわらず故郷と数多くの絆によって結ばれている。ハイチの作家たちに近い位置にいるのが、ラテン・アメリカの作家たちである。とりわけ、ガブリエル・ガルシア＝マルケスの『族長の秋』のような独裁者を扱った作品は、ハイチ文学に通じるものを感じさせないではおかない。ハイチの作家において、体制との関係は抜き差しならないものがある。ラテン・アメリカの作家たち以上に苛烈だと言えるのかもしれない。フロリダ半島に船で逃れようとも、ケベックに安住の地を求めようとも、またハイチにあえて留まろうとも、どの作家の作品にも、単なる懐郷の念や体制批判を越えて、作家たちが我にもあらず呼び寄せてしまう悪夢のように執拗なものが潜伏している。

ハイチ現代文学のこのような特質は、二十九年間つづいたデュヴァリエ政権による恐怖政治を抜きに考えられない。その弾圧のすさまじさによって世界に名を轟かせたデュヴァリエ独裁政権は一九五七年に始まり、親子二代に亘って一九八六年まで続いた。その体制を象徴するのが、トントン・マクートという俗称で知られる民兵組織「国家安全志願隊」である。その数は四万人ともいわれ、国家・社会組織に深く浸透し、批判勢力をしらみつぶしに潰していった。大統領に直属し、他の官僚機構から制約を受けなかったので、恣意的な行動に走る傾向が強く、私利私欲から権力を乱用して省みなかった。事業で成功した者を嫉妬から投獄し、財産を横領するようなことも平然と行われた。商店や企業の中には、トントン・マクートに目をつけられないように、故意に事業規模を縮小するところもあったほどである。

しかしながら、ハイチ現代文学の特質は、デュヴァリエ政権とのしがらみだけによって説明されるわけではない。その甘い夢と悪夢との混合は、文字による記録に残らなかった歴史の深い井戸にまで下りている。植民地時代の奴隷は文字を学べなかったし、したがって文書による記録を残せなかったので、白人側の僅かな報告を除いては、そしてまた、口承によって伝えられる不定形な記憶と寓話を除いては、自分たちの過去を保存できなかった。そこから、ハイチに限らず、文学と歴史とのカリブ海世界特有の無限対話が編みなされた。中でも代表的なものが、邦訳も出ているパトリック・シャモワゾーの『テキサコ』やラファエル・コンフィアンの『コーヒーの水』だろう。以上はマルチニック文学だが、ハイチ文学においても、たとえば、エミール・オリヴィエの『孤独という名の母親』*Mère-Solitude*（一九八三年）が挙げられる。しかし、他方で、日常生活の細部を扱った作品においても、時間の井戸が暗い口を覗かせていることが珍しくない。なにげない町の名前や地名が記されているだけで、時間の重層性が忍び込んでくるのである。

そこで、以下に、ハイチの歴史と文化について概述を試みた。ハイチを紹介する手軽な本もほとんどない現状では、多少のお役に立てるかもしれない。

ハイチの歴史と文化

カリブ海には大アンティル諸島という東西にほぼ一列に並んだ大きな島の連なりがある。一番西側がキューバで、その南に寄り添うようにジャマイカがあり、キューバの東側にはエスパニョラ島（ヒスパニオラ島ともいう。本稿では、スペイン語表記を用いる）がある。さらに東に行くとプエルトリコがある。その先は、南に向かって弧を描いて小さな島が並んでいる。こちらは小アンティル諸島である。

ハイチは、大アンティル諸島のエスパニョラ島にあり、島の西三分の一を占めている。東側には、ドミニカ共和国が並んでいる。エスパニョラ島は、かつてはアラワク族・カリブ族などの先住民が住んでいたが、スペイン人によって征服された後、西側の一部が十七世紀にサンドマングと呼ばれるフランス領植民地になった。このフランス領植民地が、ハイチの前身である。植民地サンドマングは、奴隷制による砂糖生産基地として大いに繁栄したが、フランス革命の波をかぶって黒人奴隷の叛乱が起こり、ついには「世界最初の黒人共和国」として独立、ハイチという国に生まれ変わった。

カリブ海地域では、奴隷の叛乱はけっして珍しいことではなかった。しかし、独立にまで至ったのは、ハイチをおいて他にない。ハイチの独立は、二十世紀のキューバ革命にも似て、当時、世界に大きな衝撃を与えたが、それだけにヨーロッパおよび周辺諸国から冷たい扱いを受けて孤立を強いられた。今日でも、この国を孤立した特殊な国としてみる見方が根強く残っている。その典型を、たとえば、サミュエル・ハンチントンの『文明の衝突』に読むことができるだろう。

「孤立国とは、他の社会と文化を共有しない国である。……ハイチのエリート層は伝統的にフランスとのあいだに好んで文化的な関係を結んできたが、ハイチクレオール語とブードゥー教、革命による奴隷の起源や残酷な歴史が一つに結びついて、ハイチは孤立国となっている。「どんな国も独特だ」とシドニー・ミンツは言っているが、「ハイチはまったく別格である」。……ハイチは「近隣のどの国にも必要とされない」真に同胞のない国なのだ」(二〇三―二〇四頁、鈴木主税訳)。

ハンチントンによれば、日本はハイチと並んで孤立国なのだが、日本もまた「同胞」のない国だということなのだろうか。それは今おくとしても、ここにアメリカ合衆国政府が伝統的にハイチをどのような目で見てきたかがよく表れている。ハイチは、西欧を中心にして語られてきた近代史の中のいわば不協和音なのだろう。黒人奴隷による独立の達成という歴史的事件にもかかわらず、世界史の中で片隅に追いやられているのである。世界史から抹殺されたといったら言いすぎかもしれないが、近代史においてハイチほど数奇な運命を辿った国は少ない。

この国には、先住民の時空があり、ヨーロッパ入植者の時空があり、黒人奴隷の時空がある。この土地は時代によって地名が変遷してきた。一口にハイチ史といっても、その開始点さえ必ずしも自明ではないのである。ここでは、コロンブスのカリブ海域到着を時間の起点としてみよう。

一　スペイン領植民地時代

コロンブスと先住民の遭遇

エスパニョラ島が歴史上に登場するのは、コロンブスの第一回航海時においてである。島をエスパニョラ島と命名したのもコロンブスである。彼は、このとき、主にキューバ島とエスパニョラ島を探査したのだった。この海域こそ、キューバとともに新世界と旧世界が未曾有の遭遇をした地点なのである。コロンブスは、一四九二年八月三日にスペイン・パロス港を出航して、十月十二日にようやくサンサルバドール島に上陸したが、そこで住民から情報をえて、キューバ島へ向かった。目的地の中国《カタイ》の間近まで来たと確信した彼は、沿岸伝いに移動しながら一ヶ月ほど滞在して、金鉱を求めて内陸部まで調査している。しかし、大きな金鉱がある別の島が近くにあると住民から聞き出すと、その、ボイーオと呼ばれる島を求めて、エスパニョラ島にやってきたのだった。島に上陸したのは、一四九二年十二月六日のことである。

島には、アラワク系のタイノ族が多く住んでいて、カリブ族の姿もちらほら見られた。タイノ族はもともと南米起源の部族だが、古くからカリブ海の島々に定住して農耕に従事する部族であった。カリブ族は南米ギアナ地方に住んでいた。しかし、コロンブスの到着より少し前、十三世紀頃からアンティル諸島をカヌーで北上し始め、アラワク系部族の男を殺害し、女を略奪しながら島伝いに勢力を伸ばしていた。コロンブスが到着したとき、カリブ族は今日のプエルトリコまで進出していたと言われるが、コロンブスの航海誌によれば、エスパニョラ島にもすでに姿を現していたことが分かる。アラワク族の人々は、カリブ族が近くに現れると、コロンブスの前で真っ青になって震えてみせた。カリブ族はきわめて好戦的な部族であったが、コロンブスが言うように食人の習慣があったのかどうかは必ずしもはっきりしない。彼は、それを実証的に確かめるというよりは、言葉の分からないアラワク族の恐れる様子と身振りから食人種と決めつけるのである。カリブ族食人説は、コロンブスの第二回航海に随行したチャンカ博士の報告で更に強化される。この報告には、「カリベ族の風習は獣のそれです。……彼らは男を捕えると、生きていれば家に連れ帰って料理し、死んだ男はその場で食べるということです」(④三一八―三一九頁、主要参考文献表参照)とある。ここで注意すべきことは、すべてが身振りや伝聞か、不確かな状況証拠しかないところで、憶測だけが先行したことである。カリブ族は、こうしてカニバル（食人種）の語源にもなるが、食人種発見のニュースはこのような形で世界に伝えられ、ヨーロッパ植民地主義とともに喧伝される「野蛮人」の想像的イメージが形成されるのである。

しかし、他方で、コロンブス食人説は、まもなく先住民虐殺を正当化する口実として使われるようになる。

しかし、他方で、コロンブスは、エスパニョラ島の自然の美しさや、住民の尊厳ある容姿に魅惑されてもいる。次は、スペインのカトリック両王（フェルナンド王とイサベラ女王）への報告の一部である。


「両陛下、誓って申し上げますが、世界中のいずれの地を見回しても、この地の人間ほど善良で、おとなしい人々はおりません。……この地の人間がボイーオ島と呼び、わたくしがエスパニョーラ島と命名したこの島のありさまやその大きな集落など、どれをとっても実に素晴しいものであります。人々は皆、他に類がないほど物腰が柔らかく、彼らの話しぶりは甘く、話すというより人を脅かすといった感じさえある他の土地のそれとは雲泥の差があります。男も女も身長はかなり高く、肌は黒くありません。もっとも体には色を塗り付けています。黒く塗っている者もいれば、別の色を塗っている者もいるという具合ですが、多くは赤色を塗っています。……住居や町並みはとても美しく、どの地区にも判事、もしくは長《おさ》がいます。その命令にだれもが従い、規律のよさに感心するばかりであります。長はいずれもほとんど口は利かず、その立居振舞いは上品であります。命令は、大概、手で合図すれば十分で、これまた感心するばかりであります」（④二〇二―二〇三頁）。

楽園の島

エスパニョラ島は、コロンブスの目に楽園のように映った。コロンブスが最初に上陸した地点は島の北西部である。彼は、この天然の良港をサンニコラスと名づける。この港はモル・サンニコラという名の町になって、今日のこっている。到着の日、彼はこんな言葉を書きつけている。「その大きな島はこのうえもない高地のようにうつったが、山で閉ざされていることはなく、美しい平野のようになだらかな土地であった。島はすみずみまで、それでなくとも島の大半は耕されているらしく、小麦らしいものが作付けされた平野は五月のコルドバのようであった」(④一六二頁)。

楽園幻想。ハイチの歴史の最下層に眠っている時間が、この楽園幻想である。コロンブスの航海誌を読んでいると、彼が行く先々であらかじめ見つけ出そうと期待していたものをまさに見つけ出していく様がまざまざと甦ってくる。未知の境域においては、いつでも想像界と事実界とが衝突し、その衝撃の必然と偶然の中で「現実」が形成されていくが、コロンブスの理解形式を支えていた知識は、聖書とストラボンの古代ギリシャ地理学、そしてマルコ・ポーロの『東方見聞録』が中心だった。彼は、見慣れないものを発見すると、不可避的にこれらの伝説的・神話的知識に基づいた想像力を介して、その特徴を捉え、科学と神話の奇妙に入り混じった理解形式にあわせて変形していくのである。

たとえば、彼は、聖書のエデンの園が天上にあるのではなく、地上の高い山の頂にあり、そこから大河が海に流れ込んでいると信じていた。また、ストラボンに出てくる食人種、人魚、女戦士(アマゾン)にいつ出会うかと待ち受けていたのである。そして、実際、南米のオリノコ川の河口を発見すると、上流に楽園があるのではないかと興奮しながら想像をたくましくしているし、エスパニョラ島の近くでは人魚が海面から飛び上がるのを見たり、女だけが住む島の噂をアラワク族から聞いている。食人種も同じで、確証もないままにコロンブスは、カリブ族が食人種であると信じて疑わなかったのである。

コロンブスが血眼になって探し求めていたのは、金《きん》である。金は、いうまでもなく、マルコ・ポーロが語るジパングという伝説的な国と結びついていた。コロンブスは、キューバ島を探索する途上で、近くの大きな島にシバオと呼ばれる金鉱があると聞いてエスパニョラ島にやってきたのである。海上に現れたエスパニョラ島の気高い山容は、コロンブスの想像力の中で無尽蔵な金のイメージと、分かちがたく結びついたにちがいない。

島に上陸すると、コロンブスはグワカナリーという名の首領と交際をもつようになり、彼から情報をえながら金鉱を求めて内陸部に踏み込んでいった。そして、実際、多少の金を見つけるのだが、不幸なことにクリスマス・イヴの晩にサンタマリア号が座礁するという不慮の事故に遭い、残りの船で帰国を余儀なくされる。

コロンブスは、帰還にあたって三十九名の乗組員を残すことにして、今日のカップ・ハイシアン市から程遠くない入り江にナビダー砦と居留地を建設する。そして、十ヶ月後に意気揚々と大艦隊を率いて戻ってくるのだが、再会を待ち望んでいた居留民は皆殺しにあい、砦が焼け落ちているのを発見する。たぶん、残った乗組員たちが横暴な振る舞いをして住民の怒りを買い、襲撃されたのだろう。コロンブスはグワカナリーを詰問して、カオナボーという名の乱暴な首長が犯人であることをついに聞きだす。まもなく、住民の叛乱が起こると、コロンブスはグワカナリーの援軍とともに平定にあたり、カオナボーを討伐している。騒ぎが沈静すると、インディオたちは定期的に金を貢納することを義務づけられている。インディオの虐待と虐殺は、コロンブスとともに始まったのである。

コロンブスが到着した当時、エスパニョラ島は五つの地方に分かれカシケと呼ばれる首領に支配されていた。グワカナリーやカオナボーもカシケである。島の人口は資料によって大きな差があり、はっきりしたことは分からないが、おそらく少なくとも五十万から百万の住民がいたようである。しかし、わずか十五年のうちに六千人にまで減少してしまい、ついには島から姿を消してしまうのである。

コロンブスのエスパニョラ島との出会いにこだわったが、ハイチという時空の「起源」を考えるとき、このジェノヴァの航海者が残した足跡は限りなく重い。コロンブスが創出したカリブ海のイメージは、今日でも我々をとらえているからである。

アナカオナの伝説

ハイチの伝説として今日まで語り伝えられている悲話に、クサラグアの女王アナカオナの死がある。アナカオナは、コロンブスによって殺されたカオナボーの妻だった。カオナボー亡き後、彼女は王座に就き、スペイン人との友好関係を築こうと努め、宴を催すが、そんな手厚いもてなしにもかかわらず、総督ニコラス・デ・オバンドによって無残に殺されるのである。アナカオナとは「黄金の花」を意味した。彼女は女王であっただけでなく、タイノ族の詩歌の伝統を受け継ぐ詩人だった。彼女の手になるといわれる次のような歌が残っているが、戦闘の歌のようである。

アイア　ボンバイア　ボンベ
ランマ　サマナ　クアナ
アイア　ボンバイア　ボンベ
ランマ　サマナ　クアナ

詩句の意味は不明だが、のちにヴォドゥの祈りの中にも取り入れられているといわれる。アナカオナの伝説は、現代ハイチ文学の想像力をいまでも揺さぶっている。ジャック＝ステファン・アレクシスが様々な作品の中で彼女の姿を暗示的に描写しているし、ジャン・メテリュスは戯曲『アナカオナ』を書いている。この作品は、一九八五年、アントワーヌ・ヴィテーズの演出によりパリのシャイヨー国立劇場で上演されている。アナカオナの領地は、今日のレオガン市付近だと言われている。ポルトープランスから南西に少し行ったところだが、アナカオナの名を冠した学校があるなど、町はいまでも悲劇の女王の残香に包まれている。

砂糖プランテーションと奴隷制の始まり

エスパニョラ島は、新世界に初めて黒人奴隷が持ち込まれた島である。インディオ虐待を告発したことで知られるラス・カーサスは、インディオを強制労働から免れさせるために、アフリカの黒人を使役に用いることを提案していた。この提案は不幸にして受け入れられる。一五〇三年には、早くも数十名の黒人奴隷がエスパニョラ島に陸揚げされた。当初、スペイン政府は、インディアスでの事業目的としてキリスト教の布教を掲げていたこともあり、新世界への移住を許されていたのはキリスト教徒のみであった。奴隷、ユダヤ人、アラブ人、新教徒は移住を禁じられていた。したがって、黒人の導入は非合法であったのだが、黒人奴隷の使役はたちまち新世界各地に伝播していった。スペイン政府もそうした趨勢に抗しきれず、一五一七年には、カルロス五世がエスパニョラ島へ一万五千人の奴隷を移入することを認める許可証を出している。

十七・十八世紀のカリブ海域経済の花形は砂糖生産プランテーションだったが、その砂糖生産が開始されたのも、エスパニョラ島である。コロンブスは、第一回航海時にすでにカナリヤ諸島から苗を持ち込んでおり、それが「クリオーリョ種」として広く栽培されたのである。一五一六年には、カリブ海域最初の製糖工場が建設されている。

ブッカニエ（海賊の時代）

しかし、スペイン人の目当てはもっぱら金であった。エスパニョラ島の金鉱が枯渇すると、スペイン人は大陸部に流出していく。十六世紀後半、人口が減少し空白地帯となった島は、海賊の巣窟となる。エスパニョラ島周辺にはスペイン艦隊を狙った私掠船がたむろしていた。海賊の中には、ブッカニエ boucanier と呼ばれて、食料を他の海賊に売っていた者たちもいた。エスパニョラ島に住んだのは特にブッカニエで、彼らは海賊行為も行ったが、猟をして捕らえた獲物を燻製にして、私掠船の海賊に売っていたのである。「ブッカニエ」とは、木製の網《グリル》、さらには燻製にした肉を意味した「ブッカネ」が「ブッカン」boucan から来ている。今日でも、「燻製にされた」という意味で過去分詞形の「ブッカネ」がよく用いられている。

この時代、島の住民の間で混血が進行したことは特記すべきである。島には、ブッカニエのイギリス人、フランス人、オランダ人や、僅かに残っていたスペイン人、インディオ、奴隷としてやってきた黒人などが混在していたが、無法者たちは黒人やインディオたちと結婚することを厭わなかった。彼らには、人種間の優劣に関わる意識が希薄だったのである。

二　フランス領植民地サンドマング

カリブの真珠

フランス人がエスパニョラ島に進出したのは、一六二五年である。その数は僅かだったが、まずエスパニョラ島の北に隣接する小島トルトゥーガ島（トルテュ島）に上陸し、次第にエスパニョラ島内陸部へ浸透していった。フランス人は、この島をサンドマングと呼んでいたが、一六九七年にライスウイク条約によって、島の西三分の一がスペインから正式にフランスへ譲渡されることになる。この条約によって引かれた境界線が、今日のハイチ東部の国境にほぼ対応しているのである。サンドマング繁栄の基礎となる奴隷制砂糖生産プランテーションが急速に拡大していくのは、西インド会社がルイ十四世から統治委託を受けた一六六四年以降である。

こうして十七世紀に成立したフランス領植民地サンドマングが、十八世紀になっていかにフランス経済を潤したかは、いまでも十分に認識されていない。一般には、一七六三年のパリ条約によって英仏植民地抗争の決着がつき、イギリスの優位が確定したとされているが、植民地収益という点だけから見るなら、フランスはまだまだイギリスに引けをとっていなかったのである。十八世紀後半、サンドマングは「カリブの真珠」と呼ばれ、全ヨーロッパの垂涎の的だった。トリニダード・トバゴの歴史家エリック・ウィリアムズは、奴隷制に支えられたカリブ海経済がヨーロッパ資本主義の蓄積に決定的な役割を果たしたことを初めて明らかにして、ヨーロッパ中心史観の訂正を迫った人だが、十八世紀のサンドマングについて次のように書いている。

「アメリカ合衆国が独立した一七八三年から、フランス革命の起こった一七八九年までのサン・ドマングの発展は、帝国主義の歴史のなかでも驚異的なものであった。……サン・ドマングは、ヨーロッパ全体のおよそ半分の地域に熱帯性物産を供給した。その輸出は、全英領西インド諸島の輸出を三分の一ほど上まわり、一〇〇〇隻の船と一万五〇〇〇人のフランス人船員を雇傭した。サン・ドマングは、世界最大の砂糖産地として、「カリブ海の珠玉」となった」(③I、三〇七頁)。

サンドマングがフランスにもたらす利益は莫大なものだった。一七八八年の全輸出額は二億一千四百万フランと見積もられ、独立したばかりのアメリカ合衆国の全輸出額を越えていた。コロンブスも描いていたように、サンドマングの土地は肥沃だったのである。やはりトリニダード・トバゴの歴史家C・L・R・ジェームズは、繁栄するサンドマングを次のように書いている。

「一七六三年のパリ条約締結後、植民地は大きな発展をとげた。……サンドマングは、量の点だけでなく質においても抜きんでていた。コーヒーの木一本につき平均一ポンドのコーヒー生産率は、モカ・コーヒーのそれと同じ率であった。綿花は世話をしなくても石の多い土地や岩の割れ目に自生したし、インジゴも手間がいらなかった。ここのタバコは両アメリカのどこよりも葉が大きく、質のうえでもハバナ産のタバコに匹敵した」(⑦五七頁)。

ジェームズは、「サンドマング植民地ほどその面積の割に多くの富を生みだしたところもなかっただろう」と結論付けている。しかし、数ある産物の中でも、砂糖ほど利益をもたらすものはなかった。今日でこそ砂糖はありふれた食品だが、かつては貴重品だった。中世には、砂糖は宝石と同じような扱いを受け、薬とみなされていたほどである。『甘さと権力』の著者シドニー・ミンツが言うように、カリブ海域砂糖プランテーションの発展は、高価な嗜好品だった砂糖が一般庶民の手にも届く日常品となるまでの長い過程でもあったのである。それはまた、貨幣経済浸透の過程でもあった。

プランテーションという人工建造物と排他制貿易

砂糖黍の栽培と収穫作業は、熱帯型の気候の下での厳しい集約的な労働を必要とした。とりわけ、砂糖黍を収穫し、原液を搾汁する工程は短期間に多量の砂糖黍を処理しなければならず、過酷な労働が要求された。砂糖プランテーションは、アフリカから運ばれた奴隷を労働力とし、ヨーロッパから資材を搬入した自己完結型の生産組織だった。砂糖黍は、カリブ海の気候に適していたとはいえ、土地に自生していた作物ではない。また、労働力も設備も外部から持ち込まれたものである。プランテーションは、カリブ海の島に、突然、外部から持ち込まれた異物だったのである。一般に、産業は、多かれ少なかれ、その土地の伝統に結びつき、その内的な発展の結果として興るものであり、土地の共同体と環境との間の親密な結びつきの中で発展するものである。ところが、砂糖プランテーションは、そのような在来型の生産組織ではなかった。周囲の環境を破壊しながら増殖していく人造物だった。プランテーション経済は、カリブ海域の自然を破壊するだけでなく、伝統的な共同体とは質の異なる集団組織の中で人間を痛めつける世界を現出させたのである。

プランテーションは、近代工場の原型とも言われるが、周囲の環境から孤立している点では、十九世紀型の工場とも異なると言わなければならない。賃金労働者ではなく奴隷を用いる点でも異なるが、国民国家内の近代工場の場合、周囲にそれを支える様々な組織や、共同体と一定の相互依存関係が維持されているのに対して、世界経済システム内において海の向こうの経済活動に直接結びつき、それに依存しているのがプランテーション経済なのである。それは、単一作物栽培の上に築かれ、他の一切を外部世界との交易によって調達するのを特徴としている。このような生産のかたよりが生じた原因は、一つには、砂糖生産が儲かりすぎるためであった。食料さえも海外から輸入したほうが安くついたのである。単一作物栽培は、植民地宗主国にとっても都合がよかった。植民地から特定の商品だけを輸入する一方で、それ以外の全ての必需品を植民地に輸出して経済支配を確立できたからである。サンドマングは、他の地域、たとえば、近隣の島や大陸と交易することができなかった。排他的貿易と呼ばれる制度によって、本国以外の地域との貿易が禁じられていたのである。

排他制は、植民者と本国との間にたえず軋轢を生んでいた。たとえば、急速に膨張していたサンドマングはしばしば食料の緊急輸入を強いられたが、本国フランスは必ずしも迅速に対応してくれなかったのである。ハイチ革命は、後に見るように、様々な勢力のぶつかり合いの中で複雑な経過をたどるが、本国からの拘束を嫌う入植白人による離反・独立の動きもそこに加わるのである。

プランテーションと人種の混淆

カリブ海世界に接ぎ木のように持ち込まれた人工閉鎖空間としてのプランテーションは、また、人種の攪拌器でもあった。フランス革命時のサンドマングの白人人口は約三万人といわれる。黒人奴隷は、植民地の急速な膨張のために五十万人もいた。この密閉された空間内で、黒人女性は主人の意のままに従うしかなかった。その結果として、両者の混血が進んでいったのは当然である。白人と黒人との混血はフランス語でミュラートルという。もともとはスペイン語のムラートから来ているので、ここではムラートの方を用いることにしたい。ムラートは、奴隷の地位をまぬがれ、たいてい奴隷監督や騎馬憲兵隊の仕事を与えられていた。財産の所有を禁じられていなかったので、蓄財して、プランテーションや奴隷を所有する者も少なくなかった。解放された奴隷も数多くいた。ムラートや解放奴隷は有色自由人と呼ばれていたが、その数は四万人あまりだったようである。有産階級のムラートは、白人、特に中流・下層階級から憎悪されていた。もともとムラートは、植民地の恥部として蔑まれていた。彼らは婚姻外交渉によって儲けられた子供であり、カトリック教会から見れば不道徳な存在、呪われた存在だったのである。「有色自由人は神と人のおきてに反しており、根絶すべき」存在だった。しかも、都市部で売春を生業《なりわい》としたり、白人の愛人になる女性のムラートが目立ったことが、人々の顰蹙をかっていた。他方、ムラート自身は黒人奴隷とはいつでも一線を画していた。専横な白人に反発していたが、奴隷制社会を否定するわけではなく、むしろ有産者として白人と同じ権利の獲得を望んでいたのである。

もう一つ忘れてはならないのが、逃亡奴隷である。逃亡奴隷は白人入植者にとって耐えざる不安の種だった。一七五一年だけで三千人の逃亡奴隷が出たといわれるから、その数は相当のものだった。しかも、中には女性もいたので、山岳部に隠れ住んで子供を増やしていた。逃亡奴隷は、集団をなしてプランテーションを襲撃することも珍しくなかった。中でも有名な逃亡奴隷の指導者がマッカンダルである。

マッカンダルは、事故で片腕を失ったギニア出身の奴隷だった。驚くべき強靭な精神の持ち主で、拷問にあっても平然としていたといわれる。しかも、弁舌の巧みなヴォドゥの僧でもあり、人の心が読め、好きな動物や昆虫に自在に変身できると豪語していた。マッカンダルが叛逆者として歴史に残ったのは、毒薬を用いてサンドマングの住民を恐慌に陥れたからである。部下に対しても過酷で、気に入らない者は容赦なく毒殺したという。彼は、井戸水に毒薬を流して、白人たちが苦しんでいる間に急襲する計画を着々と練っていたが、その直前に捕らえられて、焚刑に処された。一七五八年のことだったが、あきらかに後の黒人蜂起を予告する事件だった。キューバの作家アレホ・カルペンティエルは、『この世の王国』の中で、この逃亡奴隷の王を時空を超えた不死身の存在として描いている。

毒は、ハイチの想像空間に深く根を下ろしている。アメリカ合衆国の銃、日本の刃物のように、どの社会にも固有の凶器や犯罪があるものだが、サンドマングの場合、毒殺なのである。毒は、白人、黒人を問わず用いられていたようで、怨恨や嫉妬から毒殺に訴える犯罪がはびこっていた。ジェームズによれば、捨てられた愛人がプランテーションの主人とその一家を毒殺したり、プランテーションが相続によって分割されると不利益を蒙る奴隷が、主人の子供たちのうちの一人だけを残して、残りを毒殺するような事件があとを絶たなかったらしい。マッカンダルによる大量毒殺計画は、そのようなサンドマング社会に生きる人々の記憶に深く刻みつけられた。ヴォドゥの研究家アルフレド・メトローの言葉を引用しておこう――「今日でも『マッカンダル』の名は民衆の記憶の中に生きている。ただ、『毒薬』の同意語として、また『毒殺者』の同意語としてではあるが」(㉑三九頁)。

毒殺事件の現代版としては、一九八八年十一月のポール大佐の不審死がある。デュヴァリエ独裁政権が倒れた後の混沌とした時代のことだが、民衆に恐れられていた治安部隊カザン・デサリーヌの指揮官ジャン゠クロード・ポール大佐が、麻薬密輸の容疑で米国から身柄引き渡しを求められるという外交紛争の只中、離婚した妻の家で昼食を食べた後に急死するという事件が起こったのである。検死の結果は一ヶ月もたって「毒殺」と発表されるのだが、軍部と麻薬組織の複雑な抗争が背後にあったといわれる(⑤五一―五四頁)。ケトリ・マルスの「アンナと海……」も、毒殺がテーマになっているが、背景に出口のない混乱が続くハイチ社会が透けて見えるのである。

三　黒人叛乱から独立戦争へ

一般に、ハイチは「史上初の黒人共和国」として語られることが多い。これは、ネグリチュードなど二十世紀の黒人運動の高揚の中で独立したアフリカ諸国との連帯が意識された紹介のされ方である。ハイチは二十世紀後半における第三世界の独立運動先駆者なのである。これはこれで意義のある見方であるが、ハイチは、それと重なり合いながらも微妙にずれたもう一つの顔を持っている。この国は新世界に属する国であり、アメリカ合衆国に次いで独立を果たし、ラテン・アメリカ諸国の独立への橋渡しをしたという歴史的背景をもつのである。ラテン・アメリカ独立の父シモン・ボリバールは、独立戦争を戦い抜いたハイチに関心を抱き、一八一六年に訪問している。しかし、単に地理的に近く、ほぼ同時期に独立戦争を経験したというだけでなく、ハイチは、十七・十八世紀の植民地に共通した社会構造をアメリカ合衆国やラテン・アメリカ諸国と共有している。この時代にジャマイカ総督だったドルビイ・トマスは、「北米大陸の南部植民地は、ニューイングランドよりはむしろアンティル諸島に似ている」と、述べているのである。ラテン・アメリカにおけるナショナリズムの形成を解き明かしたベネディクト・アンダーソンは、南北両アメリカの共通性や、合衆国南部の奴隷制プランテーション所有者が独立戦争において果たした政治的役割の重要性を指摘しているが、同じようなことが、ハイチにも当てはまるのである。

ごく大雑把に言って、新世界の諸地域に共通する特徴として、複数の人種によって社会が構成されているという点が挙げられる。それも、外部から何らかの理由で移住してきた人々の混合集団である。もちろんのこと、先住民もいるわけで、その人口に占める割合の相違が、各地域の特質に反映している。ハイチの場合、先住民が絶滅してしまったということ、また植民地時代に大量に黒人奴隷が輸入され大規模なプランテーション経済が展開されたという点で、たとえば、先住民の比率の高いメキシコやコロンビアよりは、他のカリブ海島嶼部の国々や、合衆国南部との共通性が高いと言える。植民地サンドマングからハイチ誕生までの推移は、本国と植民地との一元的な敵対に還元されるものではなく、本国との関係において必ずしも利害が一致しない白人集団間の対立も含めた、混血社会における人種間の抗争が複雑に絡み合っていることを視野に入れなければ見えてこないのである。

新世界ほど人種間の抗争が劇的に経験されたところはなかった。ジェームズは、もしサンドマングの白人がムラートの要求を受け入れ、自陣に引き入れることができたなら、フランスは「カリブの真珠」を失わないですんだろう、と言っているが、現実に進行したことは全く逆の事態だった。人種差別的偏見は、時代が下るにしたがって解消するどころかむしろいっそう抜きがたく社会の深層に刷りこまれていくのである。黒人法典には、奴隷の身分から解放されるための条件や、結婚や子供に関する規定が事細かに記されていたが、初期の植民地社会はもっと鷹揚で、二十四歳になったムラートは自由人になれたものである。しかし、ムラートの数が増大するにつれて、そうした慣習も消えうせ、逆に、露骨な嫌がらせが横行し、差別的な法令が定められるようになっていった。アルチュール・ド・ゴビノーの『人種不平等論』のような十九世紀の科学主義的人種差別イデオロギーは、新世界において準備されたともいえるのではないだろうか。

ムラート、ヴァンサン・オジェの処刑

サンドマングの空前絶後の繁栄は危うい矛盾の上に生えた巨大な茸のようなものだった。そして、その矛盾の一番敏感な部分がムラートだった。すでに述べたように、混血は植民地社会の「恥部」と見なされていたが、白人と黒人との境界を曖昧にする厄介な社会存在だったのである。

有色自由人たちに言わせれば、黒人法典の規定からいって奴隷の身分でない者は、当然、市民権を享受できるはずなのである。ところが、納税義務があるのみで、植民地社会では政治的にまったく無視された存在だった。一七八五年は、黒人法典発布百周年に当たっていた。その記念事業として、サンドマングの有色自由人は二人の代表ヴァンサン・オジェとジュリアン・レイモンを本国に派遣する。折から革命が始まると、代表団は、パリ在住の有色人たちを国民議会の前に糾合して、国民議会への代表権を認めるように訴え、その見返りとして国債の保証金六百万リーヴルを拠出する用意があることを伝えた。しかし、まもなく設置された植民地委員会は、奴隷制擁護論者のバルナーヴを長として頂いており、その報告を受けて出された布告は、「すべての個人」に選挙権を認めるという曖昧な表

現によって、事実上、ムラートたちの要求を退けるものだった。国民議会からは何も期待できないと悟ったオジェは、帰国を決意した。そして、帰還途上、合衆国の奴隷解放論者クラークソンと連絡を取って武器を入手した上で、サンドマングに戻って叛乱を起こしたのである。しかし、たちまち鎮圧されて、同志の混血児シャヴァンヌと共に翌一七九一年の二月二十五日に処刑されたのだった。処刑の方法は残虐極まりなく、フランス本国の世論にも衝撃を与えた。サンドマングのムラートたちが白人に抱いた憎悪の念は想像にしくはない。

このオジェの処刑は、植民地社会を根底から揺さぶる。というのも、ジェームズの言葉を借りれば、「サンドマングで眠れる奴隷の目を覚まさせたのは、白人とムラートとの抗争であった」(⑦八二頁)のである。ムラートも、この事件を機に白人に対してぬぐいがたい不信の念を抱くようになり、真剣に奴隷との連携を探るようになった。フランス革命は次々に連鎖反応を生み、当事者の思惑を遥かに超えた驚くべき事態をもたらすのである。

叛乱の勃発

一七九一年八月二十二日の晩のことだった。北部平原の町カップ・フランセ近郊のプランテーションが黒人奴隷によって次々に襲撃され、白人たちが殺され、火をつけられた。その天を突く劫火はルカップ(カップ・フランセはルカップと呼ばれて、親しまれた)からも見えたといわれる。一説によれば、ルカップを目指して押し寄せた黒人の数は一万二千から一万五千にのぼり、一ヶ月余の間に二百の砂糖農園と六百のコーヒー農園が襲撃にあったという(⑪一〇四頁)。

叛乱は、周到に準備されたものだった。白人たちもルカップに漂う異様な雰囲気を感じ取り、何が起ころうとしているのか知ろうと必死だったが、口を割る奴隷はいなかった。それというのも、黒人奴隷たちは、暴動に先立って密かに集まり白人に対する長年の恨みを晴らす誓いをしていたのである。

これが有名な「カイマンの森の誓い」で、今日でもハイチ独立の出発点として記憶されるヴォドゥの儀式である。

カイマンの森訪問

筆者もカイマンの森を一度訪れたが、カップ・ハイシアンから南下する国道を三十分くらい行って右に少し入ったところにある。カイマンの森といわれる以上、鬱蒼とした大樹に覆われた神秘的な場所なのだろうと漠然と想像していたのだが、行ってみて拍子抜けした。それは、なんの変哲もない小さな広場だった。周りを大木が囲んでいるわけでもなかった。柵があるわけでもない。どこを見まわしても日常的な風景しかなかった。ただ、広場の端に一本だけ古い高木が巨大な扇状の枝を広げているのが目についた。カイマンの森の誓いを描いた絵があるが、そこにあったおどろおどろしい木々の最後の一本なのかもしれないと勝手な空想に身を委ねずにはいられなかった。すでに日が傾き、夕闇が降りてきていた。近くには民家が並んでいる。子供たちが最後の日の光を惜しむように広場を駆け回り、その喚声が夕暮れの空にこだましていた。

カイマンの森（以下写真はすべて筆者による撮影）

カイマンの森の儀式とブックマン

カイマンの森の儀式は、ほぼ次のようなものだったという。黒人奴隷が集まったのは、叛乱勃発の約一週間前、八月十四日の夜だった。折からの激しい雷雨にもかかわらず、近郊のプランテーションから二名ずつの奴隷監督が森に囲まれた広場に集まってきた。広場には、儀式をつかさどる司祭と巫女が待ち受けていた。ヴォドゥでは、司祭をウンガン、巫女をマンボという。ウンガンの名は、ブックマンといった。彼は最高位のウンガンを意味するパパロアであった。ブックマンはジャマイカ生まれの奴隷で、売られてルカップから遠くないトュルパン農園にきていた。両親は、西アフリカのダホメ王国出身と言われている。マンボは、エダイーズという名の老女だった。まもなくトランス状態に入ったエダイーズは、吹きすさぶ嵐に打たれながらナイフを振りかざし、目の前で押さえられている黒豚の咽喉を切り裂いた。そして、ほとばしる血を器に受けて、恍惚として参会する者たちに差し出した。黒人たちは跪いて血をすすり、白人への復讐とブックマンへの忠誠を誓った。

　ブックマンは次のような言葉で参会者に呼びかけたという。

「われらに光をもたらす太陽を創造し、波をおこし、嵐を鎮める神は、雲の陰からでもわれらを見守りたまう。神は白人の行ないすべてを知りたまう。白人の神は悪事をそそのかすが、われらの神は善行を求めたまう。われらの味方である神は、不正への復讐を命じたまう。神は、われらの戦いを導き、助けてくださるであろう。われらの涙の源泉である白人の神の象徴［十字架］を捨て、われらすべての胸のなかに語りかける自由の声に耳を傾けよ」（⑦九四―九五頁）。

　ブックマンの率いる叛乱は、野火のように北部平原を嘗めつくした。白人は虚をつかれ、対応が遅れた。カリブ海とフランスとの間の地理的距離も黒人側に有利に働いた。本国からの指令が二、三ヶ月待たなければ到着しなかったので、刻々と変化していく状況に対してタイムラグが生じたのである。

　黒人側にも混乱があった。勢いにまかせた破壊と略奪と暴行がいつまでも続くはずがなく、かといって白人を島から追い出せなければ、いずれ目標を見失うのは自明だからである。ブックマンは捕らえられ、その首は槍の穂先に掲げられて晒された。

トゥサン＝ルーヴェルチュール

混沌とした戦局に、彗星のごとく現れた男がいた。トゥサン＝ルーヴェルチュールである。一七四三年生まれといわれているので、黒人叛乱がおきたとき既に四十八歳だった。白髪まじりの小柄な男だったが、強靭な精神力と、並外れた洞察力をそなえていた。すばしこく、神出鬼没で、馬を乗り継いで島を縦横に駆け巡り、遠く離れた戦線に同時に姿をあらわして敵をあわてさせるのが得意技だった。事務能力にも秀でていて、五人の秘書に同時に口述して、一晩に夥しい手紙をしたためたといわれる。

トゥサンは幸運にも温厚なプランターの農園に生まれ、シモン・バティストという名の自由黒人から読み書きの教育を受けていた。発禁になったレナール師の『両インド史』（正確な書名は『両インドにおけるヨーロッパ人の建設と通商に関する哲学的・政治的歴史』）に強い感銘を受けたといわれる。この書の中では、新世界における植民地の人道に反した繁栄が告発され、いつの日か、帝政ローマ時代の叛乱を率いた奴隷スパルタクスにも似た人物がアンティル諸島に現れるだろうという予言がなされていた。それを読んだトゥサン＝ルーヴェルチュールは、この黒人スパルタクスこそ自分だと確信したという。

ブックマンらの叛乱が起こったとき、彼は、すぐには動かなかった。すでに解放奴隷となり、十三人の黒人奴隷を与えられてコーヒー・プランテーションを経営していた彼は、主人とその夫人の保護と護衛にあたりながら、機をうかがっていた。暴動一ヶ月後になってはじめて彼は叛乱軍にはせ参じた。そして、僅かの兵で電撃的な勝利を積み重ねてめきめき頭角をあらわしていった。まもなく、彼は、デサリーヌ、クリストフなどとともに黒人軍を率いる有力将軍の一人となる。白人に反旗を翻したのは、黒人だけではない。ムラートの中にも、白人の冷たい仕打ちに失望して、黒人側につく者が増えていった。その中でも有力だったのが、サンドマング南部を支配していたリゴーである。のちに彼はトゥサンのライバルになる。

トゥサンが、サンドマング全土を掌握し、フランス軍の総司令官になるきっかけを作ったのは、一七九三年のイギリス軍の上陸である。その頃、トゥサンは、島の東側のサントドミンゴを領有するスペイン軍の下で行動していた。詳しい経緯は省略するが、べつにスペインに好意をいだいていたわけではない。サンドマングのフランス軍と革命政府の動向を注視しながら、スペイン軍による訓練を受け、軍事技術を学んでいたのである。黒人叛乱に加えて、イギリス軍に攻めこまれた植民地政府のソントナクスは、切羽つまって奴隷の援軍を求めるしかないと考え、本国の指示を待たずに奴隷解放宣言をする。トゥサンはそれを見て、フランスのために戦うように黒人に呼びかける書簡を送った。更に、翌年二月になると、ついに国民公会が正式に奴隷制廃止の決議をする。トゥサンは、機が熟したと考えた。すぐにスペイン軍を去って、わずか五百人の手兵を引き連れてイギリス軍を攻撃、たちまちのうちに北部から追い払ってしまう。イギリス軍が完全に撤退するには、三年後の一七九八年まで待たなければならなかったが、この遠征でイギリス軍は実に八万の兵士（そのうちの四万人が戦死者）を失うという歴史的な敗北を喫している（⑦二〇一頁）。

ムラートのリゴーと連携してイギリス軍を撃破したトゥサンは、サンドマングの総督兼司令官に任命される。さらに、一八〇一年にはライバルになったリゴーとの主導権争いに勝ち残り、革命政府から全権委員として派遣されていたソントナクスを本国に追い返して植民地憲法を制定、終身総督になった。サンドマング植民地憲法は、フランスの名目的な支配の下に、サンドマングに自治権を与えた憲法である。サンドマングはトゥサン＝ルーヴェルチュールの統治の下に実質的な自治を確立したのである。

ナポレオン軍

サンドマングの戦乱はこれで終結したわけではなかった。この戦いは、中途半端な和解を許さない狂気の論理に内部から突き動かされていて、燃えるものは何でも呑みこんでしまう黒い炎によって炙られていたとしかいいようがない。「近代」は、狂気に舐め尽くされた焦土を必要としたのである。思慮深いトゥサンは、それを予感していたのだろう。彼は、表向きはフランス本国に忠誠を誓い、独立という言葉はおくびにも出さずに慇懃な態度を持していたが、けっして警戒を解きはしなかった。奴隷制復活を牽制する書簡をナポレオンに送ってもいる。はたして、アミアン条約によって一時の和平を得たナポレオンは奴隷制の復活を目論み、二万三千人の大軍を送ってくる。総司令官は義弟のルクレールだった。ヨーロッパ最強のナポレン軍に立ち向かうのは容易ならざる事態である。しかし、もし譲歩するならば、黒人奴隷が多大な犠牲を払って手に入れたものをなにもかも失うことになるだろう。トゥサン＝ルーヴェルチュールは、徹底抗戦を選ぶ。

経済的な観点から見れば、ナポレオンにとって、サンドマング遠征はけっして得になるものではなかったといわれる。トゥサンの統治政策は奴隷制こそ廃止したものの、基本的にプランテーション生産体制を堅持するものだった。革命前ほどではなかったが、生産も回復しフランスに外貨をもたらしていたのである。黒人奴隷は解放され、プランテーションから上がる利益の四分の一が分け与えられていたが、他方では、許可なく移動することを禁じられていてプランテーションに縛りつけられていたし、農園の分割・譲渡も勝手にできないようになっていた。トゥサンは、サンドマングの経済体制を揺るがさないためには、強権的で抑圧的な政策も厭わなかった。ナポレオンはトゥサンに任せてさえいれば、これからもサンドマングから十分な収益をあてにできたのである。

軍事的にみても、奴隷制復活は必ずしも得策ではなかった。トゥサンはフランス文化を重んじ、フランスに忠誠を誓っていたし、その彼が率いる黒人軍をうまく活用すれば、カリブ海に軍事的な睨みを利かせることができた。必要とあれば、奴隷解放を口実に近隣のイギリス領ジャマイカやスペイン領キューバに侵攻することさえ可能だったろう。実際、彼はそう考えていた時期もあるくらいである。しかし、ナポレオンは奴隷制復活にこだわった。一つには、カリブ海から逃れてきた入植者たちに耳を傾けたからである。かつて莫大な利益をほしいままにしていたボルドーやナントの海運業者からの圧力もあった。奴隷制復活は、マルチニック島のベケ（プランテーション所有者）の娘だったジョゼフィーヌ妃の意向を受けたものだったと長く言われてきたが、彼女の影響力が誇大視されている面もあるようである。

ナポレオンに遠征軍派遣を決断させた、もう一つの無視できない要因は、トゥサンの定めたサンドマング植民地憲法である。丁重だが頭を下げようとしない元奴隷トゥサンは、ナポレオンにとって許しがたい存在だった。黒人は知力においても白人にけっして劣らないのであり、トゥサンのような傑出した黒人が出てきてもおかしくないのだということは、彼の理解を超えていた。そもそも、ナポレオンは、サンドマングについてお粗末な知識と偏見しかもっていなかったのである。いや、一八四八年第二共和制の時代に奴隷制廃止を実現した共和主義者ヴィクトル・シェルシェールに言わせれば、ナポレオンにかぎらず、大多数のフランス人にとって黒人は、ヴィレーという学者が説いていたように「無知で野蛮な、猿と人間のあいだの生き物」でしかなかった。現実には、サンドマングが黒人によって見事に管理・統治されているにもかかわらず、根深い偏見の前には、事実そのものが無力だったのである。ナポレオンは、トゥサンから見事に認められた外交文書を受け取っていたが、彼の目には、どこまでも野蛮な黒人の成り上がり者でしかなかった。実は、ナポレオンはムラート将軍を擁していたこともある。エジプト遠征に参加したアレクサンドル＝ダヴィ・デュマ将軍である。ちなみに、アレクサンドル・デュマは、この将軍の息子に当たるが、デュマ家はサンドマングの町ジェレミーの出身である。このように優れた黒人やムラートが数多くいたにもかかわらず、時代は、人種差別が科学主義的な装いの下にイデオロギーとして形成され定着していく時代だった。近代を支える根本的な価値である「文明」概念が成立した時代であったわけだが、人種差別と文明論は相互に通底する関係にあったのである。

遠征軍の総司令官だったルクレールも黒人に対して軽蔑の念しか抱いていなかったようで、そのために自軍の損害を大きくしてしまったところがある。彼は、当初、相手を頭から馬鹿にしきった態度に出ている。黒人は無差別に人を殺す残虐な野蛮人以上のものではなかった。彼は、上陸二ヶ月後にこんな報告を本国に送っている――「トゥサンの凶暴性は名づけようもないものです。彼は、白人、黒人、混血をとわず一万人以上もの住民を虐殺しました」(㉒三三六頁)。ヴィクトル・シェルシェールは、晩年の著作『トゥサン＝ルーヴェルチュールの生涯』の中で、このルクレールの報告について、「遠征軍がトゥサンについてどんな馬鹿げた考え」を持っていたかがあらわれているとコメントしている。ルクレールは、赤子の首をひねるようにトゥサンを負かすことができると信じ込んでいた。しかし、手痛いしっぺ返しを受けて、黄熱病でこの地に没することになるのである。死の直前、ルクレールは自分の黒人観が根本的に誤っていたことを悟り、ナポレオンに、「不幸にも、フランスでは植民地の状態が知られていません。フランスではニグロについて誤解があります」(⑦三四九―三五〇頁)と書き送っている。ようやく、サンドマングが暴徒によってではなく、統治能力を持った人間によって支配されていることを身をもって思い知ったのである。しかし、彼の跡を継いだロシャンボーはその教訓を汲むこともなく、再び同じ凝り固まった偏見でことに臨み、いたずらに傷口を広げていった。

ナポレオン遠征軍が到着すると、黒人軍はカップ・フランセを初めとして主要な都市を惜しげもなく焼き払い灰燼に帰さしめてから、山中に籠もった。黒人軍は劣勢に終始し、勇敢に戦いながらも次第に追い詰められていった。しかし、敵方に与えた損害も甚大だった。上陸後二ヶ月間で、ルクレールの部隊は兵力の半分を超える一万二千名を失っている。その中の半数が戦死で、残りは、負傷するか病気にかかり病院に臥していた。フランス軍は多大の犠牲を払って要所を押さえたものの、軍事力だけでは平定できないことを悟る。ルクレールは戦略を変えて、奴隷制を復活する意図はないこと、帰順したものは罰せられることなく、これまでどおり自由な生活が送れるという布告を出す。大部分の黒人にとって、この戦いは理不尽だったし、トゥサンが警告するように、ナポレオンが本当に奴隷制の復活を企んでいるのか半信半疑だった。黒人は、革命歌ラ・マルセイエーズを歌い、フランス軍の旗の下に戦ってイギリス軍を駆逐したのである。これだけ献身的に尽くした彼らが、再び奴隷の地位におとしめられるとはにわかに信じがたかった。ルクレールが投降後の自由を保証している以上、消耗戦を続ける意味はないと考える者が出てきた。トゥサンにとって痛手だったのは、使節として派遣したクリストフがルクレールに取り込まれてしまったことである。他にも、フランス側に寝返る者が出ていた。だが、トゥサンが、なぜ最後まで戦わなかったのかは謎である。ナポレオンへの不信は捨てなかったものの、有利な条件で戦闘を中止できるうちに和解した方がよいと考えたようである。こうして、一八〇二年五月五日、トゥサンとナポレオン軍との間に休戦が成立する。トゥサンは、今後の地位についていくつか申し出を受けたが、いずれも固辞して、彼の所有する農園にひきこもった。しかし、和平は束の間だった。一ヶ月後、彼は姦計によって捕らえられ、フランスに送られてしまう。ナポレオンは、彼をジュラ山脈中のジュ要塞に幽閉する。トゥサンは、火もない独房で衰弱していき、翌年四月七日に没した。

トゥサン＝ルーヴェルチュールは、サンドマングを出航する船の上でこう語ったという。「私を倒しても、サンドマングの黒人の自由の樹は幹を切り倒されたにすぎない。株から新芽が伸びてくるだろう。なぜなら、木の根は深く、無数に分かれている」。事実、トゥサンが捕縛されても、黒人側にはデサリーヌやクリストフといった猛将が残っていたのである。

デサリーヌの独立戦争

はたして、トゥサンが捕縛されると、情勢が一変する。彼の予言どおり、一八〇二年五月二十日付けの奴隷制復活の布告がまもなく届くのである。黒人たちは、布告はマルチニック島やグアドループ島のように奴隷制が廃止されなかった島にだけ適用されるという言葉になだめすかされるが、日を経るにしたがって、サンドマングも例外ではないことを思い知らされる。黒人たちに残っていたフランスへの忠誠心は粉微塵に砕かれた。再び立ち上がる決意をした黒人の戦いは正面切っての独立戦争になるしかなかった。ナポレオン軍は、ルクレール亡き後、ロシャンボーを総司令官にする。黒人側は、猛将デサリーヌが指揮をとった。戦闘はおぞましい悪夢から悪夢への消耗戦だった。フランス軍は、女子供も含む千人余をカップ・フランセの沖合いに投げ込み、溺死させるような残虐な仕打ちを繰り返した。しかし、フランス軍がどんな恐慌をふりまこうとも、奴隷制復活を前にしては黒人が失うものは何もなかった。一八〇三年五月十八日、トゥサンの跡を継いだ黒人デサリーヌとムラートのペティオンがアルカエ市で会談し、同盟を結ぶ。ペティオンは、ポルトープランス生まれのムラートで、その名はフランスの革命家ペティオンの名を借りていた。かつてトゥサンと覇権を争った将軍リゴーに仕えたが、リゴーが退いたのちは、フランスに移り住んでいた。それが、遠征軍に加わって再びサンドマングの地を踏んだのであったが、ナポレオンがムラートを差別する政策を取り始め、ロシャンボーがムラートを迫害するのを見て、黒人側に寝返ったのである。ロシャンボーは、ルクレールの教訓にもかかわらず、狭量・残忍な人種差別をむき出しにして、ムラート軍を黒人軍に追いやってしまったのである。

死に物狂いで闘う黒人軍に、ナポレオン軍はなす術を知らなかった。十一月十六日ロシャンボーは一敗地にまみれ、撤退を余儀なくされる。フランス軍は六万の兵の大半を失っていた。ついにフランス人を追い出したデサリーヌは、まず十一月二十九日に仮の独立宣言をだす。そして、年が明けた一月一日、ゴナイヴ市で正式に独立を宣言する儀式が催されるのである。憲法が起草され、新しい国の名前は、アラワク族たちの言葉で「高い陸地」を意味する「ハイチ」とすることが取り決められた。植民地サンドマングの歴史はついにその幕を閉じたのである。

四　建国と挫折の時代

独立

デサリーヌは、独立後、皇帝の地位につき、ジャック一世と名乗った。トゥサンとは違い、根っからの戦士であって、狡知に富んでいたが、政治的な手腕には欠けていた。彼の黒光りする体には、至る所に鞭の跡があったという。デサリーヌは、憲法でハイチの国民はすべて「黒人」であると規定する。これは、肌による人間の区別をなくすための措置であった。デサリーヌは、白人の援助を必要としていることを理解していたので、当初は、ハイチに忠誠を尽くす限り白人の居住を認めた。しかし、まもなく不幸な決断をする。残留する白人の虐殺を命じるのである。この惨事は、後のハイチの国際的孤立を一層深める原因になった。クリストフらの反対にもかかわらず、デサリーヌはこの蛮行に手を染めたのである。ジェームズによれば、イギリスにも責任があるそうである。イギリスは、フランスとハイチとの決裂を完全にするために、白人殺害を条件に、独立の保障と通商関係の締結を提案したというのである。しかし、それだけでなく、デサリーヌらがフランス軍の再来を恐れ、スパイ活動に疑心暗鬼になっていたことがあるのだろう。相互不信と憎悪を増幅させるばかりだった苛烈な人種戦争は、行くつくところまで行くしかなかった。

奴隷制時代、黒人はありとあらゆる仕打ちを受けてきた。白人は、奴隷を懲らしめるために悪知恵を絞ったのである。たとえば、蟻や蜂の巣の傍に首だけを晒して生き埋めにしたり、肛門に火薬を突っ込んで火をつけるのは日常茶飯事だった。奴隷は一年半使えば元が取れるとも言われ、ささいな過失を理由に、気に食わない奴隷を火の燃え盛る竈や煮えたぎる釜に投げ込むことも珍しくなかったのである。カップ・フランセには、カラドゥ公爵という残虐さで名を轟かせた農園主がいた。彼はカイマンの森の誓いが行われる前の時期に、五十人ほどの黒人奴隷の首を切り、その首を椰子の木のように槍の先に突き立てて農園の生け垣の周りに並べたといわれる。ルクレールやロシャンボーも残虐さでは引けを取らなかった。ロシャンボーは、キューバのスペイン人やジャマイカのイギリス人に倣って黒人狩りをするために、千五百匹の猟犬を購入している。猟犬が到着すると、さっそく群衆の前で黒人に犬を飛びかからせ、内臓を引き出して喰らいつくにまかせたという。犬は、コロンブスのカオナボー討伐から使われており、カリブ海の陰惨な歴史を彩る動物なのである。

デサリーヌは、早すぎた社会主義者であった。その政策は、基本的にトゥサンを受け継ぐものだったが、不在地主のプランテーションや所有関係のはっきりしない土地を没収してしまう。「白人の所有になる土地はすべて、国家に没収されてしかるべきである」⑳三七頁）と考えたのである。一八〇六年の憲法には、「財産はハイチ国民に属する」という条文が挿入されている。この、私有財産の否定を含む措置は、土地を所有するムラートや解放奴隷の激しい反発を招いた。これが元で、南部が叛乱状態になり、デサリーヌは暗殺されるのである。

ハイチは、持てる者と持たざる者との対立がすぐに人種間の対立に翻訳されてしまう不幸からいつまでも抜け出すことができないのである。独立後、国内から白人の姿が消えてしまうと、またぞろムラートと黒人との対立が激しくなる。今日でもよく使われるクレオール語の言葉に、「金持ちのニグロはムラート、金のないムラートはニグロ」がある。この言葉は、肌の色が黒くても財力があればムラート階層に属しているという意味である。ハイチにおける黒人とムラートとの対立は、肌の色を外形的な記号とした階級間の衝突なのである。ここに、ハイチという国の存立に関わる根源的な問題が横たわっている。黒人とムラートとの融和に、ネーション共同体の創出がかかっているからである。

クリストフ王

一八〇六年、ハイチは南北に分裂する。デサリーヌの死後、黒人のアンリ・クリストフが大統領に選出されたが、ムラートのペティオンとの対立を招くのである。一八一一年、クリストフは北部に君主制をしいて、アンリ一世と名乗り王位につく。南部では共和国が成立し、ペティオンが大統領に就任する。

クリストフはフランス軍の再来を恐れ、山岳地帯に大要塞シタデル・ラフェリエールを築いた。築城に二十万人の人夫がかり出されたという。クリストフ死後、シタデルは放置され、長い間忘れられていたが、一九七〇年代後半にユネスコによって修復され、世界遺産に指定されている。その威容は、独立当初のハイチが長い戦乱にもかかわらず依然として強大な国力を誇っていたことを伝えている。クリストフは、要塞から少し下ったところにヴェルサイユ宮殿を真似たサンスーシ宮殿を建設し、普段はそこで過ごしていた。周辺には、学校や手工業工場などが建設された。国内産業の育成と教育の振興が、ハイチの課題だったのである。新聞も創刊されている。しかし、経済体制の基盤が依然としてプランテーションだったことは、変革の難しさを語っている。締め付けの厳しかった体制はまもなく人心の離反を招き、あちこちから叛乱の火の手があがった。クリストフは、西アフリカのダホメから四千人の黒人をつれてきて秩序の維持を図ったが、一八二〇年病に倒れると、もはや叛乱を抑えることができないことを悟り、自害を選ぶ。

シタデル・ラフェリエール訪問

シタデル・ラフェリエールは、一八〇四年に発案され、十三年の年月をかけて建設された巨大な要

シタデル・ラフェリエールの要塞

塞である。その怪異な姿は、山頂に吊るされた巨大な軍艦をおもわせる。一度訪れてみたいと思っていた私は、カップ・ハイシアンから穴だらけの道路をジープに揺られて行った。シタデルは、標高九百メートルのボネタレヴック山（翻訳すれば、「司教の縁なし帽」といったところか）の山頂にそびえている。山の中腹に広場があって、そこにジープを残して、今度はロバで登った。二、三十分の行程だったと思う。

城壁内に入ってまず目につくのが、あちこちに所狭しと並んでいる砲弾の山と大砲の列である。褐色に錆びた砲弾が野ざらしのまま整然と積み重ねられている。見晴らしのよい場所には大小の大砲が置かれていて、砲身を虚空に伸ばしていた。砲身の長いもの、迫撃砲のようなもの、美しい青銅製のものと、型は様々だ。

城の内部は荒れ果てていた。すでにクリストフ存命中に雷が落ちて火薬庫が大爆発を起こし、大きな被害を受けたという。王の死後は打ち捨てられ、ほしいままの略奪にあった。今日ではユネスコによって外壁が修復されたとはいえ、内部はがらんとしていて、冷たい石がむき出しになっている。クリストフ王の生涯を描いた素朴派の絵画が壁にかけられた小博物館の内部だけが、白い漆喰で整えられていた。高さが四十メートルあるといわれる城砦は、屋内に明かりをとるのが難しかったにちがいない。洞窟のように屋上まで吹き抜けになった壁に、黒い矩形の穴があいている。それが、兵士の寝室なのだという。兵舎というよりは、牢獄を想わせた。

青銅製の大砲が並んでいる回廊は壮観だった。屋根が木造りで、船底のように精巧に木材が組み合わされている。横並びに配置された砲身は、二十門以上あったろうか。のどかな山波に向かって構えている太い円筒の連なりは、リズミカルなバロック音楽のようだった。

要塞の一番上は、広場のような屋上になっている。のびやかな山の透明な大気が胸の中を満たしてくれた。周囲には、緑の山並みが連なっている。北がカップ・ハイシアンの方向だった。遥かに青く

(上) ナポレオン時代の砲弾の山 (中) シタデル・ラフェリエールからの眺望。カリブ海が望まれる (下) 雨水を受けて用いられる浴槽

煙るカリブ海の水平線が傾いている。クリストフ王は、ここからナポレオンの艦隊が再び姿を現さないか、監視させていた。この景色は二百年来かわっていないのだろう。

　要塞の上は胸壁がないので、端に近寄るとそのまま数十メートル下の窪地に落下してしまいそうだ。屋上の中央部分の床には、切妻の屋根を逆さにしたような溝が列になって並んでいる。幅は五メートルくらい、人の背丈くらいの深さだろうか。ガイドの説明によれば、雨水を受ける取水口で、ここから取り込まれた水が要塞の内壁に張り巡らされた水路を伝って流れ、城の内部を冷やす冷却装置になっているそうだ。段違いになった南側の屋上には、四分の一の円周に切った窪みが隣り合わせに七、八個あった。これは兵士が体を洗う風呂なのだそうだ。なるほど、底に排水口のような小さな穴が見える。

サンスーシ宮殿

　シタデルから歩いて少し下ると、下方にサンスーシ宮殿が見えてくる。宮殿は、王の死後、略奪に遭い、さらに一八四二年の大地震によって大破した。いまでは家具一つ残されているわけでもなく、天井の抜けた外壁を無残に晒している。しかし、往年の優雅な姿が積み残された瓦礫の崩れた曲線から伝わってきた。王の居室に入った。隠れん坊でもしているのだろうか、町の子供たちが乾いた石の廃墟の間で遊んでいる。見上げると、落ちた天井の代わりに青い空がぽっかりと空いていた。かつては内壁が豪奢に飾られていたのだろう。今では、石の床に数個の石塊が転がっているだけである。風雨に打たれて摩滅した壁が欠落した記憶のように無言で白い肌を晒していた。

　宮殿は、なだらかな斜面に石畳の広場をしつらえてその中に立っている。石段を下りていくと、壁に接して大きな水盤があった。いまでは水は流れていないが、かつては大きな鏡が壁面に張られていたという。鏡は砕け散ってしまったが、その真ん中あたりに穴があいていた。そこから泉が吹き出て、陽光に鏡が七色に輝いたのだそうだ。シタデルの取水口からとられた雨水が樋を伝って、ここまで流れてきて水盤に落ちていたのだ。どこか憎めない陽気な性格をもっていたらしいクリストフ王の遊び心と、新興国の踊る心が伝わってくる。

デサリーヌやクリストフは、軍事拠点を山岳地帯においた。敵と戦うにもっとも有利な場所だったのだろう。しかし、それだけではなく、彼らが逃亡奴隷や山に逃げ込んだインディオたちの文化にアイデンティティの基礎を据えたことを、シタデルの無用になった巨体が雄弁に語っている。「高い陸地」を意味する「ハイチ」を国名として選んだ理由の一つもそこにあったにちがいない。クリストフ王は、山に抱かれた町ミロと、町に隣接して建てられたサンスーシ宮殿で暮らした。シタデルからミロの町まで歩いていくと、自給自足の小世界を建設しようとしていた彼の夢が伝わってくる。しかし、それは、外界へ背を向けた自閉的な世界である。クリストフ王は学問を尊重するなど、進取の気象に富んでいたが、国が閉鎖的な方向に傾いているのを押し止めることはできなかった。

空の軍艦シタデルの舳先の前方に、ハイチの未来はなかった。この城砦が放棄された事実が、そのまま時代遅れのプランテーション経済の上に乗ったハイチの袋小路を物語っている。

ボワイエ

南部共和国の大統領ペティオンの後を継いだのは、ジャン゠ピエール・ボワイエだった。一八二二年、ボワイエはクリストフ亡き後の北部を併合し、ハイチを再統一する。その後、一八四三年まで大統領の座についたので、ハイチ歴代の支配者の中でもっとも長期間、権力を保持した政治家である。しかし、近代国家としてのハイチが決定的に難破したのも、彼の時代だった。

ボワイエの最大の政治課題は、独立の国際的な承認をうることだった。独立後すでに二十年がたとうとしていたが、ハイチはいまだに国際的に認知されていなかった。そのため、きわめて不安定な孤立した立場におかれていた。ボワイエ大統領は、フランスから独立承認をうるために、旧入植者への損害賠償としてフランス政府に一億フランの賠償金を払う提案をした。フランス政府の態度は厚かましい限りのものだった。結局、賠償金は一億五千万フランにまで引き上げられ、五年年賦にするということでようやく合意に達した。しかも、フランスからの輸入品への関税を半額にするという付帯事項まで呑まされたのであった。当時の国力から考えると、これは、ハイチの支払能力をはるかに越える負担だった。一八二三年のハイチの年間輸出総額は三千万フランである。このうち純益が約半分の千五百万フランであった。つまり、賠償額は輸出による年間利益の十年分に相当したことになる。このような犠牲をはらってまでフランスから独立承認をもとめたボワイエの政策は、将来に大きな禍根をのこすことになる。「新生国家は、その元首が獲得したと思い込んだ安全保障に見合った分を、国家の威厳と威信において失ったと言うしかない」⑳四一頁）と、ジャン・メテリュスは評している。

ハイチは、以後、負債の重圧下に喘ぎ、実質上、国内産業育成の投資ができなくなる。しかも、運の悪いことに収入源のコーヒー価格が下落しはじめ、一八二一年から三十年間に三分の一以下の価格にまで下がってしまう。財政が逼迫して返済不能に陥ることも再三であった。ようやく一八九三年に賠償金が完済されるが、国際金融市場から資金手当てをしなければならなかったので、完済後も多額の負債を背負うことになった。国内金融市場も外国資本によって牛耳られてしまう。その象徴がハイチ中央銀行である。この銀行は、一八八一年にハイチ国立銀行として設立され、一九一〇年に「ハイチ共和国銀行」と改称されるのだが、実権は外国資本に握られていた。本店がポルトープランスにあるにもかかわらず、登記上の所在地はパリにあるフランス国籍の会社だった。この時期は、ヨーロッパ列強による対外膨張が激化した時期でもある。ハイチは再植民地化さえされなかったものの、機会あるごとにフランス、ドイツ、アメリカ合衆国による経済介入の餌食になったのである。

ボワイエの時代は比較的安定していたとはいえ、失望と幻滅の時代だった。独立後、土地分割が進み、多くの小土地所有農民が形成された。プランテーションも規模は縮小されたものの、ある程度温存されたままだった。しかし、大プランテーションは減少し砂糖生産が衰退する一方で、戦争による損害が比較的軽微な山岳の小農園で栽培されたコーヒーの生産が拡大した。ボワイエは、一八二六年に巨額の負債を返還するために、生産を強化しようと「農村法」(Code rural)を施行している。この法律は、農民の移動を禁じ、強制的に耕作に従事させるものであった。そのため、ハイチ社会は、大土地所有者を中心とした特権階級と、土地に緊縛された農民階級とに分裂されてしまうのである。

ジャクメル訪問

コーヒー生産によって繁栄した都市として名高いのが、ハイチ南部のコーヒー積出港ジャクメルである。一八五〇年にはイギリスのサウザンプトンとの間に定期船が就航し、町にはコロニアルスタイルの豪邸がならび、我が世の春を謳歌した。しかし、その繁栄も一九二九年の世界恐慌によって打撃を受けると、二度と回復することはなかった。その後、デュヴァリエ政権が海運業をポルトープランスに集中させ、見る影もなく没落してしまう。今日、ジャクメルの町がにぎわうのは、有名なカーニヴァルの時ぐらいである。あとは、「死の町」とでも形容したくなるほど静まり返る。

筆者も一度、ジャクメルを訪れた。高級ホテル、ラ・ジャクメリアンの高い椰子の木が乱立する中庭を横切って海岸の土手に登ると、湾曲した海があった。人影のない砂浜に波が砕ける音がうつろに響いている。カリブの白い太陽だけがさんさんと降り注いでいる。私は、ラ・ジャクメリアンの椰子の木の下で昼食をとった。人影のない明るい中庭で、ホテルの奥から料理を運んでくる若い黒人女性に給仕してもらう。廃墟の陽だまりで味わう贅沢とでもいおうか。蒼空の下で椰子の大枝を揺する風のざわざわした音が死後の解放にも似た浮遊感を与えてくれた。食後、砂浜伝いに歩いていくと、小型の遊覧船のような船が座礁していた。錆びついた船腹が陽光を受けて鈍く輝いている。打ち寄せる漣が船底の方で木管楽器のような反響音を転がしていた。ケトリ・マルス「アンナと海……」にも名が出てくるアルバノ号だ。

　コメルス通りを歩いた。道幅も広くない短い通りだが、かつての豪邸が廃屋になって並んでいる。傍をオートバイが轟音を立てて通った。青年が後に若い女性を乗せて突っ走っている。その孤独で騒々しいエネルギーの渦が過ぎて消えると、失われた過去が透明な大気の中で静かに揺れているのが見えた。

アルバノ号（ジャクメル）

　私はホテル・マノワール・アレクサンドラを探した。文豪ルネ・ドペストルの小説『私の夢の中のアドリアンヌ』の女主人公が住んだことになっている館だ。驚いたのは、町の中央部にある市場に行ったときだ。そこだけが、ものすごい人込みと喧騒だった。小型トラックやバンが乱雑に駐車していて、食品や雑貨が所狭しと積み重ねられている。食品の上には蠅が飛び交っている。頭に商品を載せた女たち。座り込んだ老婆。若夫婦。鳥打ち帽の男。世界のどこにいっても味わえる平凡な日常がある。そこに入り込んでしまえば、白昼の悪夢のようなジャクメルの過去はたちまち消えうせる。しかし、そんな日常の時間の中にこそ過去が刻まれているのだ。私は、それを嗅ぎとる嗅覚を養うためにここに来たのだと思った。

五　アメリカの占領からグローバル化の時代まで

アメリカの占領

ハイチの二十世紀は、アメリカ合衆国による占領で始まった。それは、ハイチにとって二度目の目覚めを促す苦い衝撃だった。独立戦争の栄光を唯一の精神的支えとしてきた人々が、ある日、突然、自国が再び白人の支配化におかれるのを見たのである。それは新たなナショナリズム勃興の時代でもあった。ハイチ社会の病根におそらくもっとも深い洞察をくわえた一人のラエネック・ユルボンは、「一九一五年のアメリカ占領のときからハイチにとって国民国家の危機の時代がはじまる。デュヴァリエ独裁政権はそのもっとも危険な産物なのである」(18)一三一頁)と、この時代を診断している。彼によれば、アメリカ占領がデュヴァリエ独裁政権の直接の起源なのである。ハイチ指導者の独裁的性格は、トゥサン゠ルーヴェルチュールの時代からすでに見られるのだから、いささか極端な見解に思えないこともないが、占領期間中、ハイチ経済が構造的に合衆国によって支配されるようになり、社会の隅々まで変容したことは否定できない。とりわけ軍隊が合衆国システムによって再組織され、高級将校が合衆国で訓練されるようになったことが、その後の独裁政権の性格に大きな影響をもたらしたのである。

もちろんのこと、合衆国だけがハイチの悲劇に責任を負わなければならないわけではない。アメリカは、独立以降の果てしない政治的混乱が、むごたらしい茶番の頂点に達した時に介入してきた。ゾラ・ニール・ハーストンは、一九三六年から七年にかけてのハイチ滞在経験を語る名著『わが馬に告げよ』(邦訳名『ヴードゥーの神々』)を書いたハーレム・ルネサンスの黒人女性作家だが、その中で、「ハイチは、選挙による君主制国家である。ハイチの大統領は、実は宮殿に住む王であり、何年か任

ナショナルパレス（ポルトープランス）

期を限られて統治する王なのだ」（⑩九六頁）と、述べている。たしかに大統領職は十九世紀を通じて、そして二十世紀においても支配階級にとっての蓄財手段でしかなかった。

アメリカ軍上陸の直前、ハイチ社会は混乱の極みにあった。その数年前から占領までの経緯を寸描しよう。一九一二年八月八日の朝、ポルトープランスの市民がナショナルパレスの爆破で目を覚まされたときが、米国上陸への序曲の最初の一音だった。瓦礫の中からは善政によって国民に人気があったルコント大統領と思われる変死体が発見される。改革の試みはまたしても葬り去られたのであった。ルコント大統領変死を機に、ハイチ大統領は一年の間隔もおかずにめまぐるしく交代する。跡を継いだのは、大統領暗殺の首謀者とみられる警視総監ターンクレッド・オーギュスト・ヴォルシウス・ネレット。その彼は翌年五月に死亡している。次のミシェル・オレスト大統領は、翌年一月に失脚。その次のオレスト・ザモールは同年十月に失脚、獄中で暗殺されている。ダヴィルマール・テオドールは翌年二月失脚後、銃殺。そして、一九一五年七月二十八日、ヴルブラン・ギヨーム・サム大統領の死と民衆暴動が、ついにアメリカ軍の介入を招いたのだった。

サム大統領は、群衆によって惨殺されている。きっかけは、彼が獄中の政治犯百六十七名を殺害したことが露見したためだった。民衆が刑務所になだれ込むと、獄内には惨殺された政治犯の肉片が散らばっていた。怒り狂った人々は、フランス公使館に逃げ込んだサム大統領を探しに行った。そして、彼を引きずり出すと、手斧で首を掻き切り、首を槍に刺して街頭を練り歩いたのである。既に沖に艦隊を停泊させていた合衆国は、直ちに、「秩序回復」を名目に三百名の海兵隊を上陸させた。ハイチ軍からも一般市民の側からもほとんど抵抗を受けなかったという。

当初、アメリカ軍は社会秩序の回復に貢献し、上層階級からの支持を得て、一定の成功を収めたのであった。しかし、時間の経過とともに、ハイチの慣習をまったく考慮しないやり方、階級を問わず相手を見下す態度によって、ハイチ国民の反感を招いた。誰の目にも、合衆国の真の狙いがパナマ運河からキューバを通る航路を確保し、第一次世界大戦中のドイツ勢力を排除して経済権益を独占することにあったことが明白になったのだ。

もともと合衆国は、占領以前から経済進出を著しく加速させていた。ポルトープランスの港湾施設、電力会社、鉄道などに投資し、ハイチ共和国銀行の資本金の四十パーセントを握っていた。占領中、合衆国は、米西戦争後にキューバとの間に結んだプラット修正と同じような条約をハイチと結んで、政府と議会を占領軍に屈服させる。さらには、デサリーヌ憲法以来外国人に禁じられていた土地所有を解禁させ、農民の土地を接収して米国企業に貸与し、道路建設などに強制的に農民を動員させた。それは一種の奴隷制の復活といってもよかった。

名高いシャルルマーニュ・ペラルトに率いられた農民の叛乱は、このような合衆国の経済侵略への捨て身の抵抗だった。カコと呼ばれた農民武装集団は一時、自治政府を打ち立てるほど勢力を伸ばしたが、一九一九年にペラルトが捕らえられて処刑されると、まもなく沈静化する。シャルルマーニュ・ペラルトは、今日でも反米闘争の象徴的英雄である。米軍の容赦のない農民弾圧について、数年後にハイチを訪問したフランスの詩人ポール・モランは彼らしい皮肉をこめたコメントを残している――「弾圧のやり方は、抵抗のやり方に比してあまりに度を越えることがあった。というのも、米国は自国内でそうしてきたのである」。ついでにつけ加えておけば、モランも骨の髄からの人種差別主義者であった。「私は、ゴビノーの理論が全体としては正しいと思っている」とも書きつけている。

占領は、ハイチに文明論争を巻き起こした。占領軍が積極的に登用したのはムラートだった。アメリカ人の目から見て、ムラートが「文明」を体現していたからである。ハイチは野蛮な慣習が横行する暗黒の国であり、外国人の安全を確保するためにも文明化されなければならない国だった。ハイチ国民を未開状態に引き止めている元凶は、ヴォドゥだった。占領期間中に、数百名のヴォドゥ司祭や信者が米軍によって投獄され、処刑されている。

合衆国は、占領を正当化するために、ハイチ非文明国論を大々的に展開した。ヴォドゥの「悪魔的性格」を喧伝する書物が次々と出版されたのである。代表的なものに、ジョン・ヒューストン・クレージ『ブラック・バグダッド』、ファーステン・ワーカス『人食い従兄弟』がある。この二人の著者はともにハイチに派遣された海軍士官で、本のタイトルからも明らかなように、露骨な人種的優越感の上にたってことさらにハイチの神秘性と脅威を訴えた。今日でも一般に根強く残っているハイチやヴォドゥのどす黒いイメージはこの時代に増幅されたのである。ヴォドゥをめぐる表象にはもう一つの流れがあって、その源泉とみられるのが一九二九年に出たウィリアム・シーブルックの『魔の島』である。この書は、黒人文化の発見という新しい時代潮流の中でハイチの神秘性、外界から遮断された非合理的世界を驚異の美学によって賛美するものであった。ヴォドゥを断罪するにせよ、近代合理主義から想像力を解放する異場として捉えるにせよ、どちらの場合でも、ハイチ社会を西欧とは根源的に異なる世界として見ることにおいては同じだが、ただ、シーブルックの場合、シュルレアリスムに与えた影響も大きく、キューバの作家アレホ・カルペンティエルのハイチに取材した作品群に見られるような新世界とヨーロッパとの文化的関係への新たな視座を生んだことも忘れてはならないだろう。また、ヴォドゥへの国際的な関心の高まりは、ハースコヴィッツに代表されるような文化人類学的研究を促し、西アフリカ起源のハイチ農民文化の調査を通して、「文化変容」などのような新概念が提出されもした。

ところで、ハイチ国民の憤激を誘発した事件に、金塊持ち出し事件があった。ハイチ政府所有の五十万ドル相当の金塊が米国海軍によって白昼堂々運び去られ、ハイチ共和国銀行からナショナル・シティー・バンクへ移されたのである。ゾラ・ニール・ハーストンは、ヴォドゥにハイチ農民の人間性を読み取った人だが、合衆国の占領については、その実態を十分に把握していなかったようで、一貫して自国を弁護する側に立っている。しかし、それだけに、金塊持ち出し事件について触れられている次のくだりは、占領に対するハイチ人たちの反応がどのようなものであったのかが生々しく伝わってきて面白い。少し長くなるが、引用してみよう。

「[ハイチの]上流階級の自己欺瞞は、別の方向にも向かう。それは、希望的観測を声に出して言うのとともよく似ている。彼らは、ハイチは幸せで秩序立った国だと言いたいので、そう言うけれども、事実は明らかにまったく違っている。何でも都合の悪いことに関しては、自分の責任を絶対に認めようとしない傾向が目立つ。外部からの影響、たいていはアメリカかサント・ドミンゴからの影響が、ハイチの諸悪に責任があるのだ、と彼らは言う。……[次は、ハーストンとハイチ人の対話]「でも、あなたも、他の大勢の人たちも私に言ったわよ。アメリカが進駐して、ハイチにたくさんお金が入ってきたのに、それがなくなって残念だって」「ああ、アメリカは、ひょっとして二、三百人分の仕事は作ったかもしれないが、アメリカがハイチからこんなに何もかも奪い取ったことを思えば、それが何だって言うんだ？　ご覧のとおり、ハイチには何も残っていない。その上、アメリカはまだハイチの税関を押さえているから、我々はコーヒーを売って儲けることもできない。アメリカがフランスと折り合いをつけてくれたら、フランスはハイチのコーヒーを買ってくれるだろう。そうすれば、国民みんなが仕事に就けるんだ」

「でも、フランスは、ハイチが実際にフランスに借りている以上の借金を徴収しようとして、アメリカの財務官がそれを許さないんだって話を聞いたばかりよ。あの話は本当じゃないの?」

「我々は何も知りませんよ、マドモアゼル。我々が知っているのは、アメリカの海兵隊が、ハイチが豊かなのを知って、やって来て我々のものを盗んだから、とうとう我々はうんざりして彼らを追い出したってことだけさ」

「あなた方は、ずいぶん長い間腹を立てなかったわけね。だってアメリカ軍は十九年もハイチにいたのよね、確か」私は言った。

「ああ、もっと、いさせてやってもよかったんだが、アメリカ人が、あんまり無礼だから追い出してやったんだ。彼らは、そもそもハイチに来る権利なんかなかったんだよ」

「でも、ハイチでは、何か動乱のようなものがあったし、どこかヨーロッパの国に困った借金があったんじゃなかったの? 何だか、そんなようなことを聞いたような気がするんだけど」

「我々は一度も借金なんかしたことはないよ。銀行に山ほど黄金があったのに、アメリカ人が持っていって返してくれないんだ。彼らは、ハイチが借金をしていたと言って、ハイチのものを盗んだ言い訳にしようとしているんだ。」」(⑩一〇四—一〇五頁)。

ゾラ・ニール・ハーストンは、「黒い煙」をあげてやってきたアメリカの軍艦がハイチに「白い望み」を運んできたと考えていたが、占領政策によって、ハイチ共和国銀行がナショナル・シティー・バンクの管理下におかれたことは見ないようにしていたと言わざるをえない。ただ、このテクストに見えるのは、誰が正しかったかということではなく、誰もが現実の制約された条件の中でものを見るしかないし、その外に認識の場を設定することなどできないということだろう。そう思って読めば、そこに著者自身も巻き込まれている相対的な世界内において、いわば刺し違えるようにして三〇年代のハイチの相対時空を的確に捉えている。ただし、彼女より数年早くハイチを訪れたもう一人のハーレム・ルネサンスの詩人ラングストン・ヒューズは、占領政策を的確に見抜いている——「黒い肌の小共和国は、意地悪な外国人の白い指に髪を引っ張られていた。ハイチの人々は今日、アメリカの銃に援護された一種の軍事独裁政権の下で暮らしている。彼らは自由ではない」(⑬三二五頁)。最後に、一九三七年生まれのハイチの代表的亡命作家の一人ジャン・メテリュスが占領時代をどう見ているかを紹介しよう。

「アメリカが建設した道路や病院は数えるほどしかない。その政策は棍棒によるものだった。ハイチの民族的価値観ヴォドゥを踏みにじり、民衆を蔑み、肌の色をめぐる偏見をたきつけ、ふらついた抵抗の腰を砕き、はむかう者を容赦なく殺害するものだった」(⑳四八頁)。

合衆国による占領は、一つの時代の終わりであり、二十世紀型の独裁国家出現への序曲だった。

デュヴァリエ政権への過渡期、一九四六年の革命

アメリカ軍の撤退はフラクリン・ルーズベルトのいわゆる「善隣外交」によって一九三四年に実現した。その引き金になったのは、実は一九二九年の学生ストライキだった。ようやく合衆国から解放されたハイチは、経済の実権を外国に掌握されてはいたものの、よりよき未来への束の間の希望に燃えていた。まず合衆国の傀儡と見られていたムラート特権階級による支配体制を覆さなければならなかった。占領後もステニオ・ヴァンサン(在任一九三〇—四一)、エリー・レスコー(在任一九四一—四六)とムラートが大統領になり、富裕階級を優遇する政策を臆面もなく続けていたからである。変化はようやく一九四六年になって政治的な結実を生む。占領の衝撃が生んだ世代を代表するジャッ

ク＝ステファン・アレクシスによって創刊された反体制雑誌『ラ・ルュシュ』が、その先頭だった。弱冠二十歳の編集長ルネ・ドペストルが雑誌を通して呼びかけた学生ストライキはゼネストにまで拡大し、レスコー大統領は退陣する。そして、比較的自由主義的な黒人大統領デュマルセ・エスティメ政権が誕生したのだった。この事件は、「一九四六年の革命」と呼ばれる。この革命は政治的である以上に、文化的な側面を伴っていた。すでに、一九四〇年にシュルレアリストのピエール・マビルがポルトープランス総合病院の医師として滞在し、民俗学研究所の設立に関与していたし、エメ・セゼールが訪れ、ハイチの文化人を鼓舞していたが、とりわけ、一九四五年のアンドレ・ブルトン訪問は熱狂的に迎えられ、レスコー大統領辞任を引き出す原動力になったのである。『ラ・ルュシュ』は、創刊号でアンドレ・ブルトンを讃える記事を掲載している。ただ、こうした大衆のエネルギーは十分に組織されないままに爆発したので、政治的な解決を与えるだけの力を持っていなかったことも事実である。軍部は大衆運動をうまく利用して、結局は軍部の意向を汲んだエスティメ政権を成立させたのである。それでも労働組合の設立など一定の民主化が進められた。だが、比較的穏健だったエスティメ大統領は任期が迫ると、突然憲法を改正して延命をはかる挙に出る。再び政界は混乱に陥り、軍部が再介入して、マグルワール将軍が大統領選で当選する。エスティメ政権時代の改革は無に帰せしめられ、希望の時代はあえなく幕を閉じた。マグルワール政権も、任期の延長を図って混乱を招き退陣を余儀なくされる。その後、短い流動的な時期を経て、ついにフランソワ・デュヴァリエが登場するのである。

デュヴァリエ独裁政権時代

ハイチは、一九四〇年代から五〇年代にかけて、政界が四分五裂し、軍部、組合運動がそこに入り乱れる混沌とした状況に陥る。フランソワ・デュヴァリエは、その間をうまくかいくぐって、黒人と伝統文化の復権を唱え中産階級と低所得層の支持を取りつけて政権の座についたのである。

一九〇九年生まれのデュヴァリエは占領時代に医学を修め、地方で開業していたが、雑誌『レ・グリオ』に農民文化研究を発表するようになり頭角をあらわしていった。エスティメ政権では、労働大臣に就任している。彼が大統領に当選したとき、誰も彼に独裁的な性格があるとは予測しなかったし、親子二代に亘る長期政権になるとは考えなかった。大統領就任当時は、「パパ・ドック」と呼ばれ親しまれたフランソワ・デュヴァリエは、まず教員組合を徹底的に弾圧し、次に軍部を巧妙な手段で弱体化していく。軍部は強大な力をもっていたが、一貫性に欠けるところがあった。当初は「軍の操り人形」と見られていたデュヴァリエは、軍組織の内部にトントン・マクートを潜入させて分断していく方法を取る。

この民兵組織についてはすでに述べた通りだが、若干の補足をしておくと、マクートとは、クレオール語で藁の袋を意味する。トントンは幼児語で、「おじさん」ないし「大人」一般のことだが、「トントン・マクート」は、元来は民間信仰の想像上の存在で、野を徘徊して子供を背中の袋に入れてさらう男のことである。デュヴァリエは、この組織についてこう語っていたという。「トントン・マクートは一つの魂しか持っていない。デュヴァリエである。一人の親分しかいない。デュヴァリエである。トントン・マクートは、一つの使命のためだけに闘う。デュヴァリエの権力の安泰を図るという使命である」。

トントン・マクートは軍隊とはまったく別の組織で、一般の民衆から隊員が募られた。軍部が特権階級を支持基盤にしているのとは対照的に、いわば「民衆」レベルに基盤をおいた組織なのである。しかも、ヴォドゥの司祭ウンガンを組織内に積極的に抱きこみ宗教的権力を政治権力に取り込んでいった。デュヴァリエ自身も、公共の場に現れるときは、ヴォドゥの死神、バロン・サムディを彷彿とさせる黒ずくめの服装に山高帽を被っていた。人類学的研究によって農民文化を熟知していた彼は、民間信仰、とりわけヴォドゥをめぐる民衆の想像力を巧みに利用して人心を支配したのである。

トントン・マクートは、反体制派の弾圧にあたっただけでなく、これまで比較的安全な地位にいた高級官僚や、学校、教会関係者をも監視の対象にし、デュヴァリエ体制を支持するか、粛清されるかの二者択一を強いた。こうして、様々な社会的組織・機構が自律性を奪われ、内部崩壊していった。一九五八年以降、医師、薬剤師、農業技術者、師範学校出身教員など、社会組織の中核になっていた人々が国外へ脱出するようになるのである。エミール・オリヴィエやアントニー・フェルプスは、こうした最初の亡命世代に属している。

ラエネック・ユルボンは、デュヴァリエ政権の性格を次のように述べている。「デュヴァリエ主義の権力は、二つの主要な特質を持っている。この権力は、まず、『中産階級』――プチ・ブルジョワジーの知識人層――に手を差し伸べて、彼らが国家部門の富を分かちあえるようにする。次に、農民層に対して伝統的に向けられる差別を極限にまでもっていく。具体的にいえば、デュヴァリエは、彼を通して『黒人に権力』が与えられたということだけで、すべての社会問題に魔術的な解決が与えられる『黒人リーダー』として登場するのである」(⑱三四頁)。

デュヴァリエは、折からのキューバ革命を逆手にとって米国の支持を取り付け、一九六四年、国民投票によって終身大統領となる。さらに、息子を後継者として指名した後、一九七一年に亡くなるが、彼の築いた体制は磐石であり、息子のジャン＝クロード・デュヴァリエが予定通り大統領に就任する。

フランソワ・デュヴァリエの独裁体制は、近代国家としての諸機構を溶解させていくものだったので、経済の著しい後退を招いた。一九五五年から一九六九年にかけて年間輸出総額は四千万ドルから三千七百万ドルに低下し、国民総生産も一九六四年の四千四百万ドルから一九六九年の三千七百万ドルに後退する(⑯七五頁)。「ベベ・ドック」こと、ジャン＝クロード・デュヴァリエは、国際的な経済援助を取り付け、租税優遇措置によって外国企業の誘致をはかる。「父は政治革命を行ったが、私は経済革命を行う」という彼の宣言にも見られるように、父親の狭溢な民族主義路線を離れ、経済の近代化路線を強力に進めたのである。当初は路線の変更が功を奏し、一九七〇年代の十年間に建設された外資による工場は三百に達し、年間五パーセント平均の経済成長を遂げるが、他方では、農村の疲弊が深刻化し、人口が急膨張した都市の環境が悪化した。しかも、外資による利益は再投資されずに国外に出ていったので、期待された国内産業資本の蓄積も思うように進まなかった。一九八〇年代になると、オイル・ショックによって奇蹟の経済成長が失速し、ボート・ピープルの第一波がフロリダの海岸を襲うようになる。

デュヴァリエ体制の弱体化に拍車をかけたのは、合衆国のカーター政権による人権外交である。一九七七年、経済援助と引きかえに国内の民主化を合衆国から迫られたハイチ政権は、十数名の政治犯を釈放する。「墓場の平和」とも呼ばれた国内反対勢力の沈黙が破れはじめたのは、この頃である。その後、デュヴァリエ政権は弾圧と懐柔との間を揺れながら延命を図るが、体制内部の抗争も表面化し、衰弱していく。伝統的に体制支持派だったカトリック勢力が、体制批判にまわったこともおおきな痛手だった。もはや、いかなる血の弾圧によっても体制批判の声を扼殺できなくなったのである。

デュヴァリエ政権崩壊から、アリスティド政権へ

一九八三年、ハイチを訪れたローマ法王ヨハネ・パウロ二世はポルトープランス空港に降り立つや、「ハイチは変化しなければならない。貧しき者たちが希望を再び持てるようにならなければならない」と宣言する。歴史の潮の目がはっきりあらわれた時だった。ラテン・アメリカ諸国の独裁政権が次々に倒れ、フィリピンにはコラソン・アキノ政権が誕生する時代が来たのだ。ローマ法王の言葉を合図にしたかのように、ハイチではデモや集会の波が次々に打ち寄せるようになる。デュヴァリエ体制崩壊が決定的になったのは、一九八五年七月末に、アルベール・デスメ司祭が暗殺され、さらに三人の

司祭が国外追放の処分にあった時である。カトリック教会は公式に非難声明を出し、信者にハンガー・ストライキと祈りを呼びかけた。政府は、トントン・マクートの頂点に立つ内務大臣ロジェ・ラフォンタンを解任し、亡命を強いることによって事態の収拾をはかる。しかし、十一月にはいると、ゴナイヴ市で連日デモが続くようになった。二十八日にデモをしていた高校生が学校内で襲われて殺されると、抗議の嵐が全国に波及した。デュヴァリエ政権はついに瓦解する。

一九八六年二月八日、ジャン＝クロード・デュヴァリエは合衆国の空軍機でフランスに亡命する。それを受けて、民間人と軍人によって構成された政府国民会議（C.N.G.）が発足する。しかし、政治的混乱は容易に収まらなかった。一九八六年四月二十三日には、二十三年前の一九六三年四月二十三日の犠牲者を悼むデモ隊が、フォール・ド・ディマンシュ刑務所の前で襲われて死者がでるという事件が起こる。政府国民会議が、デュヴァリエ政権と同じような弾圧を辞さないことがはっきりしたのである。すると、民衆運動も過激化していった。クレオール語でデシュカージ déchoukaj と呼ばれる狼藉が横行した。デシュカージとは、本来は作物の株を根こそぎ引き抜くことを意味するが、デュヴァリエ派高級官僚などを追放する民主化運動の言葉として用いられた。しかし、現実には略奪や打ち壊し、リンチを意味するようになるのである。トントン・マクートを殺害するには、レブリュニザシオン（lébrunisation あるいは、supplice du collier ともいう）の方法がよくとられた。これは、首にゴムタイヤをネックレスのようにかけて、火をつけ焼き殺すやり方である。

一九八七年になると、ようやく民主化を盛り込んだ新憲法が制定され、翌一九八八年一月二十三日に、レスリー・マニガが大統領に選出される。

ちなみに、マニガ内閣の文部大臣はフランケチエンヌだった。フランケチエンヌが、このときの体験をあるインタヴューの中で回想しているので、一部を引用しておこう。

「たしかに作家としての私の仕事のうちには政治的次元があり、それで政治家たちが私を狙ったのでしょう。私は政党の人間ではありませんが、かつて私の先生だった方と共に統治の経験を分かつことを引き受けました。それは権力についての失望の体験でした。政治から戻るのも大変で辛いものでした。レスリー・マニガに対するクーデタを通して、軍人たちはいかなる変革も受け入れる意思がないことを明らかにしたのです。あの時の経緯には幻滅を味わわされたし、トラウマを残しました。結局、私は政治に対して距離をおくようになったのです」(⑲一九七頁)。

レスリー・マニガは大学教授だったが、実質は軍によって遠隔操作される政権でしかなかった。しかし、この政権もまもなくナンフィー将軍によるクーデタによって、瓦解し、新憲法も停止される。そのナンフィー将軍による政権強奪も長くは続かず、数ヶ月後、再びクーデタがあり、プロスペー・アヴリル政権が成立、憲法回復が図られる。その後、エルタ・トルイヨ夫人による臨時政権(九〇年三月)を経て、「解放の神学の司祭」アリスティドが大統領に選ばれるのである。

ジャン=バプティスト・アリスティドは一九五三年七月十五日にハイチ南西部ポール・サリュで生まれ、カップ・ハイシアンのサレジオ会神学校に学んでいる。クレオール語でまくしたてる弁舌が人気を博し、いつでも最下層の民衆の側に立ち、権力を罵倒する姿勢が人々に信頼感を与えた。彼によれば、ハイチの不幸の根源は、独裁政権、それを支えるエリート官僚とブルジョワジー、後ろ盾になったアメリカ合衆国にあった。アリスティドは、ポルトープランス北部の下町にあるサンジャンボスコ教会を拠点にして体制批判を繰り返し、何度も襲撃を受けている。しかし、間一髪、その度に難を逃れており、その強運も手伝って彼は国民的なスターになっていく。大統領選への出馬は最後まで迷っていた。一つには、選挙管理事務所に出頭したところで暗殺される恐れがあったからである。ところが、意を決して行ってみると、兵士たちが待ち構えていて彼を事務所内に担ぎこんでくれたのである。

アリスティドは、六十七・五パーセントの高得票率で当選した。本命だといわれた世界銀行出身で合衆国の支援を受けたマルク・L・バザンは、僅か十四・二パーセントしか得票できなかった。しかし、そのアリスティドも、明確な変革プランを持たなかったこと、あらゆる政治勢力に対して非妥協的な態度を不器用に取ったことがたたって、半年後、軍部のクーデタによって米国への亡命を強いられる。性急な期待を抱く民衆の過激な行動による社会混乱もアリスティド政権を短命にした原因だった。しかし、軍事政権の再登場は、ベルリンの壁崩壊以後の世界秩序に逆行するものだった。国際的な非難を背景に、米国や国連はアリスティドの復帰を要求するが、軍部の抵抗は頑強で、交渉は難航する。当時のブッシュ共和党政権は表面上の退陣要求とは裏腹に、軍事政権を黙認する態度をとった。しかし、クリントン政権の誕生とともに情勢は変化する。一九九四年五月、国連は全面経済封鎖を断行する。この措置は軍事政権を苦しめる以上に、一般民衆への厳しい打撃となった。ただでさえ脆弱なハイチ経済は著しく疲弊する。ソマリアの二の舞を恐れたクリントン政権は逡巡を重ねるが、ついにこの年の九月、カーター特使団を送ってセドラ将軍の退陣を迫り、十九日に、「民主主義の回復を支援する」目的でポルトープランスに二万人の海兵隊を上陸させる。この決断の背景には、膨れ上がるハイチ難民問題を解決しなければならないという国内的要請があった。

まもなくセドラ将軍がパナマに亡命し、アリスティド大統領はようやく復帰を果たす。帰国後のアリスティドは、以前の積極性もカリスマ性も失ったようである。復帰にあたっては、合衆国が押し付けるネオ・リベラリズムによる「構造修正プログラム」を受け入れなければならなかったし、それが民衆の離反を招いたのである。九一年の選挙では「ティティド」の愛称で親しまれ、ハイチの救世主として期待された彼だったが、帰国後は、ポルトープランス近郊に大邸宅をかまえ、プールサイドには、彼の娘たちが日光浴をしているのが見られるようになった。まるで米国の消費社会に毒されたかのように映る生活スタイルは、ストリート・チルドレンと手をつないで歩いていた頃の彼のイメージとはかけ離れている。それだけでなく、選挙で威力を発揮した「ラバラス」と呼ばれる政治組織が横暴な振る舞いをするようになり、暴力事件や脅迫、殺人、汚職が囁かれるようになっている。

今日、ハイチは国家の破産に瀕している。国連による経済封鎖後、公共交通機関、電力、食糧事情が悪化し、日常生活に大きな支障が出ているが、アリスティド大統領復帰後、経済は回復するどころか、「構造修正プログラム」の不履行による援助の停止、総選挙の不正問題による政界の分裂などが災いして、むしろ悪化の一途をたどっている。国民の八十パーセントが貧困を強いられ、国の富がごく少数の家族によって握られている構造はいっこうに改善されていない。デュヴァリエ政権崩壊後は、亡命していた人々が帰国する動きもあったが、ここ数年、経済と治安の悪化に、再び、国外への流出が増大している。

九五年に大統領の任期を終了したアリスティドは、再立候補が禁じられているので、側近のルネ・プレヴァルを候補に立てて、実質的に政権を維持した。二〇〇一年の任期満了にともなう選挙では、再び自ら立候補したが、以前のような大衆の支持の声は聞かれなかった。しかし、一定の根強い支持勢力に支えられて再選を果たし、アリスティド体制は堅持されている。しかし、その前途は険しい。

六　アイデンティティと政治

ジャン・プリス＝マルス（一八七六―一九六九）の『おじさんはこう語った』が刊行されたのは、一九二九年、アメリカ軍占領の最中であった。この書ほど、ハイチの知識人に深刻な衝撃をあたえた書物はない。初めて、ハイチ知識人は、自国のアイデンティティの問題に正面から向き合うことを促されたのである。ジャン・プリス＝マルスによれば、ヴォドゥに代表される農民文化は、外国人の目からひた隠しにされるべきものではなかった。それは、アフリカに起源を持つ誇り高い文化であり、いまこそ再発見されるべき「ハイチ」の魂だった。現代におけるハイチの様々な潮流の中で、この書の問題提起にまったく無縁なところで形成されたものはなにもないといってよい。

アメリカによる占領は、ハイチにとって思いもかけない屈辱だった。一八〇四年に白人の支配を排除して独立を勝ちとったハイチが一世紀後に、再び白人の頸木の下に屈したのである。しかし、占領に抵抗する勢力はほとんど現れなかった。唯一の例外が、無知蒙昧といわれた農民によるカコの叛乱だった。『おじさんはこう語った』は、占領の前に無力だった知識人に猛省を促す書でもあったのである。

ジャン・プリス＝マルスは、ハイチ北部の裕福な家庭に生まれ、医者を志してパリに留学した。しかし、まもなく医学の勉強を中断して、文化人類学や社会学、政治学を学ぶ。中断された医学は後にハイチで修めることになるが、パリ留学中にすでに外務省の仕事を命ぜられている。留学後は、米国に外交官として滞在したほか、ハイチでも様々な要職につき、多彩な活動を展開している。一九三〇年の大統領選挙に立候補したこともあり、第二次世界大戦後は、ハイチ国連大使も務めている。一九四一年には民俗学研究所を創設し、ヴォドゥ研究に貢献した。

プリス＝マルスによれば、ハイチの根本的な問題は、知識人たちがハイチ文化のアイデンティティ探求をおろそかにして、ヨーロッパ文化の模倣に汲々としていることにある。ハイチ文化の起源はアフリカにあるが、そのことを忘れてしまい、さらには否定しさえする知識人は大衆から遊離してしまうほかない。ハイチにおける国民主体の不在、ないし亀裂は、そこにこそ原因が求められる。知識人にとって課題は、フランス語を巧みに操って、フランスで認められる業績をあげることではなく、農民文化――とりわけ、アフリカ起源であるヴォドゥとクレオール語の復権をはかることである。このようなプリス＝マルスの主張は、必ずしも目新しいものではないかもしれない。そこには、第一次世界大戦後の民族主義の世界的な高揚が反映しており、また、ダダやシュルレアリスムとなって沸騰するヨーロッパ合理主義への懐疑と批判が時代背景としてある。

しかし、『おじさんはこう語った』の射程を測るには、当時のハイチの置かれた窮状を踏まえる必要がある。というのも、国民国家とは、とりもなおさず「文明国」を含意するのに対して、当時、ハイチは、アフリカ的要素を色濃く残した非文明国とみなされていた。ということは、そもそも近代国家として認知されていなかったことになる。だからこそ、ハイチの知識人の多くは、まず自分たちがヨーロッパ文明を吸収する能力をもっていることを内外に示すことによって、ハイチが文明国＝近代国家であることを証明しなければならないと、考えていたのである。このような姿勢を批判したプリス＝マルスの主張は、したがって、文明の概念を同時に問いなおすものであった。たとえば、ヴォドゥについて彼が次のように語るのはそのためである。

「ヴォドゥは宗教である。……ヴォドゥが道徳的でないなどと、どうして非難できようか。道徳が欠如しているように見えるのは、われわれが意に反して、われわれの人生観に一致し、より高尚な道徳のタイプを基準にして判断しているからに過ぎない。ようするに、われわれの文明の理念に反する迷信としてヴォドゥを判断しているのである。しかし、キリスト教的な道徳との比較ではなく、ヴォドゥに内在する価値において判断するならば、話は違ってくる。『掟』を侵犯した信徒が受ける罰則の厳しさから分かることは、ヴォドゥの『掟』がいかに私生活の規律を支配しているかであり、けっして無意味でもなければ、不適切でもない社会秩序に関わる思想をいかに律しているかなのである」(⑮四二頁)。

ここでは、ヴォドゥが宗教であることが強調されているが、その背景には、当時、文明社会を構成する上での必須の条件の一つが、宗教だったという事情がある。だからこそ、プリス＝マルスは、ヴォドゥが啓蒙思想によって批判される迷信ではなく、立派な宗教であると言っているのである。ヴォドゥが宗教であるなら、ハイチ国民がヨーロッパ文明をそのまま受容しなくても、立派な文明人であることが証明されるからである。

アメリカ占領時代にハイチ野蛮国論がひろがったことはすでに述べたが、こうした言説は、無論のこと、突然出てきたものではなかった。この点について少し補足しておくと、ハイチの歪曲されたイメージの原型になったのは、一八八四年に刊行されたスペンサー・セント＝ジョンの『ハイチ、または黒人共和国』だった。この書は著者がイギリス領事として、一八六三年から八四年までハイチに滞在した経験をもとに書かれたこともあり、ハイチの野蛮な風習の生々しい報告としてセンセーションを引き起こした。すでに触れた『ブラック・バグダッド』や『人食い従兄弟』も、ハイチ像の原型をスペンサー・セント＝ジョンの筆に負っていたのである。この本がどのような性格をもったものであったのか、アルフレド・メトローが、名著『ハイチのヴォドゥ』の序文でうまくまとめているので、それを紹介しよう。

「スペンサー・セント＝ジョンがハイチの食人習慣についてもっともらしく白日の下に晒した報告は、彼自身が認めているように、ヨーロッパや米国に衝撃を与えた。ハイチにおいては、憤激の声が巻き起こったが、それに対して、彼は第二版（一八八六年）であらためて真実であると公言する態度に出ただけでなく、旧版の描写に新たな細部を書き加えさえした。彼の後には、ヴォドゥを食人習慣として告発する著者が続いた。ハイチは、蛇を敬う――神とする――恐るべき信者によって、子供が犠牲に供され、餌食にされる野蛮な国になったのである」（21）一二頁）。

蛇と食人は、今日でも流布しているヴォドゥの邪教的イメージの典型だが、その源泉はスペンサー・セント＝ジョンにあったのである。ハイチは、このような悪意ある国際キャンペーンに対して闘うことを強いられた。そこでとられた措置は、教育機関を整備することによってヨーロッパ文化を吸収したエリートを養成することだった。プリス＝マルスのハイチ知識人批判は、そのような十九世紀来の国家政策を根底から問い直す射程をもっていたのである。

ハイチの教育近代化政策は、一八六〇年にフランス・カトリック教会と宗教協約を結び、カトリックを公式の宗教としたところから始まる。宗教協約の最大の目的は、カトリック教会に教育をゆだね、国家エリートを育成することだった。知識階層を養成することによって、黒人が白人と同等の知的能力を有していることを内外に示そうとしたのである。このような教育政策は、一定の成果をあげる。まもなく一群の知識人が登場して国家の要職を担うようになり、「国民小説」と呼ばれる作品を発表する文学者たちが登場するのである。ハイチ文学にみられる前衛性は、国威を高めることを期待されたハイチ知識人の伝統的使命感と無縁ではない。知識人は、その存在そのものが当時猛威を振るっていた人種差別論への生きた反論になった。知識人は、その業績によって国家に貢献することも大事だが、それ以上に、国家顕揚の道具だったのである。

このような理念の下に知識階層の育成がはかられたことは、ハイチの知識人に独特の性格を与えることになった。一つには、他国に比べて知識人と政治権力との関係が密接にならざるをえなかった。知的エリートになるとは、権力の扉を開くことだった。それゆえにエリート知識階層と一般庶民との溝を広げる結果にもなった。知識人は、その使命からして、ヴォドゥなどの伝統文化から身を遠ざけ、ヨーロッパ文化を身につけていることを示さなければならなかったのである。文部大臣を務めたこともあるダンテス・ベルガルドは、一九二三年、「ハイチは、アメリカの小フランスである」と題する記事を『レ・ヌーベル』紙に発表している。アメリカ文化の価値基準を強引に押しつけてくる占領軍に対抗する思想的根拠は、「フランス文化」だった。フランスは、多くの知識人にとって彼らのアイデンティティそのものだった。それに対して、農民は、知識人の住む都会から隔絶した世界をつくっていた。農民は外国人にも近い存在であり、知識人にとって、その生活や信条は想像することさえできなかったのである。

プリス＝マルスによるヴォドゥの見直しや、民俗学的な視点の導入は、先にも少し触れた「国民小説」とよばれる十九世紀末から二十世紀初頭の小説群の作家、ジュスタン・レリソンやフレデリック・マルスラン、フェルナン・イベールによって不十分ながらすでになされていたことではあった。ただ、プリス＝マルスは、ヴォドゥを肯定しただけでなく、アメリカ占領への思想的抵抗の根拠であったフランス文化への盲目的追従を断罪し、かつ十九世紀的「文明」の概念を葬り去ったのである。

ここで、もう少しヴォドゥについて触れておこう。今日のヴォドゥは十九世紀に完成したと言われるが、その原型は既に植民地時代に生まれていた。ヴォドゥは、ロアと呼ばれる霊的な存在を信仰する宗教である。ロアの数は多く、正確なところは分からないが、少なくとも四百体以上あるといわれる。しかし、ここではヴォドゥの神々を詳しく紹介する余裕はないので、ただ、ヴォドゥがハイチの人々の日常生活にごく自然に溶け込んだ宗教であることを強調しておこう。高名なヴォドゥ研究家アルフレド・メトローに言わせれば、ヴォドゥは「人々の苦痛を和らげる薬であり、彼らの必要を満たし、生き延びる希望をあたえるもの」(21)一一頁)なのである。

カイマンの森の誓いについて述べた箇所でも触れたように、もともとヴォドゥは横暴きわまりない白人に対して決死の覚悟で結束するための宗教であった。独立戦争中、奴隷たちの戦闘は、ヴォドゥのダンスや儀式を伴っていることが多かった。ガブリエル・アンチオーブが言うように(1)、日常生活で踊られるダンスでさえ、白人への抵抗の偽装された表現としての側面を持っていたのである。ハイチ文化のアフリカ的要素を軽視していた知識人ダンテス・ベルガルドでさえ、ヴォドゥが奴隷の戦意を高揚させる効能を持っており、それ故に政治結社的性格を帯びていたと認めているほどである。黒人法典において、奴隷の集会やダンスが禁じられていたのも、それが反抗への導火線になることを恐れていたからにほかならない。しかし、現実には、黒人奴隷にダンスを禁じるのは無理な相談だった。白人は黙認するしかなかったのである。

サンドマングの黒人奴隷たちは、現在の土地の上に伝来住みついてきたわけではなく、風土に密着した共同体を形成してきたわけでもなかった。彼らの大多数は、西アフリカ出身だったが、西アフリカ自体が数多くの部族が混在する地域であり、部族ごとに異なる言語をもち、異なる神をあがめていた。しかも、農園主たちは、奴隷たちが徒党を組んで反抗しないように、できるだけ部族の異なる黒人をあつめるようにしていた。クレオール語は、共通語を持たない黒人のための意思疎通手段だったのである。ヴォドゥの形成も、クレオール語の形成と類似したところがあった。共通の宗教を持たない黒人たちは、西アフリカ諸部族の神を取り込み、さらには、農園主たちの監視の目をくらますためにキリスト教的要素も取り込んだ混合宗教を創り上げたのである。このようなパッチワーク的な宗教は、サンドマングの奴隷がおかれた厳しい状況を反映しており、出自の異なる人々を同質化させるための接着剤であり、ひいては、求心的な力を生み出すことによって新たな国民を創始するものであった。

しかし、黒人叛乱軍の指導者たちが公然とヴォドゥを信仰していたわけではない。むしろ、カトリックを信じる指導者のほうが目立ち、中には弾圧する者もいたのである。独立後のハイチ社会に通じるねじれたアイデンティティの葛藤が、すでにこの時代に生じていたと言わなければならない。

さて、『おじさんはこう語った』が切り開いた地平から、二十世紀のハイチを突き動かしていく様々な潮流が生まれる。それらすべてに触れることはできないが、最低限言及しておかなければならないのは、共に四十歳に満たずして亡くなっている作家、ジャック・ルーマン（一九〇七―四四）とジャック゠ステファン・アレクシス（一九二二―六一）に代表される「農民小説」である。農民小説はハイチ現代文学の主要なジャンルの一つであり、今日においても、その命脈は尽きていない。その記念碑的な作品は、なんといっても、一九四〇年に発表された、ジャック・ルーマンの『朝露の統治者たち』である。

ジャック・ルーマンは、一九〇七年に富裕なムラートの家庭に生まれている。十代にスペインやフランスを旅行したのち、プリス＝マルスの下で仕事をするようになり、雑誌『アンディジェーヌ』（原住民）の創刊に関わった後、ハイチ共産党を創設する。一九三四年には、ステニオ・ヴァンサン政権によって投獄され、三年の実刑判決を受けている。出獄後フランスに渡り、人類博物館でポール・リヴェの助手を務めている。帰国後、民俗学研究所の所長に就任、エリー・レスコーによってメキシコに派遣されてもいるが、一九四四年に三十七歳の若さで亡くなった。『朝露の統治者たち』とともに農民文学を代表しているのが、ジャック＝ステファン・アレクシスの『奏でる木々』（一九五七年）である。ルーマンの作品が叙情性にあふれる手堅いリアリズムで貫かれているのに対して、アレクシスの作品は、著者自身が唱えるマジック・リアリズムの手法がとられ、ハイチの自然と人間の裡にひそむ矛盾や魔術的性格に分け入っている。ゴナイヴ生まれの黒人作家ジャック＝ステファン・アレクシスは、自らデサリーヌの末裔だと吹聴していた。父が外交官であったため、パリとポルトープランスで中等教育を受けた後、医学を学び始めたが、その頃から雑誌『ラ・ルュシュ』に寄稿し、一九四六年の革命には首謀者の一人となっている。その過激な思想に警戒した政府は奨学金を与えてパリに送り医学を学ばせたが、五四年には修了して帰国している。五五年にはガリマール社から『ソレイユ将軍』を刊行、五六年にはパリで開催された第一回黒人芸術家作家世界会議に参加している。しかし、デュヴァリエ政権時代になると、亡命を余儀なくされ、一九六〇年に非合法に出国、モスクワやキューバに滞在している。翌年、ハイチでの武装蜂起を企て、キューバから秘密裏に入国しようと、モル・サンニコラに上陸するが、トントン・マクートに捕らえられ、フォール・ド・ディマンシュで獄死している。

農民小説の隆盛は、アンディジェニスム（原住民主義）の運動に支えられていた。時代は、アメリカ軍占領の反省から、それまで省みられなかった農民文化を見直すことによってハイチのアイデンティティ再構築が求められていた。フランスだけに目を向けていた知識人たちはいまや民俗学を武器にしてハイチの農村に向かうようになり、都市生活者には疎遠だったヴォドゥの儀式や農民の慣習が紹介されるようになる。農民小説は、単に農民の生活を写実的に描くだけでなく、そうした民俗学的な研究やフィールドワークの成果を積極的に取り入れていきながらハイチ文化の根源を探り、新たな叙情と叫びの言語によって存在の不安を表現するのである。それはまた、陰の存在だった民衆の想像力がハイチの政治空間へ闖入していくことでもあった。

プリス＝マルスは、ハイチ・アンディジェニスムの性格を、次のように説明している。

「[ハイチの詩人は]ようやくにして、この感情と遺恨と情熱のカオスから、一つのイデオロギーの素材を湧出させたのである。それを、彼らは『アンディジェニスム』、あるいは『ハイチアニスム』と命名する。

これらの用語、とりわけ新造語でもある後者の用語をどう理解したらよいのだろうか。

他でもない、次のことである。文学は、ハイチの人間が直面する問題を提示し、研究し、定義できなければならないが、それには、この人類の一見本が、それを形成した風土に固有な産物であることを明らかにしなければならないのである。ハイチの人間は、歴史的、社会的、経済的諸条件、そしてまた地理的風景を刻印されている。そのことによって、彼は自分自身なのであり、人間なのである。彼は、他の人間たちに、彼の同類たちに、みずからの欠陥の傷痕とともに、いかなる人間性にも内在する美質を差し出す使命を帯びている」(『サンドマングからハイチへ』一九五九年、⑮四四頁)。

このように、文学や人文社会科学を共に渦のように巻き込んだ広範な運動がアンディジェニスムだったが、その拠点になったのが、数多く発刊された雑誌や新聞である。中でも一九二七年にジャック・ルーマンらによって創刊された雑誌『アンディジェーヌ』は、一年にも満たない短命に終わったもののハイチ知識人に絶大な影響を与えた。アンディジェニスムの代表的な作家は、ルーマン、アレクシスの他、アントニー・レスペス、エディス・サンタマン、ルネ・ドペストルなどの共産党員だったが、けっして左翼系の知識人だけによって担われていたわけではなく、さまざまな思想が未分化のままに混在していた。そこには、シュルレアリスム系の詩人もいれば、シャルル・モーラス流のナショナリスト、さらには、反共主義者、ファシストもいた。後の独裁者フランソワ・デュヴァリエは、まず、このような時代思潮の中で「民俗学者」として登場する。彼が拠って立っていた雑誌は『レ・グリオ』だったが、その発刊年である一九三八年は、その意味では一つの節目だったのかもしれない。デュヴァリエらの右翼的知識人たちは、プリス゠マルスのアフリカ文化への回帰を歪曲して、公然たる人種主義的な側面の強いノアリスム（「黒人主義」とでもいおうか）の運動を推進していく。

ノアリスムによれば、ハイチ国民の圧倒的多数を占める黒人は独立を導いた主体であり、ヴォドゥは、白人゠ムラートに対して反抗の狼煙をあげた黒人の魂の表現だった。そこでは、「国民」はもはや歴史的形成物としての「民族」ではなく、生物学的に決定された人種の集団となる。「国民」とは「人種的本能」によって導かれた集団なのである。しかし、ノアリスムは、結局のところ、農民を現実の政治空間に登場させることを目指しているとは言いがたかった。むしろ、黒人中産階級を主体とした運動であり、上流階級を構成していたムラートから政権を奪取することこそが、真の目的であった。そのため、農民（黒人）はもはや市民権をもった個人の集合体として自己の意志を政治に反映させる主体ではなく、心象のレベルの存在となり、ハイチの「表象」として記号化されるのである。デュヴァリエは、ノアリスムに内在するこのような傾向をさらに押し進め、黒人表象をデュヴァリエ個人の崇拝のうちに収斂させてしまうのである。

デュヴァリエの黒人論は、ナチズムの影響を深く受け、倒錯的にゴビノーの人種決定論に依拠しており、けっして人種間の差別解消を目指すものではなかった。彼によれば、黒人は自立した市民とはいまだなりえないのであり、優れた指導者によって保護され、導かれるべき存在なのである。

ユルボンは、次のように述べている。

「結局のところ、デュヴァリエ主義の言語が我々に明かすことは、ネーションや階級などの諸テーマの、想像的な対象への変貌である。この想像的な対象は、錯乱してゆき、危険な力を帯びるようになる。というのも、それが在る場所は、『黒人人種』を体現する黒人指導者その人以外のどこでもないからである。こうして、デュヴァリエは、あらゆる社会的分裂の（想像的な）否定となるが、同時にネーションの（真の）製作者であり、（現実の）所有者として理解されるようになる。このような視野においては、デュヴァリエは自分自身に先立たなければならない。デサリーヌよりも前に彼は存在していたのであり、彼の内に、ハイチの全歴史が凝縮されるがゆえに、ネーションの新しい且つ真の起源になる。彼が自らに付与する想像的な力のすべては、なによりも奴隷制時代の白人支配者の地位にまで自らを高めていくことにある。デュヴァリエは、厳格な黒人支配者に自らなることによって黒人を購うことになると信じるのである」（⑱九九頁）。

このようなネーションのイデオロギー的操作は、デュヴァリエ政権において極端な形をとったとはいえ、ハイチだけに固有な現象ではないだろう。アンディジェニスムの政治的な帰結がデュヴァリエ政権だったことは、ハイチの知識人に深い失望と挫折感をもたらした。ハイチの政治主体はたくみに黒人集団からデュヴァリエ個人に置き換えられ、国民国家はひとつのフィクションになってしまう。そこでは、デュヴァリエ以外のいかなる個人も市民として身を置く場をもたない。いわば「現実」が消失し、フィクションだけが幅を利かせる世界なのである。

フランスに亡命したルネ・ドペストルは、彼自身が積極的に加担したハイチのネグリチュードについて、次のような苦渋に満ちた言葉を吐いている。

「ネグリチュードの概念は、イデオロギーとして、さらには存在論として樹立されるにしたがって、次のような逆説を生んだ。奴隷制によって役畜の状態にまでおとしめられたことのある社会的タイプに属する人々に自尊心と自己の能力への信頼を目覚めさせ、自己強化してくれるために表現形式を与えられたネグリチュードが、身体症的《ソマティック》な形而上学の中で彼らを気化させてしまうのだ」（⑮七一頁）。

本短篇集に収められた作家たちは、身をもってハイチ版ネグリチュードの挫折を味わった人々か、その後に続く世代に属している。いずれの作品においても、背後に明確な政治的ヴィジョンが感じられるというよりも、喪失感だけが透明なイメージを形成したり、自己喪失の迷路の中で崩れ落ちた「言語」の襤褸切れを縒り合わせたり、あるいは、断崖の縁で虚空にアイデンティティを創出しようとするような試みがなされている。ハイチは、世界秩序の淵に傾いでいる国である。しかし、にもかかわらず人類の過去ではなく、未来を考えさせる先進性が感じられるのはなぜだろうか。各作品に描かれている世界は近代以前というよりは不思議にも来るべき脱近代の時間のように私たちを迎えるのである。そこには、近代国家形成に成功した「先進国」における安定した均質な記号空間の中での精神劇とは異なる未来の劇が予告されているのではないだろうか。

十年ほど前から、日本においてもクレオールの文学や思想が紹介されるようになったが、不思議にもハイチにだけは、ほとんど関心が払われてこなかった。ハイチはたしかに特異な国である。この国が一八〇四年に独立を達成したのに対して、他のカリブ海島嶼部の島々の大半が独立の時代を迎えるのは一九六〇年以降であり、しかも、自力で独立したというよりも、時代の変化による宗主国の政策変更によるところが大きい。一九〇二年に独立したキューバでさえ長い間合衆国の属国だったのであり、一九五九年の革命によってはじめて実質的な独立を勝ち取ったといえる。そのようなカリブ海域の地政学的な状況の中でハイチだけは他国に先駆けて、アメリカ合衆国の次に独立を自力で実現したのである。それだけに、ハイチは、歴史的にも文化的にも複雑な連鎖が張りめぐらされた国である。ついでに言えば、時代が異なるとはいえ、やはり自力で独立したキューバとハイチとが世界の中でそれぞれに特異な地位を占め、孤立を強いられているのは何故なのだろうか、一度、問うてみるだけの価値がある。文化的に見ても、この二つの国は、言語こそ異なれ、奥行きが深く、豊穣で前衛的な文学を生んできた。私たちの世界をめぐる心象地理がこのままでよいのかどうか自問せざるをえないのである。

主要参考文献表

①ガブリエル・アンチオープ『ニグロ、ダンス、抵抗　17～19世紀カリブ海地域奴隷制史』石塚道子訳、人文書院、二〇〇一年。
②石塚道子編『カリブ海世界』、世界思想社、一九九一年。
③エリック・ウィリアムズ『コロンブスからカストロまでⅠⅡ――カリブ海域史、1492-1969』川北稔訳、岩波書店、一九七八年。
④『完訳　コロンブス航海誌』青木康征編訳、平凡社、一九九三年。
⑤佐藤文則『ハイチ　目覚めたカリブの黒人共和国』、凱風社、一九九九年。
⑥同『ダンシング・ヴードゥー　ハイチを彩る精霊たち』、凱風社、二〇〇三年。
⑦C・L・R・ジェームズ『ブラック・ジャコバン　トゥサン＝ルヴェルチュールとハイチ革命』青木芳夫監訳、大村書店、一九九一年。
⑧立野淳也『ヴードゥー教の世界　ハイチの歴史と神々』、吉夏社、二〇〇一年。
⑨恒川邦夫『フランケチエンヌ　クレオールの挑戦』、現代企画室、一九九九年。
⑩ゾラ・ニール・ハーストン『ヴードゥーの神々　ジャマイカ、ハイチ紀行』常田景子訳、新宿書房、一九九九年。

⑪浜忠雄『ハイチ革命とフランス革命』、北海道大学図書刊行会、一九九八年。
⑫Régis Antoine, *La Littérature franco-antillaise Haïti, Guadeloupe et Martinique*, 1992, Karthala.
⑬Dash Arthur; Michæl Charles（edit.）, *A Haiti Anthology Libète*, 1999, Ian Randle Publishers.
⑭Aimé Césaire, *Toussaint Louverture—la Révolution française et le problème colonial*, 1981, Présence Africaine.
⑮Jack Corzani; Marie-Lyne Piccione; Léon-François Hoffmann, *Littératures francophones—II. Les Amériques Haïti, Antilles-Guyane, Québec*, 1998, Ed. Belin.
⑯Sauveur Pierre Etienne, *Haïti, misère de la démocratie*, 1999, L'Harmattan / CRESFED.
⑰Carolyn E. Fick, *The Making of Haiti, The Saint Domingue Revolution from below*, 1997, The University of Tennessee Presse / KNOXVILLE.
⑱Laënnec Hurbon, *Comprendre Haïti—essai sur l'État, la nation, la culture*, 1987, Karthala.
⑲Anne Marty, *Haïti en littérature*, 2000, Maisonneuve & Larose.
⑳Jean Métellus, *Haïti, une nation pathétique*, 2003, Maisonneuve & Larose.
㉑Alfred Métraux, *Le Vaudou haïtien*, 1958, Gallimard.
㉒Victor Schœlcher, *Vie de Toussaint Louverture*, 1982, Karthala.

本文中、引用箇所の数字は、右記の主要参考文献表の番号に対応しています。

邦訳書のあるものについては、引用に際して、原則として邦訳文をそのまま用いました。訳者の方々に深く謝意を表します。引用文中の［ ］は、筆者によって補足された語句です。

また、各作品の扉裏にある作家プロフィールは立花によるものですが、⑮⑲を中心とした文献を参考にした他、著者からの情報提供にも基づいています。

あとがき

この短篇集は、筆者がハイチを訪問するにあたって大変お世話になったマルセル・デュレ前駐日ハイチ大使の温かい協力によって実現した。帰国後しばらくしてからデュレ大使にお礼に伺った折に、ハイチ独立二百周年を記念する短篇集を出してはどうかとの提案を受けた。その熱意にほだされて、つい引き受けてしまったのだが、大使の行動力は目覚ましいものがあった。彼は、星埜守之氏と筆者と共に選定作業に加わった後、ただちに作家たちに連絡をとった。筆者は半信半疑だったのだが、二ヶ月後には各作家からメールや郵便によってテクストが続々と届いてしまったのである。内心、えらいことになったと思ったが、幸いにして、筆者の非力にもかかわらず快く協力してくださる訳者をえて、なんとか出版にこぎつけた。

さらには、エドウィージ・ダンティカさんが今年の夏に来日した際に、この企画への協力を約束され、帰国後ただちに原稿を送ってくださった経緯もある。そんなわけで、本書は様々な出会いの産物である。私事に入るようで恐縮だが、ハイチを訪れた際に邂逅した人々との、束の間の、あるいは持続的な交流もなかったなら、このような企画を試みる気にはならなかったにちがいない。また、日本での幾つかの出会いと偶然がなければ、このような形で編集されるはずもなかった。

最後に、この短篇集の実現にあたって最後まで支援くださったマルセル・デュレ前駐日ハイチ大使、広報・宣伝の平川奈保美さんをはじめとするハイチ大使館の方々に、また、本書の刊行を引き受けてくださり、編集作業の中で貴重な助言をしてくださった国書刊行会の清水範之さんにあらためて深く感謝の意を表しておきたい。

二〇〇三年十月十四日

澤田直（さわだなお）
一九五九年、東京都生まれ。
パリ第一大学大学院修了（哲学博士）。現在、白百合女子大学教授。
著書に、『〈呼びかけ〉の経験――サルトルのモラル論』（人文書院）、『新・サルトル講義』（平凡社）、編訳書に、フェルナンド・ペソア『不穏の書、断章』（思潮社）、『カタルーニャ現代詩15人集』（思潮社）などがある。

菅啓次郎（すがけいじろう）
一九五八年生まれ。
ハワイ大学大学院中退。現在、明治大学助教授。
著書に、『コロンブスの犬』（弘文堂）、『狼が連れだって走る月』（筑摩書房）、『トロピカル・ゴシップ』、『コヨーテ読書』（ともに青土社）などがある。

立花英裕（たちばなひでひろ）
一九四九年、宮城県生まれ。
早稲田大学大学院博士課程単位取得退学。現在、早稲田大学教授。
著書に、『メルシー教授のフランス語レッスン』（三修社）、訳書に、『フランス詩大系』（青土社、分担訳）、フリオ・コルタサル『海に投げこまれた瓶』（白水社、共訳）、ベルナール＝アンリ・レヴィ『危険な純粋さ』（紀伊國屋書店）などがある。

塚本昌則（つかもとまさのり）
一九五九年、秋田県生まれ。
東京大学大学院人文科学研究科博士課程中退。現在、東京大学助教授。
著書に、『ポール・ヴァレリー『アガート』──訳・注解・論考』（筑摩書房、共著）、訳書に、J・ロビンソン＝ヴァレリー編『科学者たちのポール・ヴァレリー』（紀伊國屋書店、共訳）、ラファエル・コンフィアン『コーヒーの水』（紀伊國屋書店）、ツヴェタン・トドロフ『日常礼讃』（白水社）などがある。

星埜美智子（ほしのみちこ）
一九五七年、千葉県生まれ。同志社大学文学部卒業。大学臨時職員。

星埜守之（ほしのもりゆき）
一九五八年、アメリカ合衆国ペンシルヴァニア州生まれ。
東京大学大学院人文科学研究科博士課程中退。現在、白百合女子大学教授。
訳書に、アンドレ・ブルトン『魔術的芸術』（河出書房新社、共訳）、パトリック・シャモワゾー『テキサコ』（平凡社）、アンドレイ・マキーヌ『フランスの遺言書』（水声社）、エリー・フォール『形態の精神』（国書刊行会）などがある。

元木淳子（もとぎじゅんこ）
一九五四年、大阪府生まれ。
京都大学大学院文学研究科博士課程学修。現在、法政大学教授。
著書に、『女たちの世界文学』（松香堂、共著）、『現代アフリカの社会変動』（人文書院、共著）、訳書に、『ユネスコ・アフリカの歴史』（同朋舎出版、共訳）、『アフリカの日常生活』（新評論、共訳）などがある。

月光浴《げつこうよく》　ハイチ短篇集
BAIN DE LUNE
Anthologie de récits haïticiens
2003年11月29日初版第1刷発行

著者　フランケチエンヌ他
編者　立花英裕／星埜守之
訳者　澤田直／管啓次郎／立花英裕／塚本昌則
　　　星埜美智子／星埜守之／元木淳子

装幀・造本　前田英造(株式会社バーソウ)
装画　浅野隆広

発行者　佐藤今朝夫
発行所　株式会社国書刊行会
東京都板橋区志村1-13-15　郵便番号＝174-0056
電話＝03-5970-7421　ファクシミリ＝03-5970-7427
http://www.kokusho.co.jp

印刷所　明和印刷株式会社
製本所　大口製本印刷株式会社
ISBN4-336-04557-7